緋弾のアリア
Aria the Scarle
Ammo
原罪の龍王
ウルトラブリニー
XLI
41
赤松
JN048103

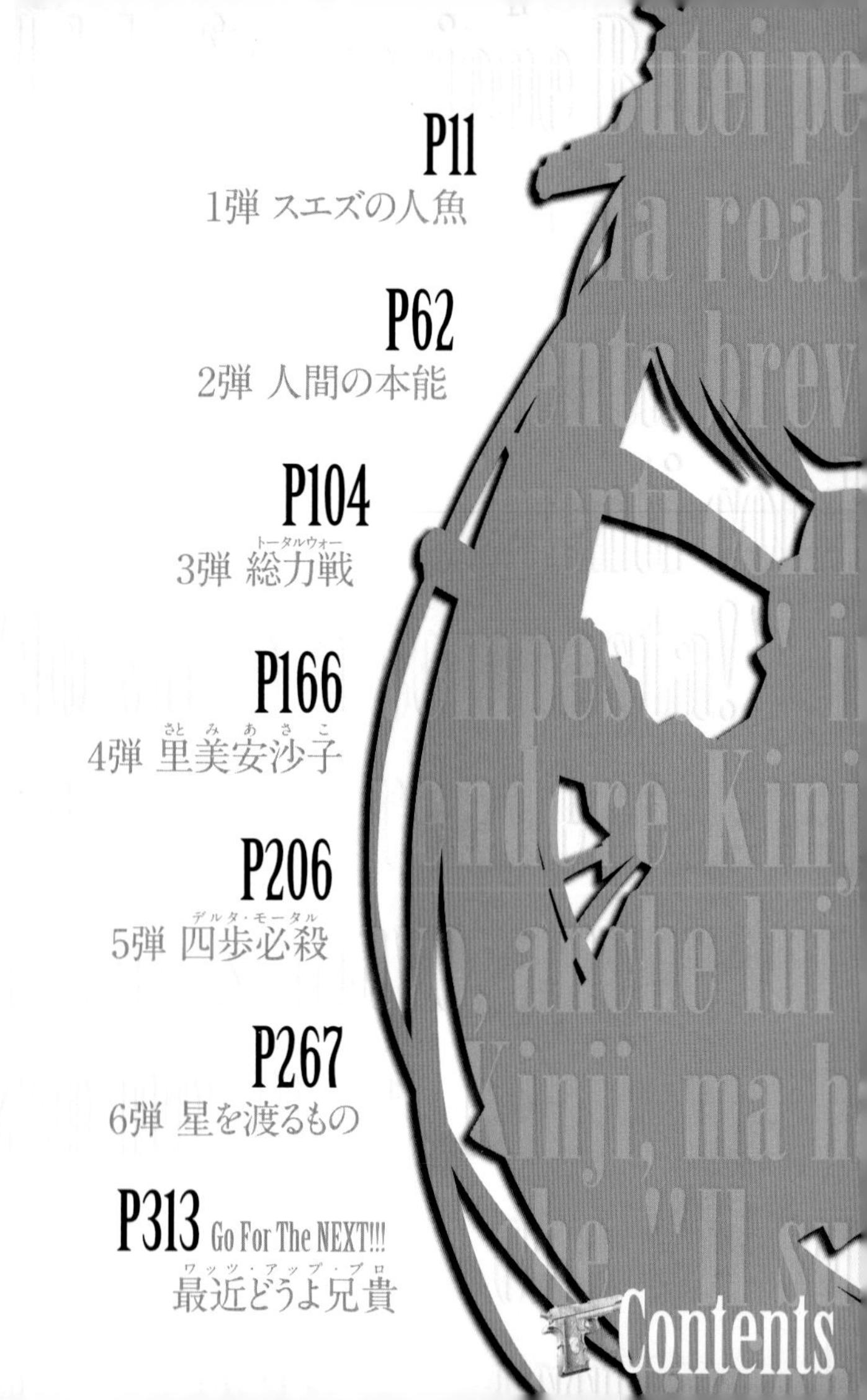

Contents

星伽白雪
Shirayuki Hotogi

ちな
Tina
遠山キンジ
Kinji Tohyama

緋弾のアリアXLI

ウルトラプリニー
原罪の龍王

赤松中学

MF文庫J

口絵・本文イラスト●こぶいち

1弾　スエズの人魚

日没の残光で玉虫色に燦めく、尾ビレの下半身。

長く緩やかに波うつ、ピンクと水色のツートンカラーの髪。

ホタテ貝を模した、胸回りの水着。

泣きはらしたような目元の化粧。

小雪舞うスエズ運河南端のビーチに現れたのは、カラフルでド派手な——

——『人魚』、としか形容しようのない姿をした女だ。

「さっきのあの人魚のセリフは、名乗りだ。リービアーザン。ムンバイでシャーロックが列挙してたレクテイアの女神の1人の名前とも一致してる」

人魚の第一声の意味が分からず眉を寄せているアリアには、他のレクテイア人にもほぼ同じセリフで名乗りを受けた事のある俺がそれを教えておく。

すると、人魚……リービアーザンは目を眇め、

「あー？」

イラついたような、ちょっとダミった声を上げた。

彼女は『上半身が人間の魚』と考えるなら大魚だが、『下半身が魚の人間』と見るなら

小柄といえる。そのためもあってか声質は高く、声優がケモノ娘キャラの演技をしているような愛嬌があある。アリアとはまた別タイプのアニメ声だな。

「——愚かなり人間！　ルシフェリアの侵掠を受けたのに、いまだレクテイアの共通語を覚えておらぬとは。では今そこのヒトオスと同じ言葉で名乗り直してやろう。アラビア語と同様、日本語も美しい旋律の言語じゃから、妾は嫌わぬしな。では改めて聞くがよい。妾は偉大なる海王、再生の女神、リービアーザンである！」

玉座のような金彩のバスタブにふんぞり返り、リービアーザンが——

当然レクテイアでは話されていないであろう、しかもこの世界でも決してメジャーとは言えない日本語を、流暢に操った。アラビア語もできるような事を言っているし、さっき鳴らしていた竪琴の演奏も見事なものだった。

この人魚には、相当な知能があると見るべきだ。

下半分が魚だからといって油断して接したら、足下を掬われるぞ。

「——彼女も、古くから地球を訪れている種族でね。旧約聖書のヨブ記41、イザヤ書27に記されたリバイアサン……日本だとレビヤタンとも記される海獣は、リービアーザン君の名が訛謬したものと考えられるんだ」

この場にもう1人いる、最重要人物——

Nの首領・モリアーティ教授が、自分こそ神話の登場人物かのような存在感のある声で語る。これも完璧な発音の、日本語で。

存在感があるのは、声だけじゃない。

間近に見る彼の外見にも、人間離れした印象がある。

二十歳前後の美男子の姿でありながら、どこか中性的で、彫刻や宗教画に表される神の1人がそこにいるかのようなムードだ。

モリアーティは、ただ面白いからという動機で——この世界とレクテイアに世界間戦争(サード・エンゲージ)を起こさせ、それを契機に両世界を融合させ、新世界を創ろうとしている。

売国奴(ばいこくど)ならぬ売界奴(ばいかいど)の彼は、勢力を拡大したがる性向のあるレクテイアの女神を次々とこの世界に導いている。その姿が神がかって見えるのは、その見返りに女神たちから命を複数もらい、副作用で遺伝情報が変わってしまったためだとシャーロックが言っていた。

その多くて長い命は、先日俺(おれ)が女神カーバンクルを翻意させたことで機能不全に陥ったままになっているハズだが……それが今『再生の女神』を自称するリービアーザンと共にいたのは気になるな。

そしてもう一つ気になるのが、今のモリアーティの発言。

——『彼女も、古くから地球を訪れている』——

レクテイアは、地図の外。この世界ではない、別の世界。

超能力(ステルシー)的な方法でしか行き来できないそこがどこなのかについて、今まで俺は頭の中で並行世界みたいなものを仮置きする事しかできずにいた。ゲームやマンガのファンタジー世界のように、とにかくここと別の世界地図がもう1枚あるイメージだ。

（だが、モリアーティの今の言い方は……）

日本語では、『世界』とは地理的な、『地球』とは天文学的な意味で用いられる単語だ。シャーロックとタメを張るほど学のあるモリアーティ教授が、そのニュアンスの違いを知らないハズもないだろう。

（……つまり、レクテイアは……地球とは別の天体……？）

という俺の気付きを中断させる事には——カチャッ。

案内役・兼・人質として連れてきた竜の魔女・ラスプーチナが、自らに掛けられていた手錠を外してしまった。義手の右手につまんだ鍵で。

それを見たアリアが「!?」って顔でスカートのポケットをゴソゴソしてるのを見るに、いつのまにか鍵を盗まれてたらしい。アリアがマヌケなのか、ラスプーチナの盗み能力が高いのか、俺としてはどっちも説を推すかな。

「エネイブルを——殺せなかったし、スエズまで来させちまったけど、連れてはきたぜ。連れてくりゃ、報酬の後金は半分もらえるんだろ？　金をよこせよ」

ラスプーチナは背に向けられたアリアの銃もチラチラ舞う小雪も気にせず、ビキニ水着みたいな鎧下いっちょでリービアーザンの方へ出ていく。カタコトの日本語で話しながら。

するとリービアーザンはギザギザ歯の口を歪め、

「その場合とて、負けることは赦しておらぬ。必ず勝つという約束を破り、敗北に汚れた姿を海王の前に晒しおって。去ね！」

竪琴を振るい、俺たちと戦ったラスプーチナを追い払う仕草を見せる。

「まあ、確かにそういう契約だったけどさ。３割でもいいから、金を払えよ。そうすれば今後また何かの時にアタシを雇えるぜ。アタシは強いんだ。今回は相手が悪かっただけさ。コイツたち以外の相手には負けない。二度と負けないぜ」

ラスプーチナがしつこく請求すると、怒り顔で「不義理を恥じず、金、金、金。ヒトはやはり自分勝手で醜い、下等な心の生き物じゃ……！」と呟いたリービアーザンは……

……ニヤリ、と、口元だけを笑わせた。

そして金の竪琴を構えてラスプーチナに向き直り、

「あい分かった。そうじゃろうな、そうじゃろうとも、メストカゲ。もうキサマは二度と、断じて、負けることはないじゃろうよ……キヒヒッ……」

……ポロン……ポロン……

と、撫でるように、弦を爪弾き始めた。

その指つきは演奏でありながら、同時に何らかの印を結ぶようで——

「……っ……あれは……」

じきに見えてきたものに、アリアが小さく息を呑(の)む。

するり——ラスプーチナのほぼ裸の背中に、黒いピラミッドみたいな三角錐(さんかくすい)が突き出てきてたのだ。ラスプーチナ本人が「?」と自分の腹を見下ろして身を捻(ひね)ると、腹部側にもそれが貫通しているのが見て取れた。

前後を合わせて見ると、それは角錐ではなく宝石のような平行六面体。ラスプーチナが痛がる様子は無いため、それはホログラムのような重さのない物体……否(いな)、現象らしい。色は半透明で、黒というより影色。不可解ながら、見たままを言えば『立体の影』としか認識しようがないものだ。

そして俺(おれ)は、あれに類似する現象を何度か見た事がある。

緋緋神(ヒヒガミ)アリアやネモたち超々能力者(ハイパーステルス)が操った、次次元六面(テトラディメンシオ)、次次元水晶(エトランジュクワルツ)——

(リービアーザンは人魚でありながら、超々能力者って事か……!)

悲しいかな俺は理解できつつあるが——おそらくあれは色と質感の通り、『影』。

三次元の立体が二次元の平面に影を落とすように、次次元に働きかけた超々能力の術がこの次元に影響して見えている影だ。

どの次元であろうと、影から本体の形を正しく見抜く事は決してできない。

こういう時は見えるものではなく、起きる現象に集中するんだ。

と、俺が注視するラスプーチナ本体は——

「おい、何だこりゃ……払わないつもりか！　払えよ、金を……！　戦わせて、働かせて、1ルーブルも払わないなんて……！」

立体の影がパタン、パタン、と折り紙細工のように面を内側へ折り畳んでいくのと共に……次第に、縮んでいく。シュウシュウと、肉体が気化しているらしき白煙を上げながら。

——人間が、縮む。悪夢のように。

これも、俺は似た光景を見たことがある。半減を繰り返すのではなくジワジワと縮み、見えない球に閉じこめられてはいないなど、細部は全く異なるが。

それは、かつてヒノトがルシフェリアを殺した——

「——『七つ折りの凶星』、か……!?」

その魔術の名を口走った俺に、竪琴を鳴らすリービアーザンが振り向く。

「ほう、ヒトオスのくせに詳しいな。これはその原種の呪い、ターティー・ビコ・ナーサ——日本語にするなら、『時折りの逆さ箱』よ。この愚かなメストカゲは、まもなく消滅する。キーヒヒヒッ——」

……消滅……？

つまり、殺すつもりか!?

ラスプーチナは器物破損や傷害や殺人未遂を繰り返した犯罪者だが、俺が見た限りでは死刑にされるほどの事はしていないぞ。

「……払えよ……はらえよ、カネを……かね……を……！」

ラスプーチナは短くなった腕を伸ばし、小さくなった手のひらを上に向けて差し出している。リービアーザンの方へ、執念深く。

濛々と白煙を上げるその体は、もう体積にして3分の2ほどに縮んでしまった。

そのせいで、ズルリ、ポトリ、と、水着のような鎧下が無様にずれて、脱げ落ちていく。

「メストカゲには金のかわりに、海王が慈悲を――夢見心地の最期を、呉れてやろうぞ。その体をガイデロニケが標にしたりしたら、面倒そうじゃしのう……」

「……ああ……あああ……」

ラスプーチナは己の体を抱くようにしながら、その場にうずくまり――

もう見るに堪えないということか、ブロンズのイスに掛けたままのモリアーティ教授が――バサッ――と、自分の外衣を脱いで、ラスプーチナの方へ放った。

雪交じりの風に乗ったマントは、ファサッ……

小さくなったラスプーチナの裸体に覆い被さる。葬るように、弔うように。

「や、やめなさい、リービアーザン……！　殺すなんて――」

「命の1つや2つで騒ぐでない。命なぞ、あぶくのごとく消えては湧くものよ。それともキサマは木の葉が一枚落ちるごとに騒ぐのか？」

事態を看過できないと見たアリアが叫ぶが、人と異なる死生観を持つらしい再生の女神リービアーザンは聞く耳を持たない。

……もう、ラスプーチナは声も上げなくなった。

ただモリアーティのマントの下から煙を漏れさせ、縮んでいく——消えていく、だけだ。

(……ッ……)

それが犯罪者のラスプーチナでも、死の危機に瀕している人命は救助すべきだ。だが、遅きに失しつつある。

俺には超能力的な介入ができず、アリアは超能力者だが能力が限定的であるため事態を解決できずにいる。

となると、リービアーザン本人に何らかの強制力を働かせ、『時折りの逆さ箱』を解除させるしかない。

しかし戦闘で言うことを聞かせようにも、リービアーザンは女神。レクテイアの神とは世界を滅ぼせる力の持ち主だし、人間を消滅させる術をヤツが連続で使えるかもしれない以上、安易な手出しができない。

となると残る道は、交渉。

何らかの取り引きをする必要がある。この場にある材料だけで。

そんなムリゲーが出来るワケない——と思いきや、ヒステリアモードの俺の頭にはすぐその材料が思い当たった。

（……モリアーティを奇襲して、身柄を押さえれば……！）

我ながらまさかの発想ではあるが、そのチャンスはあるように思える。

竪琴を弾くリービアーザンは、ラスプーチナを消滅させる術に意識を大きく割いている。モリアーティも『時折りの逆さ箱』に興味があるのか、憐れんでいるのか、自らがさっきマントで覆ったラスプーチナの方を見ている。今この場で全員に意識されている主題は、ラスプーチナの死だ。

よもやそのタイミングで突然——俺がモリアーティを襲うとは、敵も考えないだろう。

不意を突かれれば、誰だって逃げられないものだ。

これは、敵の総大将を逮捕する千載一遇の好機だぞ。

そして——捕らえたモリアーティ教授を人質にすれば、リービアーザンにラスプーチナ殺しの術を中止させられるハズだ。

リービアーザンにとって仲間のモリアーティがどの程度重要かは分からないが、手下のラスプーチナの命ほど軽くはないだろう。この人質交換には応じる公算が大きい。

俺と呼吸の合うアリアも直感で同じことに思い至ったらしく、密かにモリアーティへと意識を向けているのが分かる。俺が動けば、合わせて動いてくれそうな気配だ。

今の俺は、さっきラスプーチナと戦いながら交わしたキスでなれたヒステリアモードが続いている。

よし。ラスプーチナがくれた力を、ラスプーチナのために使ってやるぞ。

(シャーロックが言ってた通りなら——モリアーティは、超能力者じゃない)

ヤツは遠隔から条理に介入し、バタフライ効果で自分に都合の良い未来を作っていた。今まで、ずっと。言わば安楽椅子探偵ならぬ、安楽椅子犯罪者だ。

そんな骨惜しみする性根のヤツが、実際の犯罪現場で銃弾の嵐をぐり抜けてきた俺とアリアの武偵コンビに勝てるハズはない。

モリアーティ。どうして俺たちの前に出てきたのかは分からないが、お前はこの状況を作った時点で詰んでいたんだ。最初から……！

——行くぞ——！

「『緋弾のアリア』、『不可能を可能にする男』。うん。いい目をしてるよ、２人とも。では撃ってごらん、私を」

動こうとした瞬間、声を掛けられて——

そっちを見ると、目が合った。俺たちの考えなんか、俺たちが考える前に読めていたと言わんばかりの笑顔で、両腕を広げていたモリアーティと。

その計り知れない目力に、不可視の銃弾を放ちかけていた俺の指が止まる。

クソッ……やはり、そんなに甘い相手じゃなかったか。

条理を読めるアイツを相手に、奇襲は無効なんだ。

　じゃあ、次の手はどう打つ。

　と、ヒステリアモードの頭を回転させる俺(おれ)の隣から……

――バンッ！　バンッ！　バンッ――！

二丁拳銃(ダブラ)全弾斉射(フルバースト)の火力ゴリ押しを常とするアリアが――ガバメントを1丁だけ両手で押し出すように構え、モリアーティを単発(セミ)で指切り射撃(タップバースト)した。命中率を高める選択だ。

　しかし、3発放たれた.45ACP弾は……

……全てモリアーティに当たらず、スエズ運河上空に消えていく。

　モリアーティはイスに掛けたままで、避(よ)けたりはしていない。距離は目測10ｍ弱。この拳銃天才児・アリアなら、後ろを向いて撃ったって全弾命中させられるターゲットだろう。だが、そうはならなかった。上手の手から水が漏れたのか、まさかの不良弾の3連続か、運命のイタズラとしか言いようのない、何らかの理由によって。

　これは、つまり……

「やっぱりね。モリアーティは自分が殺されないよう、あらかじめここの運命――条理を作り込んであるわ」

　アリアが言う通り、モリアーティはここに『自分が殺されない』条理バタフライ効果の防壁を巡らせてあるのだろう。

――となると当然、『敵が死ぬ』運命も用意してある可能性がある。

モリアーティが作る運命のドミノが必ずしも万能ではない事、俺やネモなどの特異点がドミノを弱体化(デバフ)させる事はオホーツクやインドで実証済みだが──『近距離から撃たれた銃弾が外れる』などという不条理(ムチャ)が通った今の光景を見るに、運命に影響を与えたい対象との距離が極々近いとドミノは強化(バフ)されるのかもしれない。

もしそうなら、目の前にアリアがいるこの状況はヤツにとって大きなチャンスだ。宿敵シャーロックの曾孫娘(ひまごむすめ)を殺害する、絶好の機会と言える。

俺が条理を弱体化させる力と、モリアーティの条理ドミノが強化される度合いの綱引き次第では──ヤツは俺にさえ、不条理な死を突然もたらす事ができるかもしれないぞ。

だが、それでも。

（モリアーティが敢(あ)えてここに現れた理由は、攻撃のためだけじゃないハズだ──）

いくら運命を操れようと、それを阻害しかねない俺がいる以上、モリアーティがここに自ら現れたのはモリアーティにとって最も安全な手ではない。アリアを殺せるチャンスがあろうと、やはり俺がいるからには、最も強力な攻め手でもない。イ・ウーとノーチラスへの攻撃をサポートする監視・連絡なんか、部下にやらせればいい。

それでも自らモリアーティ本人が出てきたのには、裏の目的があると見るべきだ。

そこに思い至ると同時に、ヒステリアモードの頭で分かってしまった。

モリアーティの目的は──俺だ！

(アイツは今、試しているんだ——自分と、俺との、組み合わせを……！)

モリアーティは条理ドミノを並べて作った物事の運命を、『本』と呼んでいる。

ヤツはオホーツク海戦でルシフェリアを使い、俺、『不可能を可能にする男』が条理を壊す——『本』を書き換えてしまう男だという事を確認した。

そこまで正常に書けていたはずの本に、俺のせいでトンデモなシーンが書き加えられてしまう。俺本人は真剣にやってるつもりでも、ハタから見ると起きるはずのない超展開が繰り広げられる。起きえない逆転劇が次々起き、助からなかったハズの女が次々助かる。几帳面な作家ならそれに腹を立てて、俺になんか生涯係わろうとしないだろう。

しかしモリアーティはそれを面白がる、作家として見るなら放埒なタイプだったんだ。俺と同じく条理に従わない『可能を不可能にする女』——ネモを仲間にしていた時点で、そこに気付くべきだったぜ……！

……モリアーティが出てきたんじゃない。俺がここへ来させられていたんだ。ヤツはセーラ、ラスプーチナ、そしておそらくリービアーザンの運命をも操って、俺をはるばる日本から招いていたんだ。ここ——自分の至近距離まで。俺がモリアーティの真ん前でも『本』に想定外の展開を書き加えるのかどうか、そのテストをするために。

さらにここでモリアーティは、

「遠山キンジ君。私は出来れば君の持つ特性をこの世から消したくはない。そこでぜひ、君を僕の潜水艦(ノア)に招待したいんだよ。この美しい人魚姫・リービアーザン君(くん)の部屋の隣に船室も用意しよう」

などと言い出し、「ヒトオスが隣ぃ〜？」とギザ歯口をへの字にしたリービアーザンにイヤがられている。

——あと何秒あるのか分からない、ラスプーチナの命のタイムリミット。

——強化(バフ)運命ドミノによる、アリアと俺の理不尽な死のリスク。

——今モリアーティが提示した、俺の投降という選択肢。

モリアーティは複数のイベントを同時進行で起こし、この現場を大混乱に陥れている。

そしてトドメに、このタイミングで——

「——キンジ！　海面に潜望鏡が２つ見えるわ！　ほぼ真南、距離は８００と１２００、どっちも接近してきてる！」

アリアが、潜水艦隊らしきものの発見を告げてきた。

言われた方を見ると——スエズ湾の水平線近く、一番星の下に、遠い航跡(ウエーキ)が２つ見える。あれは潜望鏡が海面を割り進む白波だ。

２両編成の列車みたいな、２艦単縦陣。明らかに連携しており、お互いの距離を広げず縮めず、幅２００ｍの大河のようなこのスエズ運河へ半速前進してきている。

——間違いない。潜望鏡深度で航行する、ノーチラスとイ・ウーだ。本当に来た。

航路も位置も、何もかもを予知されてたんだな。モリアーティに。

「さて、エネイブル。この状況で君がどうするか、私は見たくてね。先日頑張って考えてみたのだが、ここから先の展開は、この私にも17通りにまでしか絞れなかったんだよ」

モリアーティは映画館に来た少年みたいなワクワク顔で、俺（おれ）に語りかけてくる。

そのフルスロットルの愉快犯っぷりに腹は立ちまくるんだが、

「17通り？　じゃあその中で、お前にとって最悪の展開を選んで思い浮かべてみろ」

「うん……？　ああ、思い浮かべてみたが？」

「そいつを起こしてやる」

くっちゃべってるヒマも無さそうなので、俺は口撃（こうげき）をその程度で終わらせて——

——ベレッタを、抜く。そうするしかない。

まあなんとなく、最後はこうなる気がしてたさ。

立ちはだかるものが何であれ、拳銃を手に強行突破する。

俺とアリアにはそれしか出来ないんだから、それが一番いいとも言えるかもだ。

ノーチラスとイ・ウーは無線を封鎖している可能性が高いから、光学的に連絡をつけるつもりで——どれかの武偵弾（ぶてい）を装填（そうてん）しようかとも思ったが、アリアが漆黒のガバメントに煙幕弾（コルティナF）を入れてる。信号係はアリアに任せるとするか。

「それは、それは。ただ——その最悪の展開は、君とアリア君が生きてここから帰る事のできないものなんだ。君がノアに来る1通りを除けば、どの『本』の展開になろうとも、あのノーチラスとイ・ウーがここを通過する前に君たちは死んでしまう」

さっきの俺の言い草に少し笑いながら、モリアーティがそう返してくる。

「それなら、お前の想定外の展開を見せてやる。俺は妹にも不吉な占いをされてるんで、それと合わせてここで未来を書き換えさせてもらうぜ。ノアに行かず、アリアと生き延び、お前を逮捕し、ノーチラスとイ・ウーに連絡を入れる。それとついでに、ラスプーチナも助けてやるさ」

「――フッ。もう少し語らいたくもあったが、では行くがいい、エネイブル君、アリア君。君たちの信じるそれぞれの神へ、末期の祈りを忘れずにね」

「いま笑ったなお前？」

「だって、君は私が考えもしなかったことを喋るからね」

この場では――

いま俺がモリアーティ教授にフカシたような完全勝利は、絶対に収められない。

こっちは遠路を移動した後だし、ラスプーチナ戦のダメージもある。残弾も心許ない。

モリアーティたちは待ち構えていたのだから、あらゆる準備が整っているはずだ。退路も用意してあるに決まってるので、もし俺たちが優勢になっても逮捕まではできないだろう。

なおも縮み続けるラスプーチナはマントの下で動かず、声も途絶えた。甚だ残念だが、死亡した様子だ。もう救助に動く意味はないものと思われる。

このような状況の中で、唯一収められ得る戦術的な勝利は――

ノーチラスとイ・ウーに、連絡を入れる事だ。それだけは、何が何でも果たさねば。

スエズ運河では、潜水艦は浮上航行しなければならないルールがある。潜航したままで通過しようとすると、運河の浅い場所で潜水艦が着底・座礁してしまうからだ。そのため間もなく、ノーチラスとイ・ウーは水上に艦影を暴露させざるを得ない。

その姿と正確な通過時刻は、ここ紅海側の運河南端でモリアーティとリービアーザンに目視確認される。その情報は、運河北端の地中海で待ち伏せしているのであろう黄金原潜ノアと海底軍艦ナヴィガトリアに伝わってしまう。

――『奇襲の虞(おそれ)あり』――

それを、ノーチラスとイ・ウーに知らせなければならない。

逆を言えば、知らせてさえしまえば敵から一本取れるぞ。ノアとナヴィガトリアによる奇襲は奇襲にならなくなってしまうため、中止される。奇襲と通常戦闘は兵装から配置に至るまで何もかも違う準備をしなければならないものだしな。

――アリアは、両艦の接近をしばらく待つようだ。遠距離から煙幕弾(コルティナF)の狼煙(のろし)を上げても、ノーチラスとイ・ウーが自分たちへの合図だと気付かないかもしれないためだろう。

なので俺(おれ)はリービアーザンに銃口を向け、

「人魚ちゃん。君のお友達のタイやヒラメは持ってないだろうけど、ヒトが持ってるこの道具について教えてあげよう。こいつは『けんじゅう』と言って、当たると死ぬほど痛い超音速の鉛玉が飛び出る武器だ。ヘタッピのアリアはさっき外しちゃってたが、俺は上手なんで、何なら2、3発ヒレに風穴を開けて痛みを教えてあげてもいい」

と、時間稼ぎがてらクドめのセリフで威嚇する。相手は上半分だけとはいえ女子なので、ヒステリアモードの血に従って、ジェントルに。

「でも君にヒトに劣らない想像力があるのなら、撃たれる前に言うことを聞いた方がいい事は分かるハズだ。まずはその演奏をやめて、これ以上ラスプーチナの肉体を縮める事をやめるんだ」

リービアーザンの魔術は、ラスプーチナを文字通り『消滅』させるものの可能性がある。死体すら消えてしまったら、以降の捜査に何の情報も残らない。

それは望ましくないので、俺がそう告げると……

「ちっぽけなピストルで大いなる海に勝てるつもりか、ヒトオス！」

ギザ歯を見せて嗤うリービアーザンは——さっ、さっ。

尾びれをメトロノームのように揺らしてリズムを取りながら、竪琴をさらに激しく奏で始めた。両手の指と、指の間の水かきも巧みに使いながら。

「……っ……」

音楽の素養があるアリアが、目を見張ったことには——

リービアーザンは今までの曲を演奏しながら、もう1曲を弾(ひ)き始めたぞ。同時に。

人魚の魔曲は和音ならぬ和曲にできる事を前提に作曲されているのか、違和感もない。

そんなの、こっちの世界の人間は誰も発想すらしなかった事だ。

レクテイアの音楽は、こっちより進んでるんだな。

「ノアで話題になったが、キサマはルシフェリアと死合(しあ)い、文句ナシの勝利を収めたとか。つまりキサマを討てば、妾(わらわ)はルシフェリアより強いという評判を得られようぞ。キヒヒィ——！　この海王が上陸してやったのは、キンジ狩りのためよ——！」

リービアーザンは戦闘BGMみたいな2曲目だけ音量を上げて(クレッシェンドして)、瞳孔のハッキリ見える溟海色(マリンブルー)の瞳をギョロッと剥(む)いて俺(おれ)を凝視してくる。

……こっちのお客様からも、エネイブルさんにご指名が入りましたか。あとやっぱり、レクテイアには名声というか、見栄(みえ)のために戦う文化が根強いんだな。平安時代の武士や、中世ヨーロッパの騎士みたいだ。

2曲目のボリュームが上がると共に海風は強まり、空気中を流れる砂塵(さじん)の濃度が増してきた。いつしか上空には灰色の雲が増え、暗くなり、降雪が激しくなっている。さらには不自然な海霧までもが辺りに漂い始め——これがリービアーザンの魔術による環境操作だという事までは分かった。

ただそれらの影響は広く薄いので、俺たちの視界を封じるためではなさそうだ。多分、俺たちからノーチラスとイ・ウーへの光学的な連絡を阻害しようとしている。

実際、２つの潜望鏡は悪天候によって見えなくなってしまった。逆にアリアの煙幕弾(コルティナF)も両艦の至近距離から撃たないと気付かないどころか見えなさそうだ。

「リービアーザン。ラスプーチナに対する殺人未遂容疑で、君を現行犯逮捕する。アリア、人魚には足首はないけど、左右の手首がある」

「悩まないで済みそうね、手錠を掛ける場所には。今度は鍵(キー)もしっかり隠すわ」

——混戦より各個撃破の方が良いのは、武偵高(ぶていこう)では1年で習う事。

なのでまず俺は運命操作で攻撃が無効化されるモリアーティを無視し、リービアーザンを逆指名してやった。

リービアーザンもリービアーザンで得体が知れないが、金属女メルキュリウスや大怪獣ヒュドラよりは得体が知れる相手だろう。ライオン頭のグランデュカとか鳥女のハーピーみたいな敵だと思おう。そっち系のバトル相手の名前がスラスラ出てきちゃう我が人生が本格的に悲しい事はさておき。

「ふむ。私は蚊帳の外という展開かな。そういう『本(Book)』の展開も7通りあるけどね」

「ナンバーワン・ホストと予約もナシに遊びたければ、しばらくおとなしく待ってろってことさ。次に相手してやるからスネるなって」

などとモリアーティをいなしていた俺が、

「キンジ、足下……！」

ホテル側に退避しながらのアリアが警告してきたので下を見ると、ビーチのあちこちに

……じわぁ……と、海水が湧いてきている。俺たちがそれに気付くと共に、液状化現象は

その勢いを増す。しまった。リービアーザンは既に、ここの下に水を回していたんだ——

「キヒヒッ、キャヒヒッ！　ビャッカジー、ビャッカジー、ラリラリワー♪」

——ばしゃあぁっ！　ちょっと『浦島太郎の歌』っぽい節を歌ったリービアーザンが、

バスタブに浮かべていた花と共に飛び出す。そして、べちゃっ。今や浅瀬と化した砂浜に

尾びれと下半身で着地した。上半身を立てたその姿は俺が最初に想定した『尻尾の女』、

蛇女ラミアの想像図に近いものだ。

「妾を捕らえるじゃと？　地べたにへばり付いて二次元にしか動けぬ下等なヒトどもが、

海中で三次元に動ける高等な妾に指１本触れられるものか。キャハハッ！」

べちゃんっ、ざぶんっ。リービアーザンは尾びれをバネのようにさせて、浜から運河の

入口付近の海へ跳躍していく。抱えた竪琴で魔の２曲をかき鳴らしながら。

今や俺は足首まで水に浸り、水面下では濡れた砂に足を取られ、追うどころか走る事も

ままならない。アリアはホテルへ続く板張りの階段へ一旦撤退した。

——バッ！　ババッ——！

琉金みたいなヒラヒラのヒレを狙ってベレッタを撃つが、海に着いたリービアーザンはまさに水を得た魚。飛び込む勢いで——バシャァンッ！　と立てた飛沫を浴びせ、弾丸を逸らしてしまった。

日没後で辺りが暗くなり、雪と砂塵と霧で視界が悪い中、さらに水に入られた。早くも、捕まえるハズのリービアーザンがどこにいるのか分からなくなってしまったぞ。

だが——リービアーザンは俺を殺す予告をしていたので、逃げたのではない。海と陸に分かれて膠着状態を作るつもりも無いだろう。

つまり、ヤツは俺を誘ってるんだ。自分が有利な、海へ。

いくらヒステリアモードの俺でも魚より速く泳げないのは明白だし、水の上を走る事もできない。モーゼみたいに海を割る事もできない。となれば常識的に考えて、俺が陸上を離れるハズはない。それでもリービアーザンが海に入ったのは、自分を追わなければならなくなる何らかの行為をしてやるぞという宣言なのだ。

真っ先に想定される、その行為とは——

（リービアーザンは、ノーチラスとイ・ウーを攻撃するつもりか……！）

ヤツの能力の全容が分からない以上、あらゆる事を想定せざるを得ない。海王を名乗るからには、例えば海水の流れを操って両艦を座礁させるような事ができるのかもしれない。

——見え見えの罠だが、文字通り飛び込まざるを得なくなったぞ。スエズ運河の入口、紅海に。

こうなると舟艇が必要になるんだが、このビーチに都合良くモーターボートが碇泊していたりはしない。それっぽい物といえば……この砂浜に出る前に通ったメロウ・ホテルのロビー……その壁に掛けられてあった、室内飾りのサーフボードぐらいだ。だがまさか、あんなもので、海王が待ち受ける海に打って出るだなんて——ねえ？

と、ホテルの方を見たら、今まさにアリアがそのサーフボードを頭上に掲げて走り出てくるところだった。

そのままサッカーのスローインの手つきで思いっきりこっちに投げてよこしてきたので、やるしかないみたいだよ。俺、今回。サーフィン。

「追いなさいキンジ！　あたしもすぐ行く！」

叫ぶアリアは空を見上げ、スカート内のYHSを再点火して出力を上げている。上からリービアーザンを探し、空襲するつもりだな。

——オンボードまでの時間を短縮するため、俺はトラディショナルなシングルフィンのボードを抱えてヤケクソ気味で運河入口側の紅海へ走る。それを波に足下を洗われつつのモリアーティが笑って見てやがるよ。チクショウめ。

この辺りの波は弱い。スキムボードの要領でテイクオフしたのはいいが、これじゃすぐボードに腹ばいになってパドリングするしかなくなりそうだ。あれは両手が塞がって銃が使えなくなるから良くない。

空にはリービアーザンが吹かせた強風がある。なので俺は上空に飛翔してきたアリアと交錯しないように開傘弾を撃ち上げ、アラミド繊維のサスペンション・ラインをベルトに接続する。バサッと広がったパラシュートに風を受けて、カイトサーフィンのように推進力を得れば——よし。これでなんとか、銃を持ったままリービアーザンを追えるぞ。

「リービアーザンが見えたわ！　水面下スレスレ、時速50㎞前後で南下中！　まだ竪琴を弾いてる——！」

ＹＨＳの噴射音と被ってもよく通るアニメ声で、アリアが空から教えてくれる。

時速50㎞。全速力かどうかはともかく、人魚はサケやタイぐらいの速度で泳げるんだな。

アリアの視線の先に集中すると、ヒステリアモードの耳にも確かに海中から竪琴の曲が聞こえてくる。ラスプーチナを消滅させる魔曲と、悪天候を呼ぶ魔曲が。

位置を逃さぬよう聞いていると、２曲同時に掻き鳴らされていた曲に、なんと３曲目が加わった。こっちの音楽でいうとヘビメタのような、激しい曲調だ。

３つめの魔術に警戒しつつ、アリアと進行方向を合わせて進むと——シュンシュンッ！

リービアーザン側から、高さ１ｍほどの白い刀のようなものが飛来してきた。

「——ッ……!?」

パラシュートのラインを切られないよう、俺はサーフボードをターンさせてスレスレでその飛来物を回避する。

その際、間近で目視できたが——リービアーザンの魔術に、また驚かされた。水の刀だ。ウォータージェットカッターによる加圧水の噴射のように、超高圧の水が亜音速で飛んできたのだ。直撃を受けたら、俺(おれ)の体は防弾制服ごと真っ二つになっていただろう。

「わ。泳ぎながらこっち見たわ、リービアーザンが……！」

「どういう事だ？」

「背泳ぎになったの。まだ竪琴(たてごと)を弾(ひ)いてる、って……キャッ！　ああもう！」

上空から俺に話すアリアもリービアーザンから水の刀をシュンシュン飛ばされ、空中でヒラヒラ躱(かわ)している。

それからも俺とアリアは右へ、左へ、飛来する死のブーメランを躱し——なんとか元のコースへ戻る。

リービアーザンは、水の刀で俺たちを遠ざけるコツを次第に掴(つか)んでいってる感じがする。このままじゃ、ノーチラスとイ・ウーへ向かうコースから外れさせられる。そうなったら両艦をリービアーザンから守れないし、光学的な連絡も入れられないぞ。

「——キンジ、南——来たわ！」

アリアに言われて南へ目を凝らすと、雪と海霧と水飛沫(みずしぶき)を掻(か)き分(わ)けて——

２００ｍほど南の海面に、真っ黒な、直径２５ｍ程の、巨大な半円がこの場へ登場した。

上半分だけのブラックホールのように。

今まさに海面下から上がってきたところらしい半円は、その左右へ瀑布のように盛大な落水を見せながら前進してくる。

それは——超大型の潜水艦。

浮上航行中の、原子力潜水艦だ。黒い半円に見えるのは、下半分が喫水線下にあるのを真正面から見ているためだ。

艦橋に『MOBILIS IN MOBILI』旗。ノーチラスだ。イ・ウーが見えないのは縦列航行して真後ろにいるからだな。

——シュンシュンシュンシュンッ——！

「……クソッ……！」

「ああ、もうっ——！」

リービアーザンの方から、水のブーメランが乱れ打ちで飛んでくる。そのあまりの数に、俺とアリアは進行方向を東西へと逸らされていく。

——チクショウ。このままじゃ、俺とアリアはノーチラスと擦れ違っちまうぞ。さらに400m後方のイ・ウーともだ。

角度が変わって見えたが——そのイ・ウーも、まず曇り空に白く際立つ『伊』『U』の二文字が描かれた艦橋を、続けて莫大な海水を落としつつの艦体を、小雪舞う紅海上へと浮上させてきた。ノーチラスとピッタリ同じ速度で、これもスエズ運河の入口を目指して半速前進している。

あと数十秒の間に、俺とアリアは両艦と擦れ違ってしまう。確実に連絡を入れるには、ネモとシャーロックが潜望鏡を向けているであろうスエズ運河入口側――両艦の真正面の空に至近距離から狼煙を上げるべきだ。いま俺とアリアがリービアーザンに追いやられてしまった東西の離れた空から信号を上げても、見落とされるリスクが高い。

飛行中のアリアは――3Gの電界内らしく、携帯による通話を試みているようだ。だが電話が繋がった様子はない。やはり両艦は無線封鎖中か。

となるとやはり正面に出なければならないので、アリアはツインテールの両翼を操り、空中で姿勢を安定させ……ガガガガガガガガンッ！　白銀のガバメントで、行く手を阻むリービアーザンへの8弾斉射を見せた。

リービアーザンのいる位置を俺に教えるようにキラキラ飛ぶのは、法化銀弾――魔物に特別な付加ダメージを与える弾丸だ。用意がいいなと思ったが、いいのは運か。どうやら不知火案件で未来妖怪と戦うために携帯してたやつを流用してるっぽい。

その銀弾を嫌ったか、リービアーザンは――厳密な自分の位置が俺にバレるのも構わず、突如、ぼごんっ！　自身の上へと、軽自動車ほどの体積の海水を盛り上げさせた。海面に小山を生じさせるような感じで。

水の障壁を立てたつもりか？　いや、違う。盛り上がった水は複雑に入り組んだ漏斗(ろうと)やチューブのような、奇妙な形をしている。公園で子供が潜り込んで遊ぶ、タコやサザエの形をした遊具のような……

（──ッ……！　なんて器用なヤツだ！）

その意図に気付いた俺が、Ｄ　Ｅ(デザート・イーグル)を抜く。

それとほぼ同時にアリアの銀弾は、バチュッバチュッバチュッッ！　リービアーザンが作った水のチューブの中を何度もバウンドし──高速で投げた小石が水面を跳ねるような水切りを繰り返し、全弾、ビビビュビュンッ──！

キンジ殺(ごろ)し・ルシフェリア超えの名誉を得るためだろう、俺めがけてターンして飛んできた。速度は落ちていても、殺傷力を十分保ったままで──！

「──キンジ！」

自弾を俺に返されたアリアが空から慌てた声を上げ、

「返してきたって事は、効くって事だ！」

迫る銀弾を、俺が──ドドドドッ！

デザート・イーグルに業火を噴かせて──ギギギギギギギンッ！　全弾、弾(はじ)き返(かえ)す。

水のチューブをいま解除したところの、リービアーザンの方へと！

──君も弾を返す技の持ち主なら見ておくといいさ、人魚姫。

サーフィンしながらではあるが、こいつが俺の銃弾撃ちだ——！

「——ギャッ——！」

返した銃弾を返されるのは想定外だったらしく、ヒステリアモードの聴覚が水中からのくぐもった悲鳴を捕捉する。見えはしなかったが、当たったか、掠めたかだ。よし！

水を伝導して聞こえている魔曲も、メドレーの繋ぎみたいなリズムを取るだけの旋律になった。さらに3曲目は中断され、リービアーザンからの高圧水の刀は放たれなくなる。

おかげで俺とアリアは改めて、左右からノーチラスの前方に接近できて……

——バシュウゥウッ、バシュウゥウウッ、バシュウゥウゥウッ——！

黒のガバメントが3発の煙幕弾を放ち、赤・白・青——イギリス国旗の3色の煙の帯を空に描いた。ノーチラスの正面から艦体上空をまっすぐ通過して、イ・ウーもその真下を通るコースに。

オホーツク海戦でもアリアが見せた、同じ煙の帯に……

——チカッ、チカチカッ、チカチカッ、チカッ、チカッ——

やったぞ。ノーチラスが艦橋上のポール先端から発光信号を返してきた。応答だ。

C-O-N-T-A-C-T……『我と交信せよ』。無線を開けたらしい。

（……伝わった……！）

まずは当初の目的を達成できた俺はノーチラスの脇の水上を、同じ『我と交信せよ』の信号を点滅させ始めたイ・ウーを指して携帯で話し始めたアリアは上空を、それぞれ通過していく。シャーロックに連絡を入れてるって事だな、アリアのあれは。

ノーチラスの巨体が蹴立てる波にライディングする俺も携帯を出すと、アンテナは1本立っている。

なのでネモに電話したら——ワンコールで出たよ。

『も、もしもしキンジか。貴様は今どこにいるのだ？　まさか——』

「いい波がスエズに来ててね。人魚とサーフィンさ」

『人魚……リービアーザンか！　ここで襲ってくるとは。迂闊だった……！』

「モリアーティも来てるよ。まあ、一筋縄では逮捕できなさそうだったけど」

『私と貴様が互いの存在を近くに意識した以上、今からしばらくはモリアーティと戦うな。不可能を可能にする力と可能を不可能にする力が相殺し、ヤツの条理操作力の方が優勢になるかもしれないからだ。ともあれ——私たちは予定通りスエズ運河に突っ込む。高額な通行料も払ってあるしな。乗員には警戒態勢を取らせながら地中海に出る。助かったよ』

ネモは——この通信ができた時点でNによる奇襲が失敗したと、一瞬で理解した感じの口ぶりだ。さすが学位持ちのインテリ少女。理解が早くてこっちこそ助かるよ。

「お礼には及ばないよ。たまには俺もマリンレジャーを楽しみたかったってだけさ。でも連れ合いは音楽に夢中な人魚姫じゃなくて、俺に夢中な船乗りの子が良かったかな」

『は、はあ？』

などと、勝利の余韻に浸ってネモをからかっていたら──

──バツンッ！　という手応えと共に、俺(おれ)が掴(つか)まっていたパラシュートへのラインが切断された。見ればノーチラスからの落水に逆らって滝登りしていくリービアーザンが、水の刀を飛ばしてきたようだ。耳に集中すれば、3曲目──水の刀の曲も再演されている。俺にフラれて怒っちゃったのかな？

危うく海に落としかけた携帯を閉じて胸ポケにしまった俺は、バランスを取ってターン。ここからはカイトサーフィンじゃなくて、ただのサーフィンになる。武偵高(ぶていこう)の海浜合宿で強襲艇(CRRC)に乗った蘭豹(らんぴょう)先生に銃で追い立てられつつ数日間習っただけなんで、あまり自信は無いけどな。サーフィン。

俺は原潜ノーチラスが蹴立てる波を左下へ、右上へとボトムターン。リービアーザンが飛ばしてくる水のブーメランを避けつつ乗りこなす(メイクする)。

トビウオみたいに空中を舞ったリービアーザンは「ギャハハッ！」とダミ声で笑い──4曲目、5曲目、6曲目の魔曲を竪琴(たてごと)で弾(ひ)き始めた。全曲、同時進行で。つまり4つめ、5つめ、6つめの魔術も同時詠奏(えいそう)し始めたという事だ。

（……！）

4つめの術は、視覚的に分かった。

――くりんっ、と――

リービアーザンの鱗を玉虫色に燦めかせて、その腰の周囲を水色の光粒が周回したのだ。

光粒は円を描いて飛びながら、2粒に分裂した。それが4粒に。最初は水飛沫と混同しかけたが、海中に入ったリービアーザンの周囲にも光は公転している。今、8粒になった。

この術は、見覚えがある――

(……瞬間移動……！)

用意してあるに違いないとは思ってたが、意外な手だったな――それが、敵方の退路か。

ノーチラスとイ・ウーに俺達の連絡が入った時点で、モリアーティとリービアーザンは戦術的には敗北したと言える。その場合は、すぐ撤退する取り決めをしていたんだろう。

だが戦略的な撤退時には、誰しも置き土産の攻撃をしていくものだ。

それがきっと、5曲目と6曲目――対を為すように奏でられている、2曲。

「キンジ、マズいわ……！」

上空にいるアリアの方が先にそれに気付き、続けてノーチラスの立てる波を滑り降りる俺も気付いた。地響きのような海鳴りと、足下に伝わってくる震動に。

――ドドドドドドドドザザザザザアアアアアァァァァァ……！！！

スエズ湾の南南東と南南西から、イ・ウーを追いかけるようにして――波長は短くとも不自然に速い、2つの大高波が襲い来ている。どちらも波高はピッタリ同じ、約7m半。

あれが、第5と第6の魔曲による攻撃——！

さらに2つの高波はイ・ウーの艦尾を包むように、押し寄せ、重なり、10mを超える波高の三角波を形作っていく。

津波ほどではなくとも、それに準ずる破滅的な運動エネルギー——イ・ウーが、それを避けられずに受けてしまう。巨大さがアダとなり、原潜は急速な方向転換ができないのだ。

急速潜航で凌ごうにも、ここはもう深度が取れない浅い湾内。後方からモロに寄せ波を受け——イ・ウーは、加速させられている。まっすぐ前方、ノーチラスの方へと。

…………ズズズズズズズドドドドドッ…………！！！

魔の三角波が、イ・ウーを前へ前へと押し続ける。400mに保たれていたイ・ウーとノーチラスの艦間距離が、300m、200mと縮んでいく——

（……ッ……！）

リービアーザンはイ・ウーをノーチラスに追突させるつもりなんだ。

ゴゴゴゴゴゴゴゴ……という地響きのような機関音を上げ、イ・ウーは緊急停止を、ノーチラスは取り舵回避を試みようとし始める。しかし各々数万トンの自重を持つ両艦は慣性に抗えずにおり、回避は間に合わない事が明白だ。

艦間、今、100m。黒金の山と山が不気味なほど急激に駆動音を下げ、沈黙していく。双方が衝突を覚悟し、損傷に備えて原子炉を閉鎖したんだ。

その両艦の間に位置する俺にも、波浪は死の水壁となって、黒いイ・ウーごとこっちに迫る。原潜同士に挟み潰されないよう、サーフボードを駆って向かって左へ躱すと――

「――キンジ！　掴まって！」

水面スレスレまで急降下してきたアリアが、俺を救出しようと腕を伸ばしてくる。だが、

「来るなアリア、自分も巻き込まれるぞ！　上空に退避しろ！」

俺はその手を取らず、イ・ウーめがけて波にライディングし続ける。

どうすればいいのかは思いつかないが、とにかく両艦を救出しないと。イ・ウーを押すあの高波を、なんとか崩さなければ。

死の危機に陥っているのは、イ・ウーとノーチラスだけじゃない。このままあの高波がスエズを襲えば――少なくともタウフィークの町には多大な被害が生じる。無辜の住民に、多数の死傷者が出る。

（――そうは、させるかよ……！）

身を低くしてボードを駆る俺が、イ・ウーの右舷側へ波を滑り降りる。そのまま艦体の黒い外殻に添って、ビルのように高い三角波の影の下に入っていく。

相手は高波。その質量は1千トンは下らないだろう。

対する俺との重量比は、風車とドン・キホーテよりひどい――目眩がするような格差だ。

だが、やるしかない――だから、やるんだ！

俺は左右の手を重ねて大きく引く、往年の野茂英雄の投球フォームのような構えを取る。

同時に、ズオオオウウウゥッ——と、ラムジェットエンジンじみた吸気音を立てて息を吸い込んでいく。満杯になった肺が破裂しそうになるのを胸筋で堪え、さらに根性で息を吸い続けて肺胞内に空気を圧縮していく。

イ・ウーとノーチラスの艦間距離は50mを切った。衝突まで10秒もない。原子炉停止時用のバッテリー駆動が始まったようではあるが、衝突の回避には全くパワー不足な様子だ。

俺に何らかの手段で衝突を妨害されると見たらしく、美しい尾びれをドルフィンキックさせながらのリービアーザンが水面下を泳いできた。竪琴で6曲を同時に奏で、水中でも全く減衰しない無数の光粒を周囲に公転させながら。

だが、ここはこっちの手の方が数瞬早い。行くぞ！

「——破アアアアァァァアアッッッッッッッ——————！！！！！！！」

俺は両腕を振るって衝撃波技・炸覇を放つと同時に、大音声を炸裂させた。190dBのキンジ版・ワラキアの魔笛、人間音響弾だ。

2つの荒技が——共に、イ・ウーの艦尾を襲う高波に到達する。炸覇は波に穴を穿ち、俺を音源に白い波紋となって広がった音波は、バチュウウウッ！！！　と、高波の一部を破砕する。

さらに音は無差別に周囲の全てを弾き、上空のアリアのツインテールをブワッと後ろに

靡かせて一瞬失速させもした。それよりずっと近くでこの音を喰らったリービアーザンは
――「ぎゃっ！」と鳴いて、感電したように水上へ飛び上がってくる。

高波は衝撃派と音で20％ほど砕けたが――それより耳を両手で塞いだリービアーザンが
魔曲の演奏を何小節か飛ばした事で弱まり、俺が砕いた所から更に30％ほど崩れていく。

波の力が半減したとはいえイ・ウーには慣性も働いており、前へ進み、進み、進み……

ノーチラスに追突する……寸前……

……1m……手前、で……

停止し、逆進に転じた。

あ……危なかった。ほとんどくっついたように見えた、ギリギリセーフっぷりだったよ。

高波に抗う方法なんて何も思いつかなかったからデタラメをやっただけだったが、何でも
やってみるもんだな。

だが崩れたとはいえ3mはある残りの波浪は、情け容赦なく俺に襲いかかってきて――

俺は、水中に没してしまった。

そこからは命綱のサーフボードを掴み、水流にもみくちゃにされながら海中を流されて
いく。

すると薄暗い海中に、水色の輝きが――こっちめがけて、高速で襲い来た。

瞬間移動の光の靄を身に纏ったままの、リービアーザンだ！

――ガシュッ！　トラバサミみたいなギザ歯で噛みつこうとしてきたリービアーザンを、俺がスレスレで躱す。水中でスピードに乗られると対応しにくい。ゼロ距離の組み合いで戦うんだ――と、俺は死に物狂いでリービアーザンの体に両手足をしがみつかせる。

水中なので動きの面では圧倒的に俺の分が悪いが、リービアーザンは後生大事に竪琴を抱えて弾くので片腕が塞がっている。俺を蹴ってくるヒラヒラの尾びれも、軟骨の部分が多いらしくて硬くない。細い右腕のパンチ共々、マッサージみたいなもんだ。噛みつきにさえ気をつければ、息の続く間なら、格闘戦で負けはしないぞ……！

俺とリービアーザンは崩れた高波の水流に揉まれつつ、取っ組み合いつつ、空恐ろしいスクリューの低音が轟く海中を――ノーチラスの艦直下へと流されていく。

リービアーザンは俺にしがみつき、ヒレをかいて、ノーチラスの下に留まろうとする。

頭上に鋼鉄のフタをされているようなここで、俺を溺死させるつもりだな。

だが溺れるのにはナチスの満潮刑、ナヴィガトリアのフリーフォールで慣れてる俺だ。

ハバククの撃沈時と同様、空嚢弾を真下に撃ち――展開させた長径1m、短径0・8mの扁球体の浮き袋に2人の体を押し上げさせる。ノーチラスの艦底やら側面やらにぶつかりつつではあるが、俺はその浮力で水上に向かう事ができた。

俺に両脚で胴締めをされ、肘打ちを何度も入れられるリービアーザンは――噛みつきや引っ掻きで反撃しつつ、今度は海中に渦の道を作って2人の流れ行く向きを誘導していく。

するといつしか、俺たちは浅瀬を転がるように流されているのが分かってきた。

ヒステリアモードの頭が、現在位置を再計算する。ここはさっき俺たちがいたホテルのプライベート・ビーチの近く。瞬間移動の光靄で水色に輝いて見えるリービアーザンは、仲間――モリアーティのいる浜へ向かっているんだ。

もう、足が砂の海底につく。水面に顔も出せて、息継ぎもできた。水かきのあるリービアーザンの手に顔を掴まれ、鼻の穴に指を突っ込まれながらだから、息は苦しいままだが。

「ギャマッ！　ギャッギャッ――！」

自らも水上に顔を出した気高き海王様は、猛獣みたいに吼えて威嚇してくる。だが日々アリア女王様の銃声に慣らされた俺がそんなカワイイ声にビビるわけもない。

ズブ濡れの『不可能を可能にする男』と『再生の女神』は――醜い掴み合いを繰り広げながら、浅瀬を転がる。

手を放したらモリアーティの所へ行ってそのまま瞬間移動で逃げてしまいそうなので、俺はとにかく、リービアーザンのヒレとなく髪となく、どこかを掴み続ける。

「この、下等生物がァ……！　海に、沈めェ……！」

リービアーザンは腋に抱えた竪琴で、何曲かを今なお奏でている。4曲目の瞬間移動の曲もやめていない。緋緋神やネモが跳躍した時の光景から考えて、リービアーザンを包む光粒は人間2人に空間を跳躍させる分量が溜まっているようだ。

しかし、まだリービアーザンは瞬間移動しない。これはモリアーティと共に逃げる予定だからか、1人で逃げるにしても俺が光の中にいるから跳躍できないのか――どうあれ、体をリービアーザンから離したら終わりだ。どこでもいいから掴んで、逃がさないようにするんだ……！

俺が崩した大高波は30㎝ぐらいの小津波となって、浅瀬を転がる俺とリービアーザンをさっきのホテルの浜に打ち上げるように押し戻し――

そこで、ガスッ！　リービアーザンが振り下ろした竪琴が、俺の眉間にクリーンヒットした。格闘のシロウトでもたまに入れてくるラッキーパンチみたいな感じで。

「〜〜〜〜〜〜〜ッッッ！」

眉間は頭蓋骨の中でも比較的骨が薄く、血管・神経が密集しているので、殴打されると激痛が走る人体急所だ。しかも眉間には筋肉がほぼ全くつかないので鍛える事もできない。そこに運悪く、ラッキー竪琴をモロにもらってしまった。

あまりの痛みに仰け反った俺は、目が開けられなくなりながらも――リービアーザンのどこかのヒレらしき部位を握り、意地でも離れるまいとする。

そしたらリービアーザンが「――ぎゃあ！　ぎゃあぎゃあぁ！」と異常にそれを嫌がり、アニメ声で悲鳴を上げてる。そして、げしいっ！　と、大きな尾ビレで俺を蹴り飛ばした。ちょっと、尋常じゃないパニックぶりで。

その勢いで、ズルリッ！

ヒレがちぎれてしまったのか、俺はそこを掴んだままリービアーザンから離れてしまう。

（……っ……し、しまった！　逃げられる！）

受け身を取るように何度か浅瀬を転がった俺は、這うような体勢を取って顔を上げる。

「ぎゃあああぁぁ！　きゃあああぁぁ！」

というリービアーザンの悲鳴を聞きながら、なんとか薄目を開けると――

酷くボヤけた視界ではあったが、高波の残りが際限なく押し寄せ、比較的凸凹している
この浜があちこち水浸しになっているのが何とか分かった。しかしこの寄せ波は街を壊す
ほどの津波にはならないだろう。ここのホテルを含め、何軒かは床下浸水しそうだが。

「はは……くくっ……いや、これは、ふふふっ……」

リービアーザンとは別の笑い声が――俺の左後方から、聞こえてくる。

約５ｍ離れたそこにはブロンズのイスに掛けたまま、足を波に浸されたモリアーティが
いた。なんでか、俺の方へ苦笑いを向けながら。

リービアーザンはヒレをちぎられた痛みのためか、４曲目の曲以外は全ての曲を中断し
……その残した瞬間移動の曲にも集中できてる感じではなかったので、

「げほげほっ……どうだ。このページは、あったか？　お前の17種類の『本』に――」

海水を吐きながら、俺が問うと――

「正直に言おう。無かったよ。まさかそんな手段でリービアーザン君の魔曲をやめさせるだなんて、予知できなかった。またも私の考えた条理の外の動きだ。やはり面白い」

モリアーティが笑い、なんでかリービアーザンの方を見ないよう両手で自分に目隠しをしたので……

「……？」

ようやくしっかり見えるようになってきた目で、俺がそっちを見ると……

「……お、おのれヒトオス、このゲスがァ……！　気高き海王の、布ウロコを〰〰ッ！」

ギザ歯を剥いたリービアーザンが顔を真っ赤にしてるのも、ごもっともで。

……リ、リービアーザンの、胸のっ……

胸の、ホタテ形の、水着がっ。

──無くなっちゃってるぞ！　なんで⁉

左手は腋に竪琴を抱えているが、リービアーザンは右腕で裸の胸を自ら抱くようにして、左右のトップを隠している。そもそもそこは水着で隠していた部位なので、レクテイア人としても丸出しにするのはタブーなのだろう。リービアーザンが男をどう思っているかはともかく、ここには俺とモリアーティ、男性２人の目もあるわけだし。

リービアーザンの水着は、波に攫われたとかではない。というか水着がどこに行ったか分かってしまった。ここだ。俺の手の中。恐る恐る、浅瀬の水面下から手を上げると──

やっぱり！　さっきちぎっちゃったと思ったヒレ的なものこそが、その水着だったのだ！
そりゃそんなものを掴まれたらぎゃあぎゃあ騒ぎますよね！
「……ち、違うッ、これはわざと取ったんじゃない！　何でもいいから掴もうと思って、
そしたらたまたま掴んじまって、そしたらお前が、ヒレで蹴るから……！」
とか言い訳する俺も、赤くなってテンパりまくる。女性から胸の肌着を脱がすなんて、
図らずも男性としての大いなる階段を一段上がってしまったぞ。相手は人魚だけど。
ちなみにリービアーザンの水着の裏にはパッド入れみたいな部分があって、ホタテ貝が
入ってた。貝殻はそんなに硬くないんで、鎧代わりっていうんじゃないだろう。どうも、
アリアと同じ手口の偽装をしていたものと思われる。
「——ま、またあんたは……！　ああもう！　とにかく、逃がしちゃダメよ！」
空中からは、ＹＨＳで来たそのアリアの呆れかえった声がして——
「何ィ!?　海王を愚弄しおって！　妾が逃げるためにこの光を用意したと思ったか!?」
叫んだリービアーザンが、左手で思いっきり竪琴を掻き鳴らす。
するとリービアーザンの体の周囲を覆っていた光粒の靄が——バシュッ！　と、２つに
分かれて砲弾のように飛んだ。
リービアーザンの体を離れ、片方は俺の方へ、もう片方はアリアの方へ——速い——！
「——ッ——！」

「キャッ――！」

突如砲弾よりも速く飛んだ水色の光の奔流を、俺もアリアも避ける事は全くできず――

――

――

（……！）

ハッ、と、気がつくと……

俺の体の下を流れていた浅瀬の海水が、消えていた。

砂浜である事は変わらないが、視界も一気に暗くなっている。

気温は急激に下がっており、周囲には海と……人工的な林……公園。その先に、無数のビルの光。さらにその上を飛ぶ――えっ……？　全日空の、旅客機……!?

ANAは日本国内線を主力としており、エジプトには一切就航してなかったハズだ。

じゃあ、ここは……日本……と、東京？

東京だ。ていうか、台場も見える。

夜の、葛西臨海公園の人工なぎさだ。去年の春、白雪と花火をやりにきた所。

（リービアーザンは跳躍して逃げるために瞬間移動を準備してたんじゃない。跳躍させる攻撃のためだったんだ……！）

——こいつは、痛恨の一撃だったな。ドラゴンクエスト的に言うならば。

どんな敵が相手でも、どこかへ弾き飛ばしてしまえば戦闘を強制終了できる。それこそ、ドラクエにもバシルーラとかいって敵を遠くへ消し去る呪文があった。これは、それだ。リービアーザンは俺とアリアがノーチラスとイ・ウーに連絡を入れて負けが確定した途端、逃げるかわりに俺たちを強制排除したのだ。

結果、俺はリービアーザンもモリアーティも逮捕できなかった。引き分けを強制されたような形だ。

携帯の時計を同期すると、今はJSTで12月3日の午前1時。カイロで戦っていた時の時刻から考えて、空間の跳躍に伴う時間の跳躍は無かったか、ごく小規模だったようだ。

「……」

深夜とあって人けのない人工なぎさで、立ち上がると……ぼた、ぼた。ぱらぱら。俺の体から、スエズの砂浜でくっついた湿っぽい砂が落ちた。

見回すと、周囲にはかなりの量、あのビーチの水と砂が一緒に運ばれてきている。俺にぶつかった光の奔流は、俺の前後左右——半径3mほどにあった何もかもを切り取って、ここに運んだんだな。

だが、アリアの姿が見当たらないぞ。

不安になって電話すると、海外のコール音がして——

『──キンジ！　無事なの？』

よかった、すぐに出てくれたよ。

「あ、ああ。そっちも無事みたいだな。俺は東京だが、どこに飛ばされた？」

『あたしは……ここ、スタートベイだわ。デボン州ダートムアの南。小っちゃい頃、よく来てた海水浴場なんだけど……な、なんで？』

デボン州ダートムア──アリアの領地の近くの海辺か。

どうも俺とアリアは、それぞれ地元の……自分にとって身近な『海』のイメージのある場所に飛ばされたらしいな。あのバシルーラはきっと、そういう調整をした瞬間移動での攻撃だったんだ。

まあ、無人島とかオホーツク海に飛ばされたりしなくてよかったと考えよう。

『……よく分からないけど、リービアーザンにしてやられたみたいね。あんたが強猥した せいじゃないの？　ていうか半分魚とはいえ、出会ったばっかりの女の子によくあんな事できたわね。信じらんない。ていうかあんたはあたしのブラも出会ってすぐに──』

いつものガミガミが始まり、こっちがかけた電話なので通話料が怖くもあった俺は、

「あれは不幸な事故だ。俺の大過去の過ちを持ち出してムダ話するより、シャーロックとネモに念のため連絡を取っておいてくれ。こっちはスエズの妹たちに話を付けておく」

と言うなり、電話を切った。

そしたら、静かになった周囲に――

……けほっ、けほ、けほっ……

……？

小さな、咳？　が、2m半ほど後ろの渚から聞こえた……ような気がして、振り返る。

するとそこには、砂と海水にまみれたモリアーティのマントが落ちていた。

「……う、ううぅえぇぇぇん……」

という子供の泣き声が姿もなく突然聞こえたので、俺は心臓が止まるほどビックリする。

声は……マントの下から、聞こえた。

なので恐る恐る、マントに歩み寄ると……びくんっ。俺が砂を踏む音に反応したのか、マントの中が動いた。

「……だ、誰か、いるのか？」

事態が全く飲み込めず、とにかくマントをソーッと捲っていくと……そこには、

「……ひっ……」

亀のポーズで、怯えきった声を上げる――

金髪、白い肌の、5歳ぐらいの裸の女の子がいた。

そしてこれが誰なのかも、直感的に分かってしまった。というのもこの子が小さな手で抱えて守っている頭には、襖絵の龍に描かれるようなツノがあるからだ。ハダカの腰には、

ウロコに覆われた短い出っぱりもある。シッポだ。

その両方に、俺は見覚えがある。小さく短く、色も少し薄くなってはいるが、どちらも
……あの竜の魔女、ラスプーチナの頭部・臀部(でんぶ)にあったものと同じ器官だ。

「あ……ああ……」

泣きはらした青糖色(ドラジェブルー)の両眼(め)でびくびくとこっちを見上げる、この幼女は……

時が巻き戻ったように、髪がミディアムぐらいの長さに縮み……

かつて竜に食われた腕や目も、再生してはいるが……

(……マジかよ……)

俺の頭が——

ヒステリアモードが終わる最後の一瞬で、この事態の真相を見抜く。

再生の女神・リービアーザンはラスプーチナを『消滅』させる魔曲を奏でていた。

術名は確か、ターティー・ビコ・ナーサ——日本語にするなら、『時折りの逆さ箱』。

それはきっと、若返りの曲だったのだ。浦島太郎(うらしまたろう)の玉手箱の逆の効果を持つような。

相手を幼児に、嬰児(えいじ)に、胎児に、卵細胞にまで若返らせて消し去る——それがおそらく、
消滅の魔術の正体だったのだろう。

その魔曲は、リービアーザンが俺と戦ったせいで中断された。

そのため、若返りの術も中途半端な状態で中断させられたという事だ。

そう、つまり、この女児は――ラスプーチナ、本人なんだ……！

2弾　人間の本能

5歳ほどの小さな女の子になってしまった、ラスプーチナは――

モリアーティのマントを引き寄せるようにして、震えている。ハダカでは当然この冬の人工なぎさは寒いらしい。

彼女は2つの世界を股にかけて悪事を働き、俺の事も殺そうとした犯罪者だ。竜を操り、炎を吐き、ヒステリアモードの俺に匹敵する戦力を誇る凶暴な魔女だ。

でも今は、

「……キンチ……おおきい……こわい……！」

怯えきって舌っ足らずな声を上げ、かちん、かちん。ノドの奥にあるらしい発火器官を鳴らした――火を吐こうとしたらしいんだが、「けほけほっ」と咳き込んで、小さな歯の間から微かな火花を飛ばしただけに終わった。キンチというのはキンジ、俺の事らしい。子供に戻されたせいで、すっかり何もできなくなってしまっているようだ。

「……お、怯えるな。俺が大きくなったように見えるかもしれないが、お前が縮んだんだ。お前が暴れない限り……まあそのなりじゃ、暴れても大した事なさそうだが……俺に戦うつもりはもう無いから」

そう話す俺としても、これには困惑しきってしまう。

まず、相手は子供とはいえ女の子。しかも成長後があれだけの美人だったのも納得の、震えるほどの美少女……美幼女？　だ。

しかも困ったことに、彼女は元々着ていたビキニみたいな鎧下が大人サイズだったので全て脱げ落ちてしまい、ハダカにマント一丁という姿をしている。

とはいえ、まあ——ここまで年端もいかない幼女には、ヒステリアモードは発動しないだろう。いくらなんでも。そりゃそうだ。当然だ。

……というのが常識的な見解なんだろうが、その常識の枠に囚われないのが俺という男。低めどころか地面を転がる球でもホームランに出来ると言われた遠山キンジのストライクゾーンの広さを甘く見てはいけないのだ。前に玉藻や猴やハビやかなでに平然とヒス化やヒス化未遂をしてきた実績を思うに、ここでもその不可能を可能にしかねないぞ……！

万々一、こんな幼い女子でヒステリアモードになっちゃったら——俺は完全に人間失格。せっかくスエズで溺れなかったのに、衝動的に玉川上水に入水自殺しちゃいかねないよ？

と、腰引けまくりの俺を……

「う……うう……」

ラスプーチナはマントで体を包み、涙ぐんで見上げてきてるだけだ。

俺の名前は覚えていたし、今喋った言葉も日本語だったので、子供にされても長期的・

短期的な記憶は断片的に残っているんだろう。だが自分の身に何が起きたのか把握できてなさそうなあたり、それらの記憶は頭の中で秩序立てられておらず、混乱している様子だ。

それとどうやら、彼女は体が縮むと同時に知能も低下してしまったものと思われる。喋り方や仕草も、５歳児ぐらいのものになってるしな。

……ワン、ワンワン……

（……っ……！）

俺を青ざめさせる事には、深夜にもかかわらず――

人工なぎさから少し離れた芝生に、人影が差したぞ。ＬＥＤで光るイヌの首輪も見える。

近隣住民がイヌの散歩をさせにきた様子だ。こんな時間に散歩させるんじゃねえよ！

夜の公園で裸の幼女を泣かせてるのを見られたら、通報からの逮捕からの武偵三倍刑。

普通の拘置所だと脱走しちゃいそうなヤバイ犯罪者ばかりが厳重に収容されている長野のレベル５拘置所に入れられちゃうよ。あそこには小夜鳴ブラドもいるんだ。あいつは俺を恨んでるだろうから、ミイラになるまで血を吸われるぞ。

かといって俺が単身逃げようとも、あの住民はハダカの迷子を発見して通報するだろう。警察に「誰か大人の人と一緒にいたの？」と問われたラスプーチナが「トオヤマキンチ」とチクったら最後。前から湾岸署にマークされてる俺の所にパトカーが大集結し、これも俺は小夜鳴エンドを迎える事になる。

（……ち、ちくしょう……！）

なので俺は、１００％保身のため、しかし優しさを装い、

「ラ、ラスプーチナ。寒いだろ。暖かい所に連れてってやるから、来い」

と、手を伸ばしたら……子供にはそういう偽善が見抜けるらしく――

がぶ！　手に嚙みつかれてしまった。

「～～～～～！」

ドラゴン娘のラスプーチナの犬歯はアリア並みに鋭く、超痛い！　でも、大声を出すと住民にハダカの幼女ごと見つかる。なので俺は声を上げるのもガマンして、ただ、耐える。

「……ぐるぅう……！」

小っちゃなワニみたいに呻った、涙目のラスプーチナは……

その青い瞳で、俺の顔色をビクビクと窺っている。どこか、迷うような態度で。

怯えているのは、いくら嚙みついたって大人に本気で反撃されたら勝てない事が本能で分かっているからだろう。そして俺がただ耐えているだけなので、戦うべきなのかどうか判断がつかずにいるんだ。

「落ち着け……！　スエズでの戦いは終わったんだから、もう俺には本当に、お前と戦う理由は無いんだ……ッ！　今の俺には、お前を攻撃したり放置したりできない理由もある。本当に、悪いようにはしないから、とにかく嚙むのをやめろッ……！」

なんとか説き伏せようと語った言葉……というより態度で、俺に戦うつもりがない意志だけは伝わったらしく――ラスプーチナは……そーっ……と、口を離してくれた。

そして後ろに這って俺から少し離れ、辺りを「???」と見回している。俺にとっては見慣れた葛西臨海公園だが、ラスプーチナは来た事がないのだろう。そのため、一目散にどこかへ逃げて行くような態度も見せない。

犬の散歩をさせていた住人は俺たちに気付かず、公園を横切っていったようなので――

「イテテ……くそっ、めっちゃ噛み痕がついたぞ。こりゃ1週間ぐらい消えないな……」

ボヤきつつ、俺は……ラスプーチナが元々着てた青いビキニみたいなコスチュームを、どうにか今の彼女に着させられないかと砂浜から拾い上げる。だが着せてみるまでもなく、一目でダメだと分かった。超ブカブカで、下着どころかヒモにしかならないだろう。

って、うわわっ、ビキニの裏側の生々しい部分に白い当て布があるのが見えちゃった。これは男の下着にはあまり見られない布だ。こういう所に女を感じちゃうと、相手が敵の魔女でも悩ましい思いをさせられるもんだよ。

（……まあその敵は今、別の意味で悩ましいんだが……）

とりあえずは学園島の自宅に避難したいものの、裸の幼女を連れてるとなると徒歩では帰れん。ラスプーチナはハダカなだけじゃなくて裸足でもあるしな。タクシーを呼ぶのも運転手に通報されるリスクが大きい。なので俺は車輌科の武藤に電話し――

「逮捕した容疑者というか保護した対象者というかを、葛西から学園島まで秘密裡に移送したい。報酬にはクロメーテルのグッズがある」

『マジかよ！　今ちょうど不知火と環七を学園島へ帰ってるとこだが、相乗りで良けりゃ葛西でピックアップしてやるぜ』

と、商談を済ませて……それから現状をスエズのかなめ＆メメト、カイロのジャンヌにメールで連絡しておいた。

　闇に乗じてラスプーチナと公園の車寄せまで歩き、待つ事しばし。昔レキに人間狩りをやられた時に俺が籠城した４ＷＤ・日産サファリがやってきた。

　武藤が開けたパワーウインドウに、俺はエジプト土産の雪花石膏のミニ・ピラミッドを放り入れてやり、

「それはセーラ・フッドって無法者がマキビシみたいに撒いて、クロメーテルが追跡中に踏まされた物だ。踏んだところは俺の妹のかなめも見てたと思うぞ」

などと説明しながら後部座席のドアを開け、助手席にいた不知火とは「遠山君ちょっと日焼けしたね。またインドに行ってた？」「いや、エジプトだ」と言葉を交わしつつ……見知らぬ男だらけの車に乗るのを怖がる顔をしたラスプーチナを、

「怖がるな。コイツらは安全……とは言い切れないかもしれんが、善人……とも言い切れないかもしれんが、武偵だから。警官みたいなもんだ。それにお前、裸足じゃ長々と歩け

ないだろ」

と、サファリに押し込む。

「あ、う」

と後部座席をハイハイするようにして乗り込んだラスプーチナに続いて俺も乗り込み、

「よし、出せ。19区、装備科のレンタル備品センターで下ろしてくれ」

と、一息つきつつ言ったら……

……あれ……？

武藤と不知火が後部座席を振り向いたまま、

「……キンジお前……いや、いつもアリアとイチャついてたから、そうなんだろうなとは思ってたけどよ……」

「……遠山君のポピュラーじゃない趣味は、知ってたつもりだけど……ついに……やってしまったんだね……」

「……不知火、オレたちは遠山のことを見くびっていたのかもしれないな……」

「……う、うん……まさか、こんなパワープレーをやってしまうほどだったなんて……」

とか、２人揃って超ウルトラスーパー真っ青なドン引き顔になってるんだが？

「お、おいお前らッ。電話で言ったろ、これは容疑者というか保護対象者というかなんだ。断じて、誘拐とかそういうのじゃない。あと武藤お前は眼科、いや、脳神経外科へ行け。

俺が銃持ったアリアに追い回されてたり5階の教室の窓から投げ捨てられたりしてるのがイチャついてたように見えたんならなッ」

——あらぬ疑いをかけられ、ここでも俺は一苦労だ。

あとよく考えたら今さっきの武藤の発言って、アリアにも失礼じゃない？

ラスプーチナはマントにくるまり、サファリの後部座席で俺の腰にくっつくようにして寝てしまった。

どうあれ性別が女性の人間が裸で近くにいるのは俺的に不安なので、まずは服の都合を付けないといけない。

しかし女児の服なんてどこで売ってるのか分からないし、女児服屋さん？　で無職男が女児の服を買ってたらそれだけで通報されるまである。

だが案ずる勿れ。急に女児を拾った時にも便利なのがＡｍａｚｏｎや楽天、通販サイトなのである。すぐ届くよう、お急ぎ便やあす楽で肌着類を買っておこう。ラスプーチナの身長が約１００㎝・足のサイズが約１５㎝だという事は探偵科の習性で見取ってあるしな。

しかし上に着るものは大至急、今必要だ。裸の女児なんか連れ歩いてるだけでも何かの都条例に引っかかってる可能性が高いし、本人がカゼをひいたら今以上に面倒だしな。

というわけで俺は武藤に頼んだ通り、レンタル備品センター前でラスプーチナともども降ろしてもらった。

武偵高の制服や靴などの備品を貸してくれるこの店は24時間営業な上、夜遅くになると客も疎ら。何よりセルフレジなので、店員に不審がられるリスクが小さくて済む。

俺は店内入口を曲がってすぐの所にある多目的トイレにラスプーチナを隠し、レンタル制服コーナーから武偵高附属小向け……の中でも最小サイズの制服を取ってくる。

武偵高生やその卒業生がこのサイズの制服をレンタルする事は、実は無くはない。敵が使用すると想定される銃弾に防弾制服が貫かれないかテストするため、同じTNK繊維の制服で一番安い＝一番小さいものを借りる事が希にあるのだ。

なので俺はそのフリで、小っちゃな制服とシューズを借りる。レンタル料は後払いで、今ここでの支払いは必要ない。下着は無いが、とりあえず服さえ着せておけば一気に通報されにくくはなるだろう。

俺は多目的トイレに戻ると、フィッティングボードに座り込んでいたラスプーチナに、

「これを着るんだ」

と、武偵高の赤セーラー服を渡す。

「……うん……」

子供でもマントいっちょなのは心許ないらしく、ラスプーチナはすぐに服を着始め……うわうわ、俺の目の前だってのに、平然とマントを脱いじゃったよ。幼女特有の羞恥心の

無さで。

俺は引きまくりで、ばしん、と、壁に背中がつく所まで後ずさる。

妖精みたいに真っ白な肌をフルヌードにさせたラスプーチナは、子供ならではの手際の悪さでモタクタとセーラーブラウスを着ていく。まさか性的な理由で俺が怯えているとは夢にも思ってないらしく、そのほっそりした体をどこもかしこも、何一つ隠そうとせずに。

（……っ……）

俺はワタワタと、無防備なラスプーチナに背中を向ける。チャックとかホックの構造が分かる程度には知能があるらしいので、手助けする必要はなさそうだしな。

ラスプーチナが服を着る音が止んだので、ソーッと振り返ると……

「……」

ビクビクと、大っきなお目々でこっちを見ているラスプーチナは……

（……お、女の子だ……！）

いや、それは最初から分かっていたんだが。髪が肩まで伸びている事に加えて、基本は女の子しかはかないスカートという物をはいた姿が『この子は女の子なんですよ』というメッセージを視覚的に強く訴えてくるのだ。ていうか、かわいい。超かわいい。困るよ！

だが、

「──？」

ラスプーチナがモリアーティのマントを拾った際に、マントに包むようにして別の物も拾ったような違和感があったので……目を凝らすと、

「あっ、お前……！」

いつの間にか、俺のサイフを持ってるぞ！　ラスプーチナが！

さっき車で寝てるフリをして、俺のズボンのポケットから盗みやがったんだ。

こんなに幼いのに泥棒とは、ナチュラル・ボーン・犯罪者だな。

俺に気付かれたラスプーチナは、ビックリしてサイフを落っことしかけてるので――

「――人のカネを盗むなッ！」

俺はサイフをバッと取り返し、拳でゲンコツするポーズを取って脅かしておく。

そしたらラスプーチナは小っちゃな両手で頭をガードし、

「う……うぇぇぇぇぇ……」

……泣いちゃった……よ。

こんな所で大泣きされたら、通報待ったなしなんで……

俺としても、これ以上強くは出られない。黙るしかない。

「……うぇぇぇぇ……ふぇぇぇぇぇ……」

ラスプーチナは泣き続ける。寒くて狭い、多目的トイレで。

それを見ていると、まるで俺の方が悪いみたいな気分になってくる。

しかも俺は、この状況に何の手も打てない。それを痛感する。

……今までの俺は、敵によって不都合な状況に陥らされても——戦う事ができた。

刃物や銃や爆弾で俺を攻め立てる犯罪者たちとも、不可解な力を持つ超能力者たちとも、手品のようなトリックや推理力、科学力や政治力で俺を追い詰めてくる者とも、圧倒的な体躯を持つバケモノとも——戦う事は、できたのだ。

戦えたという事は、勝つこともできたという事だ。そうすれば、事態を解決できた。

だが、子供ってやつとは……

戦うことが、・・・・できないのだ。人として。

だから勿論、勝つこともできない。

俺の思い通りに泣きやます事さえ、できない。

子供は俺を不都合な状況に陥れるばかりのもので、しかもそれに対して俺の暴力は何の役にも立たない。むしろ事態を悪化させるだけだ。

（ああ……チクショウ……！　いつまでも、メソメソしやがって……）

最悪だ。

エジプト遠征が終わったと思ったら、今度は女の子かよ。とんでもないお荷物を持って帰ってきちまった。

そもそも、ここ武偵高で俺に付いたアダ名は『女嫌い』。

ヒステリアモードではない普段の俺は、女が嫌いなのだ。女という生き物は俺みたいな陰気な男をキモがり、嘲り、見下す。なのに利用だけはしっかりしてきて、金や労働力を吸い上げていく。今だって、そうと言えばそういう状態だしな。

加えて、俺は子供という生き物とも相性が悪い。子供たちは一人でプラプラしてる男を本能的に不審がり、警戒の眼差しを向けてくるのだ。それは心地よいものではないので、俺も子供を避ける。つまり敵対とはいかないまでも、それに準ずる関係といえる。

なのでこの、『女』の『子』という存在は――

俺とは、逆・相思相愛。天敵みたいなものなのだ。

早く何とかしないと、俺の身を滅ぼしかねんぞ。


寒いらしく赤セーラー服の上にモリアーティのマントを羽織ったラスプーチナを連れて、自宅に入る。今月はまだ電気が止められていないので、俺は明かりと暖房をつけ、携帯を充電器に挿す。

泣きやんだ後もずっとションボリしていたラスプーチナは……キョロキョロ。眉を寄せ、室内を無言で見回している。成人したらよく喋る強気な女だったのに、子供の頃は無口で気弱な子だったんだな。

（しかし、これからどうする……）

今夜は保身のため連れてきてしまったが、幼い女の子の面倒なんか見たくないぞ。特にこんな、とびっきり可愛い子なんか。絶対イヤだ。

ラスプーチナは俺の子供でも親戚でもないどころか、数時間前には俺をガチで殺そうとしていた敵。助けたり世話をしたりする義理はない。ヒステリアモードの切れた今の俺は全ての女に分け隔てなく冷たい俺なんで、仕返しにイジメてやりたいぐらいの気分だね。

さっさとどこかに捨てたいんだが、犬猫みたいに段ボール箱に入れて道端に置き去りにするワケにもいくまい。育てられない子供を引き取ってくれる児童養護施設とかに連れていっても、俺があれこれ問い詰められて警察沙汰になる可能性がある。となると、教会や神社みたいな宗教関係か……？

とか考えながら……とりあえず手洗いうがいをし、エジプトでついた砂塵を落とすためザブザブと入念に顔を洗っていると……

「……？」

がちゃん、べちゃ。

びちゃ。ぺちゃ。

とかいう異音がしてるぞ。台所から。

不審に思って見に行くと、そこでは……床に、冷蔵庫の中身が散らばっていた。

牛乳パックは倒れ、こぼれた牛乳がフローリングで小さな水たまりみたいになっている。

その傍らでは崩れた正座をしたラスプーチナが、バターをムシャムシャ食べてるぞ。手をベトベトにしながら。

「お前っ……！　勝手な事しやがって……！」

俺にバターを取り上げられたラスプーチナは、イヌみたいに這って——ず、ずず。床に溜まった牛乳に顔をつけ、啜っている。よっぽど腹が減ってたのか知らんが、なんちゅう意地汚さだ。俺以上だな。

「……っ？　あっ、こら……！」

見れば、ラスプーチナのスカートのポケットから——俺がさっき充電器に挿した携帯がハミ出てる。また盗みやがったな。

怒った俺が小っちゃな腰を押さえつけてそのポケットに手を入れたら、中からは他にも戸棚にしまっていたデジカメ、来客用の金メッキのコーヒースプーンなんかが出てきた。ラスプーチナには、金目のものと見れば何でも盗む癖があるんだ。

「——金だけじゃなくて、食料も、物も、盗むな！」

俺はそれらを取り返すが、ラスプーチナは反省の色がない……どころか牛乳を啜るのをやめない。服にはもちろん、金糸のような前髪にも牛乳がついてしまうのも厭わずに。

……かつて俺は、似たような状況の時——かなでを匿った時にも、困りはした。だが、かなでは10歳で、何なら俺より聡明な子だった。お行儀も良かった。

だが、ラスプーチナは推定5歳。ツノとシッポも生えてるから一層それっぽいんだが、半分ぐらい動物みたいなものだ。しかも、やたらと素行が悪い野生動物ときてる。そんなのと一緒にいたら、ストレスで胃に風穴が開いちまうよ。いてて、もう開いたかもしれないなコレ。


借りたばっかりの女児セーラー服を、さっそく洗濯しなきゃならなくなった。

牛乳は乾くと異臭を放つから、ラスプーチナの髪も洗わないといけないだろう。

「お前、自分で髪洗えるか？」

一応尋ねてみたが、ラスプーチナは「？」って顔を上げてきてるだけ。幼児に自力でのシャンプーは困難そうだ。なので、

（……女児は、まだ女じゃなくて子供……怖くない……怖くない……）

などと自分に言い聞かせながら、俺はフロ場にラスプーチナを連れていく。

そしてとりあえず俺自身はパン一になり、ホントに動物みたいに何も分かってない目でこっちを見てるラスプーチナの服を……脱がしに、かかるんだが……

「ば、バンザイしろ」

「？」

「あー……その単語は知らないのか。じゃあ何だろ……ハラショー……しろ？」

「ハラチョ」

あ、バンザイした。よし、やるぞ。脱がすぞ。俺も男だ。やるときゃやるんだ。うう、それ……っ！　そ、そして、スカートも……うう……よいしょっ……

……ぬ、脱がしちゃったよ。女の子から、服を。全部。ていうか、上はブラウス、下はスカートしか着てないから、すぐハダカにさせれちゃった。ラスプーチナ本人もバンザイしたりアンヨを上げたりと、脱ぐ事には協力的だったし。

リービアーザンの布ウロコを取っちゃった時にも思ったが、女性の服を手ずから脱がす時とは本来、男が大いなる階段を上がる成長の瞬間のはずである。しかし今、俺に成長の実感は無かった。故に、そもそもラスプーチナを女性として見る必要はまだない。Q.E.D.

って——そんな事、背理法を使わずとも最初っから分かってるんです！

このラスプーチナは子供であって、女として見るべきじゃないなんて事は！

でも、それはあくまで論理倫理の話。俺の体内にも棲息しているらしきオスの本能ってやつには、理屈が通じない事が時々というかしょっちゅうあるのだ。

というのもまず、どんなに真っ平らでもラスプーチナの胸が女性の胸である事は事実。そしてそこにそれはそれで倒錯的な魅力があったりもするという事には——万人の同意は得られずとも、めっちゃ低い球でも打てるローボールヒッター諸氏は理解を示してくれるハズである。アリアのファンクラブの皆さんなら、３人に１人ぐらいは分かって下さるんじゃなかろうか。

あと、俺が実は今だにハッキリとは見たことのない部位もまた、幼くとも女性の形状をしているはずだ。それを見ちゃったら、自分のメンタルがどうなるか知れたものではない。なので怖くて、俺はどうしても直視できなかった。ヒステリアモードという病を持つ俺にとって、そこは本当に怖いところなのである。そんなんじゃ大人の男になれないよと言われるかもしれないが、怖いものは怖いのである。

しかも脱がした時の、ラスプーチナの無抵抗さ。これもアブノーマルな感じがして妙なヒスさがあった。ああもう、どんなに小さくても、やっぱり女の子って危険なんだよ！

（も、もうダメだ……限界……！）

というわけで——俺はラスプーチナのパンケーキみたいに柔らかな両肩を左右から掴み、回れ右させ、後ろを向かせる。で、ちっちゃな背中を押してフロ場にエントリーさせた。

うわ、全裸のラスプーチナの正面は直視せずに済んだけど、背面も背面で驚愕の光景だ。人体に於ける尾骶骨に続く位置、オシリの割れ目のすぐ上に短いシッポがある。シッポを覆うウロコは、付け根よりちょっと上から始まるものなんだな。ていうか、ドラゴン娘のシッポの付け根をこんな間近に見た人って俺ぐらいしかいないんじゃない？

こわごわバスルームに入った俺は、男子寮の俺の部屋にバスカービルの女子どもが以前放置していったシャンプーの中から……レキが置いていったやつを手に取る。これが一番ナチュラルで、ニオイのメス度も低いからな。

「目を閉じてろ。開けてると染みるから」

そう言ったら、ラスプーチナは素直にギューッと目を閉じた。

こんな状況下で、言われるがままに視界を塞ぐとは。無防備もいいところだな。

「……」

俺は、しゃかしゃかしゃかしゃか……と、小さな金髪頭を後ろから洗ってやる。

余計な事を考えないよう手元に集中していると、ラスプーチナの頭にある小枝みたいなツノに指が触れる。

（……このツノは……骨じゃなくて、皮膚が硬質化した組織なんだな。サイとかと同じか……）

などと見ながら温かいシャワーで泡を流してやると、ラスプーチナは「あぷあぷぅ」と息を吐いて湯が口に入らないようにしてた。丸っきり子供の仕草だな。

「か、体は自分で洗え」

さすがに女児の全身を撫で回すのは俺にはハードルが高すぎるので、ボディーソープをボトルごと渡すと――ラスプーチナはポンプを押して中身を手につけ、

「ぬるぬる……」

なんかイヤだったのか、ぺちょ、ぬりぬり。その手を俺の裸の胸につけて、拭うように

擦（こす）りつけてきた。何の警告もなく180度回れ右してきた上で。

「……ッッッ……！」

いきなりつるぺたの表面（おもてめん）がこっちを向いたので、見るつもりはなかったのに全てを見てしまった！　ような気がする！　急いで天井に目を逸（そ）らしはしたが、あまりにパニクったもんだから、見ちゃったかどうか自分でも分からないよ……！　見てないんじゃないかな、きっと見てないよ、見てないと思おう！

とか自分に言い聞かせながらも——人間はマジでテンパると腰が抜けるもので、こけっ。俺はその場に尻もちをついてしまった。パンツ一丁で。

そしたら、俺の胸に手からソープを塗りつけていたラスプーチナもつんのめってしまい——ぺちょん。俺の胸に飛び込むように、抱きついてきてしまった。こっちは、生まれたままの姿で。

「〰〰〰〰〰ッ！」

絹のように肌理細（きめこま）やかで、文字通り人肌の温（ぬく）もりをした、女児の胴体全体が——ぬるん。俺の胸に密着し、ボディーソープで滑って、くすぐり上げてくる。悲鳴が出そうだ！

しかもラスプーチナは転ばないようにと、細い両腕を俺の背中に回して抱きついてきた。

裸と裸の密着する面積はムニュンと一気に広がり、俺は神経が焼き切れそうな思いで、

「……あ……あ、後は自分で洗ったり流したりしろォ……ッ！」

ラスプーチナを押しのけ、這って、狭いフロ場から狭い脱衣所へと逃げ出す。

するとラスプーチナは、何か急に慌てたようにテンパって――

「おいていかないで……！」

などと、俺の下半身に縋り付いてくる。

「わわっ……！　放せ！　どこにも行かないから。素っ裸のままで。ていうかここが俺の家だからッ！」

「……ちなを、すてていかないで！」

ラスプーチナは涙ぐみ、俺の足に両手両脚でしがみついてくる。

なので、根負けした俺は……

「じゃ、じゃあ、ここにいるから。フロのドアの向こうにいるから。お前は水せっけんで自分の体を洗って、自分で流せ。頼むから、そのぐらいは自分でやってくれよ……！」

と、ラスプーチナから足を抜いて、その小さな体を浴室に押し込んでドアを閉める。

するとラスプーチナは、曇りガラスのドアの向こうで――

――ひんっ、ひんっ――と、泣いている。裸のままで。俺がここにいるってのに。

そんなに1人がイヤなのかよ。

（……ちな、ってのは、ラスプーチナが自分を呼ぶ名前か……）

約束通りドアの前に座り込み、溜息をついて頭を抱える俺は……

前にもこんな事があったような気がして、でもそれが何だったのか思い出せずにいる。

それは遠い昔の事のようで、つい去年の事のようでもある、奇妙な感覚だ。

なんとか自力で体を洗い流してくれたラスプーチナ……自分で自分をそう呼んでるから、俺も『ちな』と呼ぶか……に、バスタオルとパジャマを渡す。ちなを1人っきりにしたらまた泣かれるリスクがあるので、俺の入浴は手早くシャワーで済ませるしかない。

ちなに与えたパジャマは、以前うちにいたエンディミラの奴隷のテテティ・レテティのどっちかが着てたやつだ。ダブダブだが、あいつらにもあったシッポの所に穴が空いてて、ちなのシッポもそこから出せている。

ちなはパジャマを着るのにも手こずり、特にズボンは床に座って足を大きく上下左右に振らないと穿けないみたいだった。ちなに下着はまだ無いので、俺は心停止しかけたよ。

「じゃあ、そこで寝ろよ」

ちなをベッドに行かせると、自分もパジャマを着た俺も——ベッドに腰掛け、テレビをつける。我が家では、ベッドがソファー代わりでもあるからな。

チャンネルをニュースに合わせると、戦禍で荒廃した中東のどこかの街の光景が流れた。

相変わらず、あの辺の紛争は出口が見えないな。

などと思っていたら、

「……やーなの。てぇび、ちがうのにして……」

ちなが、何やら毛布をかぶって怯えている。

どうやら戦争のニュースが怖いらしい。

（……子供がいると、テレビも自由に見れないのかよ……）

世界に雄飛せよっていう武偵憲章もあるんだ。国際情勢には敏感でありたいのにさ。

しかたなくチャンネルを変えたが、俺はバラエティー番組のノリには今いちついていけないので……テレビは消し、いっぺんトイレに行き……疲れてたので、もう寝る事にした。

「ちな。お前も寝る前にトイレ行っとけ。冬は汗をかかなくて、水分が溜まるからな」

床に寝るつもりで、ベッドに毛布とは別にあるタオルケットを取りつつそう言うと……ちなは毛布から顔を出し、暗い廊下の方をチラッと見て「いったもん」とか言うんだが、行ってたっけ？　まあいいか。

横になった俺が、ピッ、と、リモコンで天井の明かりを消す――

そしたら、もそっ。ベッドのちなが起きた。

で、ベッドから床に下りてきて、ピッ。リモコンを取って電気をつけやがった。

「……何だよ」

「こあいの……」

「……？　寝る時は明かりを消すんだ。電気代だってタダじゃないんだから」

と、俺がリモコンを取り返そうとしたら、

「こあい、くらいの、こあいの」

ちなは必死感のある目でこっちを見上げ、リモコンをよこさない。

これ、『こあい』ってのは……『怖い』ってことか。暗いのが怖いのか？　でも俺は、暗くした方がよく眠れるんだよ。

ちょっと本気を出したらリモコンは文字通り赤子の手をひねるように奪えたので、ピッ。俺は明かりを消して、ごろんと横になる。

「うう、うう。くらいの……こあいの……！」

うわうわ。ちなが、俺の胸に抱きついてきた。正面に回ってきて、対面する向きで。

そしたら、うわうわうわ。女児の甘いニオイがする。これも女のニオイの一種なので、俺にとってはキツイ。だがそれよりキツイのは――

「……ひんっ、ひん……」

あーあ。泣かれちゃったよ。また。

相手が幼女でも、女に泣かれるとよわよわでざこざこな俺だ。

仕方がないので、ピッ。折衷案として、オレンジ色の常夜灯をつけてやる。ちな的にはこれでも暗いみたいではあったが……まあ、泣きやむ程度には落ち着いたようだ。

でも、ちなは俺の胸にベッタリと抱きついたまま。鬱陶しいな。それにこんな美幼女とくっついたまま横になってたら、今度は俺の愚かな血流の寝付きが悪くなりかねんぞ。

「離れろよ。俺（おれ）は女が……って言っても分からないか。とにかく、離れろって」

不機嫌な俺に、ちなは大きなお目々を涙で濡（ぬ）らし、なんか必死感のある表情で――

「――ちながおきても、キンチ、いてね」

と、不可解な事を言ってくる。いてね、とは……？

「何だそれ？」

「……ちながおきても、いなくなってないでね……」

「……？　さっきも言ったろ、ここが俺の家なんだ。どこにもいなくなりようがないさ。

お前こそ――この家にはロクに盗（と）るものがないからって、勝手に外に出て人の家で盗みを
働いたりするなよ」

俺が言うと、ちなは――こくり。頷（うなず）いた。

そして、安心したように……

そのキレイな睫毛（まつげ）の目を、静かに、閉じていくのだった。

窓から漏れ入る、朝日の中――

……ん……？　なんだ、この、違和感は……？　こ、これは、もしや……!?

「……！」

――ガバッ！　と、上半身を起こし、震える手でタオルケットを横向きに捲（めく）っていくと

……ああ、あああ……！

……下半身が、盛大に、濡れている！

（や、やっちまった……18歳にもなって、オネショ……！）

人間は過度に疲労すると排尿のコントロールすら出来なくなり、遺尿、つまり失禁してしまうというが……これはエジプトで砂漠を横断したり、竜の魔女や人魚と戦ったりした過労のせいか……!?

とも思ったが、もうちょっとタオルケットをめくったら――その竜の魔女……が縮んだちなが俺に抱きついて寝ており、オネショの犯人はコイツだとも分かった。

「あぁもう、おい起きろ！　盛大にやりやがって……！」

ちなをネコ掴み（づか）して持ち上げて起こすと、ちなも「はわぁ」と事態に気付いてる。

で、かあぁぁぁと赤くなって両手で顔を覆い、「ふえぇ……えぅ……」。すぐ泣く。

「……まあ、これは俺も子供の頃に前科があるから叱らないが。お前、寝る前にトイレに行ったって――ウソついたな？　なんでそんなムダなウソついたんだよ」

溜息（ためいき）混じりに俺が問い詰めると、ちなは泣きながら、

「くらいの……といれ、くらいの、こあかったから……」

とか言う。じゃあ今後、夜はトイレの電気をつけっぱなしにしとかなきゃならないって事か？　そんな事してたら電気代がかかりまくって、また東電に電気止められちまうよ。

はぁ……

冬は空気が乾燥してるので、洗濯したセーラー服はすぐ乾いた。次はオネショで濡れたパジャマとかタオルケットを洗って干さなきゃ。午前中ずっと洗濯してるな俺。ていうか、ちなのせいで昨晩も今朝も勉強が何一つできてないぞ。

金品や食い物を盗み、ウソをつき、自力では何もできず、生活費が余計にかかる、俺の人生にマイナスしかもたらさない100%のお荷物——子供。しかも見た目はとびっきり可愛くて、性別は女。とてもじゃないが、こんなものはそばに置いてはおけない。

そして俺は、これをどこの誰に押しつけるかについて一計を案じた。

そもそも、ちなにも故郷に縁者がいるハズだ。親とか、兄弟姉妹とか。

そいつの所在を突き止めて送りつけてやれば、さすがに引き取るだろう。

だが、ちなの出身地は謎。本人に聞いても「?」って顔をしただけだ。俺が知る情報は前にジャンヌが言ってた『ロシアで賞金首になっていた』事ぐらいしかない。

海外のお尋ね者の親族なんか、普通に捜索してたんじゃ見つかるワケがない。

だが俺には、そこを何とかするチート技を使える知り合いがいるのだ。

——時任ジュリア。

あっちは卒業し、こっちは退学したが……武偵高の先輩で、学科は超能力捜査研究科。

触れた人間の思考や記憶を読む『脳波計』という超能力を使える、世にも珍しい武偵だ。

武偵ランクがA止まりなのは、彼女が気難しくて、つまんない用で呼ぶと大脳破壊という超能力で脳を破壊したり、数百万円〜数千万円の過多な報酬を取ったりするためである。

面白い案件であること。法外な報酬を支払えること。時任ジュリア先輩に物を頼むには、この2つをクリアできなければならない。

でも、ちなが対象ならそのどちらもクリアできるだろう。その算段が俺にはあるのだ。


昼過ぎ──

「やあ遠山君」

時任ジュリア先輩は、軽い会釈と共にうちの玄関先に現れた。以前より距離が縮まった感があるな。前にCIA職員・関歩の脳を読む仕事の斡旋をしたし、時任先輩の母親──マダム・ティーの一件もあったからだろう。この人も少し不気味なぐらい顔立ちの整ったハーフ美人だから、あんまり距離を縮めたくはないんだけどね。

「来てくれてありがとう、時任先輩。読んでもらいたい対象は中にいる」

「ホームズ4世はいないのかな？」

「あれは今イギリスだ」

表参道とかで売ってそうなオシャレな私服を着た時任先輩は、青山とかで売ってそうなオシャレな靴を脱ぎながら俺とそんな会話をする。

人の思考を読める力があっても、本に書かれた謎解きは先読みできない。だから彼女は推理小説オタクで、名探偵ホームズの曾孫・アリアにもご執心だったりする。

ちなみに彼女は超心理学科のあるモスクワの大学に留学しているが、今は冬期休暇中。あの国はいつも政情不安なので、休みはできるだけ日本で過ごすようにしているとの事だ。で、俺に招き入れられた先輩は、リビングの床に座ってビスケットを食い散らかしてるちなを見て――

「君。これは未成年者略取では？」

元々ジト目気味の目を物凄ーくジト目にして、俺に振り向いてきたんだが。

「違うから。何なら俺の脳を読んでくれても構わない。ていうか、この子をよく見てくれ。先輩は見覚えがあるんじゃないか？」

「……ん……？　うゥン……言われてみると、どこかで見たような……」

「前に北太平洋上空の飛行機から俺が電話した事があったろ。その通話で先輩が話してた、『1898年、1947年、2008年に撮影された全く同一の、しかも歳が変わっていない女』――時間的に矛盾した、『不可能写真』の被写体。その本人だ。縮んじまってるけどな」

「は……!?」

小さく驚きの声を上げた時任先輩が、瞳孔のハッキリ見えるブルーの瞳を見開く。

その声に、ビビリのちなも軽くビビって顔を上げてる。

「確かに顔は似ているが、そんなバカな。娘などでは？」

「本人だ。脳を読んでみれば分かる」

「だとすると、全ての写真より後の今現在――彼女は歳が変わらないどころか、若返ってここにいる事になる。これはミステリーだ。実にミステリーだね」

という先輩の興奮気味の声に、オタク特有の知識欲みたいなものを感じ取った俺は――

「俺は、ちなって呼んでるが――彼女はラスプーチナ。脳を読めば分かると思うが、元は各国でお尋ね者になっていた犯罪者だ。それを俺がエジプトで逮捕したんだが、その時に第三者による超能力的な攻撃で幼児にされた。どうだ先輩。謎すぎて、自発的にコイツの脳を読んでみたくなったよな？　紹介料は、読めた内容……コイツの親族の場所が分かる情報を話してくれれば、タダでいいぞ」

「はは、ははは。私に脳波計を依頼して報酬を払うのではなく、報酬を要求したのは君が初めてだよ。でも、うん。交渉成立だ。読んで、話してあげよう」

ミステリー業界では有名人だったらしいラスプーチナ本人を前に、時任先輩はご馳走を出された美食家みたいな目をして――ガッ。

軽く怯える子供にも遠慮ゼロで、ちなの左右のツノの間に右手を置いた。

よし。これで、ちなの送りつけ先が判明しそうだぞ。無料で。

「わあ」

ちなが声を上げ、絵面的には時任先輩が子供を撫でてるような光景になり……

それを横から見ていると、先輩は――すぐさま、細い眉を寄せた。

いつもクールな彼女が、今まで見せた事のない表情だ。

「……？　どうなってるんだ、この記憶は……こんな状態の脳は、初めて見るよ。彼女の人生の記憶は断片的、部分的で……外傷性脳損傷で重度のエピソード記憶障害を起こした患者に近い記憶形質だ。手続き記憶や意味記憶は残っているが、長期記憶は大部分欠損し、自分が体験した出来事の記憶が薄く断片的にしか残っていない。磁気テープをアナログに初期化されたような――さっき君が言ったように、５歳児に戻された脳だ。驚きだね」

俺は認知心理学に明るくないから、先輩の話はよく分からないが……リービアーザンに魔曲で若返らせられた者は、そうなるのか。体は子供で頭脳は大人、みたいな都合のいい状態にはならない。肉体的にも知能的にも子供にされ、無力化されてしまうのだ。こわ。

「どこに実家があるかとか、親兄弟は誰なのかとか、そういう情報が欲しいんだが」

「ああ……分かれば、話す。ん……このイメージは、こう読むのか……？　この印象は、こう理解すればいいかも……」

時任先輩はページの順番が乱丁していたり、何折りもゴッソリ落丁したりしている本を読むような、難解な作業をしている顔だ。
「うー……」
ちなは俺が与えた非常食のビスケットを意地汚く両手で抱えたまま、困惑してるが……
時任先輩に脳を読まれても痛みなどは無いものらしく、逃げたりはしない。
そうして、5分経ち、10分が経過し……
15分を超えた。俺が見た経験上、先輩の脳波計がこんなに長かったことはない。
「……」
だんだん、時任先輩の表情が険しくなってくる。
何か、見たくないものを見ているような顔だ。
口数も減り、ショックやストレスに晒されているように、その額が汗ばんでいく。
「……大丈夫か？」
少し心配になってきて、俺が声をかけると——
時任先輩は、ちなの頭から手を離した。
そして、その手で自分の顔を拭うような仕草をしてから……
少し伏せた横目で俺を見て、「ちなのいない所で話そう」とだけ小声で言うのだった。
ちなにはEテレをつけてやったら、わくわくさんに釘付けになってくれた。なのでそのスキに俺は時任先輩と２人でソーッと家を出て、施錠もしておく。昨夜のフロ場での様子から考えて、俺が外出しようとしたらついて来そうだったからな。

で、うちのマンションの前で俺はガードレールに腰掛け、時任先輩は標識に寄りかかり、缶コーヒーを手に２人で話す。

「ちなの記憶――ラスプーチナの記憶は、19世紀後半と思われる時代に始まっていたよ。生まれはスウェーデン南東部、ゴトランドの寒村だ」

北欧か……送り返すにしても、遠いな。ウラジオとかなら何とかなりそうだったのに。

「貧しい農夫だった父親はラスプーチナが３歳のある朝、前触れもなく消えた。状況から妻子を捨てて畑を売り払い、蒸発したようだね。その１年後、母親も貧困の中で病死した。ラスプーチナには竜のようなツノや尻尾があったため引き取り手もなく、どこへ行っても迫害された。セーフティーネットであるべき教会ですら彼女を忌み嫌って、追い払った。キリスト教では、ドラゴンに邪悪の象徴というイメージがあるからだ」

母親が半人半竜のレクテイア人だったのか、それとも隔世遺伝したのかは分からないが――ラスプーチナの体の特徴を、こっちの世界の人間は差別していたのか。北欧の片田舎でも。

「彼女の少女時代の記憶は、見るに堪えないものだったよ。楽しい思い出など何一つない、差別と飢えと寒さの日々だ。文字を覚えたくて学校を覗いていたら、教師と生徒たちから半死半生になるまで石を投げつけられもした。今でいうストリート・チルドレンは当時、ネズミのような病原体と見做(みな)されていたからね。自分を駆除しようとする浮浪児狩りから身を隠すため、真っ暗な下水道で眠る……気の狂いそうな、連夜の恐怖……」

ちなが、やけに暗闇をイヤがるのは……その頃の記憶があるから、だったのか。

人々が幼いラスプーチナにした差別は許されるものではないと思うが、いくら先進的な西洋でも19世紀の社会はそんなレベルだったのだろう。アメリカでも州によっては20世紀後半まで有色人種の公共施設の利用を制限する法律を平然と施行してたしな。

「どうやって日々の糧を得てたんだ？　幼い頃のラスプーチナは……」

「盗みだ。ラスプーチナは食料も服も薪(まき)も、生きるのに必要な物は全て盗んで生き延びていたようだ」

「……」

何でも気がついたらすぐ盗んでる、手癖の悪い子だとは思ったが……

それも、そういう過去があったからなんだな。

「それとよく、ハサミやノコギリといった刃物も盗んでいたよ」

表情をひときわ暗くして、その記憶を見た時任(ときとう)先輩が言う。

「――刃物？　そんな小さな頃から強盗をやってたのか？」

「いや……自分のツノや尻尾を切ろうとしていたようだ。痛みに耐えきれず、そのたびに泣きながらやめていたようだが」

年端もいかない子供が……差別から逃れようと、そんな事を……して、いたのか。

「もう少し成長したラスプーチナは、食べ物を盗むよりも——金を盗めば、食べたい時に食べられる事を覚えた。自分が金さえ払うなら、人はツノや尻尾をさほど気にしない事も。それからは金に執着するようになり、より稼げるリガの港街へと密航し、さらに賄賂さえ渡せば警察にも見逃してもらえるモスクワへと移り住んだ。10歳になった頃には、一廉の盗賊少女として知られていたようだね。その後のラスプーチナがただの泥棒と違ったのは……学校に入れてもらえなかったトラウマもあったようだが……自分にツノや尻尾がある理由を探して、大学、図書館、博物館からオカルトや魔術の書物を盗むようになった事だ。君は知らないかもしれないが、ああいう本にも質の良し悪しがあってね。ラスプーチナは貴重な本物ばかりを盗み、翻訳や指導をする魔女を雇い、自身に元々あった魔術の才能を開花させていった。彼女が魔の世界を探求する理由は、次第に金儲けのためにと変わっていったようだがね」

仮に教わったとしても魔術を使える女は9人に1人と言われているが、ラスプーチナの体にはドラゴン女——レクテイア人の特徴と共に、魔術の才能も遺伝していたんだろうな。

「その後、中世のような……欧州の田舎だろうか、そういった場所での戦いに明け暮れる記憶があった。それこそ中世のように剣やハンマーを持った敵と魔術で戦うような記憶だ。

映画に出るような、怪獣のような生き物とも戦っている。しかしそのように現実離れした記憶は、ラスプーチナが実体験だと思い込んでいるだけの妄想だと思われる。辛い日々を送った人間は、そういった夢の世界で活躍する空想を事実と思い込んで現実逃避する事も多いからね。ただ、その妄想の記憶が挟まるたび——彼女の記憶の背景は、数十年未来へ跳ぶのだ。彼女が19世紀からほぼ歳を取らず生きていた謎を解く鍵もそこにあるのだろう。たとえば人工冬眠のような事を繰り返しており、中世のような記憶は、その冬眠中に見る夢の記憶であるとか……ここは引き続き考察が必要な点だ」

その記憶は——本当の記憶なんだろうな。レクテイアでの。

だがそこを語るのも面倒な事になりそうなので、俺が黙っていたら……ジロッ。

時任先輩は瞳孔のハッキリ見える碧い瞳で、何やら批判するようにこっちを見てきた。

な、何だよ。

「最新の記憶も、インパクトの強い体験は幾つか見えたよ。君は成人したラスプーチナに手を付けたみたいだな」

「え、手を……？」

左右の手のひらを見る俺を、時任先輩は思いっきり嫌悪するような顔になる。

「トボケるとは非道い男だ。君に強引にキスされた記憶があったぞ。ただ安心したまえ。ラスプーチナ本人はそれを嬉しい出来事として記憶していたから」

……スエズで戦った時、ラスプーチナが炎を噴こうとした口を俺が口で塞いだアレか。
ていうか、なんでムリヤリされたのが嬉しい記憶になってんだよ。ラスプーチナって、
サディストっぽい印象だったのに。性格と反応が逆じゃない？
まあ、サディストほど実はマゾヒストって話も前に武藤から聞いた事があるような気が
するけどさ。その辺、俺には何もかも何が何やらだが。
「今の幼い彼女にも君への好意は残ってるよ。小さいとはいえ女の子に好かれるのだから、
悪い気はしないだろう。可愛がってやりたまえ」
「あー、そういう話はいいから。細かく聞きたかったのは、ちなを引き取ってくれそうな
親族とかの話で……」
「私の話を聞いていたのなら分かるだろう？　そんなものはいない。19世紀にならいたが、
とっくに彼女は天涯孤独だ。その後に養子縁組したり結婚したりもしていない。つまり今
――ちなには、君しかいない」
事実をクールに告げる時任先輩に言われた、それは……
心の奥底では、分かっていた事だ。
それを、改めて突きつけられた気分だな。
……昨日、ちなを風呂に入れた時。そこでちなを置いて逃げようとしたら、泣かれた。
あの時の、涙。

あの涙を、俺は知っていた。

あれは……この世で俺しか頼る者がいなくて、その俺に捨てられるんじゃないかという怖れと悲しみで流す——俺に全責任がある涙だった。

それをどこで見たのかも、今、思い出した。

俺と出会った頃のアリアだ。

事件を1つ解決し、俺と約束通り別れると言ったアリアが……

俺の部屋を出て、ドアの向こうで流していたのと同じ涙だった。

男として、決してそれを無視してはいけない涙だった。


時任先輩と別れて家に戻り、ドアを開けたら、

「あぁぁ……うあぁあぁ……」

という、ちなの泣き声がする。

家中のドアというドアが開いていて、廊下では——家中歩き回り、髪がボサボサになるまであちこちを覗き込み、転びまくったらしいちなが天井を仰いで大泣きしていた。

ちなは俺を見つけるといきなりダッシュしてきて、ばしっ。

足に抱きついてきた。そしてそのまま、俺のズボンに顔面を押しつけてひんひん泣いている。

「ど……どこかぶつけて、ケガでもしたのか」

あまりにも泣くので、そう尋ねたが――ちなは首を横に振った。俺の太ももを短い腕で抱いたまま。

その仕草は、本当に幼い子供のものだ。

ラスプーチナは……

俺を襲ったあの竜の魔女では、もうない。

差別と盗みと戦いにまみれた人生をリセットさせられ、生き直し始めたところだ。

それは女神リービアーザンによって下された天罰なのかもしれないが、とにかく……今ここにいるのは、ちなだ。ほんの幼い、天涯孤独の少女なんだ。

泣きはらした目で俺を見上げた、ちなに――

「キンチも、ちなを捨てちゃうの？」

さっきまで俺がやろうと考えていたことを、ズバリ言われて――

俺の胸に、大きな刃物が突き刺さるような心地がする。

さっきハッと気付いたら家から俺が消えていて、一人ぼっちだった時。

ちなは、どんな思いをしただろうか。父親に捨てられたトラウマのある、ちなは。

どれだけの絶望に、どれだけの恐怖に襲われただろうか。

――ちな――

「捨てないさ」

そうさ。捨てない。

俺は、ちなを抱き返した。抱き返したからには、もう、引き返しはしないぞ。

「キンチも、いつか死んじゃうの？」

だめだ。

こんなこと、子供に質問させちゃだめなんだ。大人は。

――絶対、決して……！

「死なない。絶対。もし死んでも、すぐ生き返ってやる。心配するな」

俺は18歳。一人前の大人とされるには、少し歳が足りないかもしれない。

でも獅堂曰く――俺だって大人のレベル1、大人の端くれだ。

その大人が、身寄りのない子供を……物みたいに捨てようだとか、誰かに押しつけようだとか、そんなのは間違っていた。

子供を助ける。それは大人の義務だ。いかなる義務より優先される、人間どころか動物だって命懸けでやっている、やって当たり前の義務なんだ。ましてや自分のことを頼った子供を見捨てるだなんて、男のやる事じゃないぜ。

俺の中には元のラスプーチナのイメージがあったから、ちなを女として見てしまってたフシもあったが……もうそうじゃなくて、今からはきちんと子供として見よう。
その腹を括ると、新しい何かの歯車が自分の心で回り始めたのが分かる。
それは俗に父性などと呼ばれる、年少者を守ろうとする人間の本能なんだろう。
これは——嬉しいね。
人間離れ人間と言われてきた俺にも、人間の本能が備わってたって事なんだからさ。

3弾　総力戦(トータルウォー)

ちなは、俺(おれ)が引き取る。

その覚悟を決めたのはいいが、いきなり障壁に突き当たった。

明日は塾、松丘館(しょうきゅうかん)の授業がある日なのだ。

インドの山奥で大地の女神と相撲を取ったりエジプトの砂漠でロビン・フッドの子孫を追い回したりはしていたものの、俺は受験生。欠席しまくっちゃってる塾からはメールで自習用のPDFが送られてきており、それをコツコツこなして日々頑張っているのだ。

それでも、解答・解説が自力では理解できなかった問題もそこそこある。せっかく今は塾のある日に東京にいるんだから、それらの解法を先生に直接教わっておきたいところだ。センター試験まであと50日も無いんだし。

だが……松丘館は授業時間が半日とかある。ちなを連れていって、その間ずっと教室に置いておくワケにもいかないだろう。まだ辞めてないらしい藤木林(ふじきばやし)や勅使川原(てしがわら)、黒ギャル三姉妹たちをジャマしたら悪いし、ちなだってあんな空間にずっといるのはイヤだろうし。

（塾に託児室なんかがあるワケもないし……どうすりゃいいんだ……？）

スーパーで買ったプロセスチーズを入れたオニギリを作り、ちなに晩飯として食べさせながら——俺は携帯で、『通学しながら育児　どうする』などと検索する。

そしたら、

（……保育園、一時預かり……緊急一時保育……そういうのもあるのか！）

世の中、俺みたいに急に子供を世話する事になった人は少なからずいるらしい。

都内には、家庭での保育が困難な場合——いきなりでも子供を預かってくれる保育園がけっこうあるのだ。大抵は日中しか預かってくれないが、夜間に預かってくれる所もある。

特に労組系の福祉事業団が運営するＮＰＯの子育て支援施設『チャイルドナーサリー』は融通が利き、24時間いつでも子供を預けられる。松丘館のある田町にも、その支部となる保育園があった。

ちなをそこに預ければ、俺は塾に通えるぞ。もちろん保育費は払わなきゃならないが、バシルーラをやられたおかげで浮いたエジプトからの帰りのフライト代を充てればいい。

それにこれは、ちなのためにもなるはずだ。

時任先輩のおかげで分かったが、ちなは5歳児。心身や知能の様子も実際そのぐらいだ。となると、家で毎日テレビばかり見させてるのは生育に良くないだろう。1度目の人生で保護者がいなかった反動かもしれんが、俺にベタベタしすぎる傾向もあるし。

保育園で挨拶や食事のお作法を教わったり、対人コミュニケーション能力を培ったり、この家の外の世界と接していく自立心を身につけてほしい。それらは幼児期に必要な学びだろうし……俺が学校を中退してしまったからこそ、俺が育てる子供にはしっかり通園・通学してほしいという思いもある。

何より、保育園で仲良しの友達ができたりしたら最高だしな。やり直しの人生が一気に楽しくなるだろう。俺は友達が少ないから、その重要さもよく分かるのだ。

で……今夜は廊下を明るくして、ちなをトイレに連れていってやってから……寝る前に、ドラッグストアで買った子供用の小っちゃい歯ブラシで歯磨きをしてやる。

「ちな。お前、保育園に行くのイヤじゃないよな?」

「ほいくえんってなに?」

「お前ぐらいの歳の子供が集まる、学校みたいなとこだ」

俺がそう言うと、100円ショップで買った子供用のコップでブクブクぺーをしていたちなは、

「……!」

口をポカーンと開けてだばぁと水を流し、キラキラ輝かせた目で俺を見上げてきた。

ちなにとって学校とは、それだけ高嶺の花の場所だったんだろうな。1度目の人生では。

その記憶が断片的に残ってるから、まるで憧れていたお城の舞踏会に招かれたシンデレラみたいな顔をしてるよ。

「――やーじゃないよ! ちな、いく! いくよ!」

ちなは小っちゃい両手の拳を握りしめて、大声で返事してくる。

そしたら興奮したせいか、ばあっ。細い金髪を掻き分け、東洋竜みたいなツノが左右の側頭部に広がった。

「あー、ちな。保育園にいる時は、ツノをこう……後ろに倒して、髪の中に入れたままにできるか？　他の子の目とか刺したらヤバいからな」

日本でキリスト教国のような差別を受ける事はないと思うが、ツノや尻尾がバレないに越したことはないだろう。なので、ちなにそう指導すると……

「うん！」

ちなはパタンッとツノを閉じ、「つのは、ださない」と自分に言い聞かせている。

尻尾の方は……鱗が硬いとはいえ短いから危険じゃないし、防弾スカートの中に完全にしまえるだろう。さっきアマゾンから届いたお子様パンツも厚手の木綿パンツだったから、カバーになってくれるハズだ。

ちなは北欧の生まれなせいかパジャマを暑がり、俺が上着と下着の間に着せるつもりで買ったキャミソールみたいなノースリーブのワンピースで寝る。

１度目の人生の父親のように俺がある朝いなくなるのを怖れてか、単に甘えん坊なのか……ちなは俺と別の場所で寝ついても、夜中に一旦起きてきて、俺に抱きついて寝直す。

こうなると、一応は男女だからと寝床を分けてるのがバカバカしくなってきちゃうな。

　で、何やら指先にくすぐったさを感じながら朝起きたら——ちなは両脚で俺（おれ）の胴を挟み、右腕と胸で俺の頭を抱き、左腕で抱き寄せた俺の右手指をくわえていた。指しゃぶりするなら自分のをしゃぶれっての。

　なんでそうなったのか分からんがキャミは胸が出るほど捲（めく）れ上がってて、パンツ丸出し。

　ここまでくると、こっちがヒスる心配よりそっちが寝冷えしてないかの心配が先に立つもんだね。

　で、ちなは俺が起きた動きで起きてきて、

「おぁよ……」

　目を擦（こす）りながら挨拶してきたんだけど、おはよう、って事かな？　あとそのカッコでもカゼとかはひかなかったらしい。スウェーデン生まれはダテじゃないね。

　ちなは体操するように大きく全身や両足を振り回しながらセーラー服を着て、

「いついく？　ほいくえん！　いついく？」

　俺が鮭（さけ）フレークを入れて握ったオニギリをぷくぷくしたほっぺに頬張（ほおば）りながら、大きなお目々に星を浮かべ、食卓テーブルに乗り上がらんばかりの勢いで聞いてくる。

「昼過ぎには行くぞ。いろいろ準備いるんだよな。えーっと、コップと、着替えと……」

『チャイルドナーサリー田町（たまち）』のサイトにある注意事項を読むと——俺がお迎えに行ける

19時まで預けるなら、お弁当も持たせる必要があるようだ。お夕飯ってことね。

えーっと、じゃあ……弁当箱は無いんで、タッパーで代用しよう。

今日は俺が塾で先生に質問するための準備もしなきゃならないから、食材を買い出しに行くヒマは無さそうだ。

あり合わせで作るにしても……うちに、何か弁当にできそうな食材はあったかな？

あ、味海苔があった。よし。米はまだあるんで、海苔弁当を作ろう。

海苔弁はシンプルでありながら、クドすぎず、淡泊すぎず、パクパクと白米が食べれてしまう至上の弁当の一つ。いいね、作ってたら自分で食べたくなってきちゃったよ。

「キンチ、なに作ってるの？」

「これは、お弁当だ。お前のだぞ」

「ちなの？　わぁー食べる！　ばうー！」

「ちなは今さっきオニギリ食べたばっかだろ。お弁当は、すぐ食べちゃダメなものなんだ。後の楽しみにとっておいて、食べる時間になったら食べるものなんだよ」

「そうなんだぁー！　わかったよ！　おべんとう！」

ちなは、にかぁー！　と、満面の笑みで俺を見上げてくる。

この喜びよう……ちなって俺並みに食い意地が張ってるよね。

そこは似た者同士なのかもしれん。この、なんちゃって親子は。

昼――

塾の時間が近づいたので、ちなを連れて東京臨海モノレールで武偵高駅を出る。

ちょっと揺れる車内で、ちなは俺の足に抱きつき……ジーッと俺を見上げてくる。

この子には俺を直視する癖があるようなんだが、これはドラゴン娘の習性なのかもな。昔トカゲを飼うのが好きな武偵が「爬虫類はジーッと飼い主を見てくるのが可愛い」って言ってたけど、ドラゴンにもそういう習性があるのかもだ。

ゆりかもめと山手線を乗り継いで田町に着き、少し迷ってから見つけた……チャイルドナーサリー田町は、ゴチャゴチャしたこの街に埋もれるような雑居ビルの5階にあった。

鍵の掛かったスライドドアの窓から、抱っこしてあげたちなと一緒に園を覗くと――おお、ちなと同い年ぐらいの子供たちが縦横無尽に走り回ってるぞ。お揃いの園児服を着て。

ただ、インターホンを押してもすぐには保育士の先生が来ない。明らかに人手不足って印象だ。それを裏付けるように、ドアには『保育補助者急募！　無資格・未経験でも歓迎します』の貼り紙がある。

窓の向こうには、先生より先に園児たちがやってきた。新入りのちなに気付いた顔で。ニヤニヤしてる子、黙ってこっちを見てる子、ヒソヒソ話し合ってる女の子たち。親の影響なのか、ちょっとギャルっぽい園児もいるな。

注目されたちなは、次第に顔をこわばらせ……恥ずかしげに、下を向いてしまう。俺に抱っこされたまま。

「緊張してるのか？　大丈夫さ、みんなお前と同じ子供だよ。何もビビることはないぞ」

という俺の励ましは、どうやら的外れだったらしくて——

ちなは「おろして。ちな、じぶんでたつの」と、俺の頭を手で押しのけてきた。

……ああ、みんなの前で抱っこされてるのが恥ずかしかったのか。子供には子供なりのプライドがあるんだな。

ちなを床に下ろしてあげて、子供たちの窓越しの視線が切れると……

ちなは、ハッと何かに気付いた顔をして俺を見上げてきた。それが不安げな目なので、自分が俺にここに置いていかれる事を察したのだと分かる。

それからは、保育園には入ってみたいけど、俺とは離れたくないというジレンマで考え込んでる。

うう……可愛い。そんな顔や仕草をされると、俺もここにいてあげたくなってしまうよ。

でも、ちなには保育園に通う学びや経験が、そして何より友達が必要だ。

ここは俺が、心を鬼にしなきゃ。

「——ちな。俺は、この中についていってあげる事はできない。保育園ってのはそういう場所なんだ。でも安心しろ。俺は必ず迎えに来るって、約束するから」

俺は小指を差し出し、ちなの椛みたいに小さな手の小指に絡めた。

「?」

「これは指切り。指切りして交わした約束は、必ず守らなきゃいけないんだ。だから俺は、必ず迎えに来る」

「う……うん」

「それと、これ。お弁当。俺が作ったお弁当は、ちなと一緒に保育園に入っていいんだよ。俺が作ったオニギリは美味しかっただろ? だからこのお弁当も間違いなく美味しいぞ。食べるのをお楽しみに、だ。そして、ちながこれを食べる頃には俺が戻ってくるからな」

と、俺がタオルに包んだタッパーの海苔弁をちなに抱えさせると、

「うん! おいしいおべんとう食べるのと、キンチが来るの、ちな、楽しみにするね!」

ちなは、一気に顔を明るくさせた。

食べ物で機嫌が取れるのは助かるね。

と、俺がちなの頭をナデナデしてあげていると——

「——お待たせしました! 初めまして。園長の桃園です。遠山キンジさんと、遠山ちなさんですね。延長保育で19時までとの事でしたよね」

ドアを開け、若くて優しそうな——でもけっこう疲れ顔の、女性の保育士さんが現れた。

どうやら、今は1人か2人でここの園児全員を見てるっぽい。大変だなこりゃ。

「は、はい。ネットで予約を入れた、遠山です。えーっと……ちなは保育園という場所に通ったことがないので、不慣れな所があると思います。お忙しそうなところ申し訳ないのですが、どうかよろしく見てやってください」

この保育園の場所を探して少し迷っていたせいもあり、塾に遅刻しそうな俺は——

「はい。それじゃあ、ちなちゃん。はじめまして。こんにちは」

「……はじめまして……こんにちは……」

先生と挨拶してからも、最後までこっちを見てくるちなをドアの向こうに置いて……

保育園を後にし、小走りに塾へ向かうのだった。

しばらくぶりに田町の松丘館に行き、長い座卓につくスタイルの教室に入ると……

「あっキンジさん！　お疲れ様チョリーっス！」

東池袋高校時代から俺をやたら慕ってる元ヤンの藤木林に、裏ピースで出迎えられた。

チャラい髪型なのは相変わらずだが、前は無かったフチの赤いメガネをかけてるな。

あともう一人の、ここでの男子のクラスメート——俺より暗い勅使川原も来てて、

「……遠山の手に歯形がある。噛むクセのある女子と付き合ってると見た……」

相変わらずやたら上手い美少女イラストをノートに落書きしつつ、ボソボソ言ってくる。

歯形？　ああ。この、ちなに人工なぎさで噛まれた手の痕か。

「ああ、これは女の歯形だよ。ていうか勅使川原お前、よくそんな細かい絵を描きながら目ざとく気付けたもんだな……」

「えっマジすか！　キンジさんと一緒にいた、こないだのマブいスケっすか⁉」

「こないだの……？　ああ、乙葉まりあか。あれとはまた別のだ。あとそもそも、乙葉は女じゃなくて――」

「……なぁ遠山、授業終わったら帰りに3人でまんだらけ寄って、同人誌見ようよ……」

「それよりビリヤード行きましょうよキンジさん！　1時間プレイ無料券あるンすよ！」

勅使川原と藤木林は久しぶりに会えた俺を、それぞれ誘ってくれる。

同人誌はよく分からないがマンガは読みたいのがあるし、拳銃を使わないビリヤードも楽しそうだ。何より、全く仕事での絡みがない同年代の男友達と遊びに行くだなんて――長らく俺が夢見てきた、ドラマで見たことしかない憧れのシチュエーションだ。

その夢を叶える、大チャンスなんだが……

「悪い。俺は塾の後すぐ予定があってな」

「え、女ッスか？」

「ああ、女だ」

という俺の答えに藤木林は心から納得顔になるし、勅使川原は「死ねばいいと思う」と

シャーペンでこっちを突いてくるので、

「——女は女でも女の子、女児な。保育園の送り迎えがあるんだよ」

そうネタバレしてやったら、

「えっキンジさん子供いたンすか！　さすがキンジさんマジパネェっす、ヤベエっす！」

「……えー、これにはボクも驚いたんだけど……あの乙葉（おとは）さん？　との子なの……？」

とか、二人は完全に誤解してくるんだけど。

「あのなあ……まあ一々説明するの面倒だから、じゃあもうそれでいいよ……」

というわけで乙葉との間に男同士で子を成した事になった俺（おれ）がうなだれていると——

「あ、ネクラのキンジ」「なんか日焼けしてね？」「ギャル男じゃん、ウケる」

とか、実際エジプトで少し日焼けした俺にツッコミながらの黒ギャル三姉妹が現れた。

ルーズソックスの足元がドムっぽいので俺が内心『黒い三連星』と呼んでいる、この塾の女子生徒たちだ。

コイツらこそ冬でも日焼けしてて、頭にヒマワリの髪飾りを咲かせ、サマーセーターを着てるんだが……つけまつげ・つけ爪も含め、見慣れるとこれはこれで女らしい美意識が感じられてヒスい。

あとこのギャルどもは羞恥心に欠ける所があり、床に座る時あぐらをかいちゃうので、超ミニのプリーツスカートの中のヒョウ柄のサムシングが見えそうで心臓に悪い。迷惑。

さらに教室にはスカートスーツに黒ストッキングの茶常先生が来て、

「さあ始めるわよ努力不足のクズども！　今日は遠山も来てるからって、指される回数が減るかもとは思わないこと。フフッ——その分、指名する回数を増やすからね！」

と、美人女教師にやられるとこれはこれで謎のヒスさがあるスパルタ授業を開始する。

なお、先生が心なしか上機嫌なのは——最初は最底辺だった俺たちの成績が、少しずつ上がってきているからだろう。

聞けば勅使川原は東大模試で文学部にＢ判定を、藤木林は超最難関の医学部にＤ判定をもらったという。黒い三連星も各々の志望学部にＣ判定をもらってるとか。法学部志望の俺も模試はＤ判定。確率から言って、この中の２人ぐらいは東大に合格できそうな状況だ。

そしたら茶常先生も塾からボーナスを２００万円もらえる。

という、希望のムードが流れる教室で勉強するんだが——

（……ちな……）

その最中にも折に触れて、ちなの事が俺の心をよぎる。

ちなは保育園で……さびしがって泣いたりはしてないだろうか。コップの水をこぼして濡れて冷たい思いをしてないだろうか。窓ガラスを割ってケガしたりしてないだろうか。

ちなと離れている間は少し気が楽になるのかなとも思っていたが、逆だ。心配しだすと気が気でなくなってしまう。

なんだか、勉強に集中できないな……いや、でも集中しないと。

ちなも人生の重要な出発点に再び立ったところだが、こっちもこっちで——武装検事になって父さんに再び迫り、對卒から生き延びるという、命懸けのロードマップの出発点に立ったところなんだからな。

一説には、人間は教師から授業を受けると、自習の4倍速で物事を理解し覚えるという。

普段メールでも教わっているが、さすが東大卒の茶常先生は対面でも俺の質問に的確に答えてくれた。先日すでに俺から松丘館に連絡しておいてはあるものの——東大でも学警武偵の導入を検討している事、その担当者・鬼塚教授に自己紹介に行けた事も直接話せた。その件は、茶常先生も東大生の妹や後輩を通じて探りを入れてくれているとの事だ。

他にも積もる話はあったが——

俺は塾が終了するなりササッと荷物をまとめ、保育園へダッシュしなきゃならない。

勉強や仕事をしながら育児もするとなると、自由時間なんか全く無くなるんだな。

しかも塾や任務は最悪の最悪ギブアップや再挑戦も可能だが、育児からは逃げられない。

このプレッシャー、ハンパないぜ。育児ノイローゼになる人の気持ちが早くも分かってきちゃいそうだよ。

しかし逃げられない物事から逃げようとすると、必ず破綻を来す。人生はそういう風にできているんだ。高校から逃げ続けた俺が退学したようにな。だから、ちなの世話は歯を食いしばってでも頑張るぞ。

19時少し前——夜の田町(たまち)では、赤提灯(あかちょうちん)の居酒屋が賑(にぎ)わってる。

その一角の雑居ビルをエレベーターで5階に上がると、チャイルドナーサリーは煌々(こうこう)と明るく、スライドドアの向こうではまだ子供たちがキャーキャー騒いでいた。

日中働いていた親が大体みんなお迎えに来た後らしく、園児のメンツは昼間とはかなり入れ替わっている。とはいえ夜職と思(おぼ)しきママさんたちが今も子供を預けに来てるから、園児の数は昼と同じぐらいだな。あ、昼にいたギャルっぽい園児はまだいるね。長時間の延長保育がちなだけじゃなくてよかった。

子供たちは幾つかの丸テーブルに数人ずつついて、夜のお弁当タイムが始まったところらしい。

……ちなも……あ、いたいた。夜を保育園で過ごす園児たち数人とテーブルについて、目をキラキラさせてお弁当を開けてるよ。

今は2人いる保育士さんたちは他のママさんと話したり、年少の児童に手間が掛かってたりで、俺の受け付けまでにはもう少し時間がかかりそうだ。

なので、ちなの様子を窓越しに見ていると……

まだこっちに気付いてないちなは、保育園にもらったらしい使い捨てのプラスチックのスプーンを手にしていた。いけね、食器を持たせるの忘れてたよ。次から要注意だな。

「おべんとう食べてるころに、キンチが来るんだよ。ちな、おやくそくしたの」

ちなは満面の笑みでタッパーの海苔弁をパクパク食べ始め、周りの子たちに話しかけているんだが――

ちなの弁当を見た子供たちが、あはははー！　と、みんな笑い出してる。

これにはちな同様、俺もキョトンとしてしまう。

何が……おかしいんだ？

「――ちなちゃんのおべんとう、まっくろー！」「まっくろおべんとうだー！」「おいしくなさそー！」

どういう事かと思ってよく見てみると、他の子たちが弁当箱を開けてテーブルに広げているのは……とてもカラフルで、緻密に作られた弁当ばかりだ。

ひまわり形のニンジン、ハート形のハム、星形のチーズ。赤や黄色や緑に色付けされた米のミニおにぎり。唐揚げや卵焼きには一つ一つに自動車やディズニーキャラのピックが刺してある。小っちゃいゼリーなんかも入ってる。

しかもそれらは付け合わせで、メインは――アンパンマン、仮面ライダー、ドラえもん、きかんしゃトーマス、キティちゃん――幼児キャラの博覧会みたいに、それぞれの子供が好きらしいキャラを多様な食材で形成したものだ。昼からいるギャルっぽい子の弁当にも、卵黄の薄焼きやカニカマで知らんアニメキャラがバッチリ作り込まれている。

あれは前に理子が自分用に作ってた、キャラ弁ってやつだ。ちなみたいに単純な弁当を持ってきている子供はおらず、キャラでなくても乗り物や動物など、少なくとも何らかの形にはなっている。

——海苔弁当をバカにされたちなが、

「ちなのおべんとう……おいしいもん。キンチが作ってくれたんだもん！」

と、怒って反論したところ、

「キンチって、だれ？」「なんでママじゃない人がおべんとう作るのー？」「ちなちゃん、ママいないのー？」

子供たちは、口々に残酷なことを聞いている。おそらく悪気なく、純粋に不思議がって。

「……いるもん……」

ちなは少し顔を伏せ、海苔弁に目を落として小声で返す。

ママが、いる……ってのは、産みの親の記憶のことを言っているのだろうか。

それとも、売り言葉に買い言葉の出任せだろうか。

ただ、ちなの声に勢いが無かったので——子供たちはそれを嘘だと感じたようだ。

「あー、ウソだ！　ちなちゃんウソついた！」「ママがいたら、ママがおべんとう作ってくれるはずだもんねー」「ママが言ってたよ、ウソつく子とは遊んじゃだめー！」

よってたかって、みんなにそんな事を言われて……ちなは、

「──いるもん！　ちなにもママいるもん！　今いっしょにいないだけだもん！　ママ、ちなのこと、見にきてるんだもん！」

怒って、大きな声を上げる。

すると、それをケンカを売られたものと受け取ったらしい男の子が──サッ！　ちなの海苔弁を取り上げてしまった。

ちなはガタッと立ち上がってテーブルに身を乗り出し、取り返そうとするが──

その動きに突き飛ばされたようになった男の子は、海苔弁を手から落としてしまった。

ご飯と海苔がマットの床に飛び散り、

「あははは！」「きたねー！」「ちなちゃん、おぎょうぎわるーい！」

調子に乗って笑う子供たちに、ちなは──

「──がうぅっ！」

ちょっと正体を匂わせちゃってる声を上げつつ、掴みかかってしまった。

わああと、ちなと子供たちとが一対多の叩き合いになり……

俺は今すぐ乱入し、ちなに味方して悪ガキどもを蹴散らしてやりたい衝動に駆られるが
……それは大人がやってはいけない、間違った行動だ。

あの子供たちは、まだ知らないだけなんだ。

言っていい事と、いけない事を。やっていい事と、悪い事を。

だから見たままを言い、思ったまま動いてる。だから、

「だめですよー！　ケンカしちゃいけませんよー！」

保育士さんたちが、騒ぎを止めに入り……手足を振り回して泣きわめくちなを引き離し、ちなをバカにした子供たちを集めて注意して……

ああして、一つ一つ教えてやるしかないのだ。人と人の付き合い方の、基礎の基礎を。

それを学ぶのも、保育園や幼稚園、小学校といった場所なんだしな。

そして、ここでも――

拳銃を扱うしか能の無い俺は、ただ傍観する以外何もできない無力な存在なのだった。


ケンカは未然に防いでほしかったが、チャイルドナーサリーは児童福祉法違反スレスレというレベルで人手不足で――より幼い子たちの方に手がかかる事もあり、ちなたち5歳ぐらいの子たちまでは目が行き届かないみたいだ。

だが、文句を言える状況ではないな。ネットで調べたところ東京の保育園は過密も過密、特にデイタイム以外に子供を預けられる園は超過密状態なのだ。ちなが待機児童にならず預けられるだけでも感謝しなきゃいけない。

「あっ、ちなちゃんのお父さ……いえ、えっと、遠山さん。お待たせしました」

ちなと俺の続柄は個人情報保護の観点から聞いてはいけないらしく、ちょっと困り顔をされる時はあるが……関係がよく分からないままでも、保育士の桃園さんはしっかり応対してくれる。さすがプロだね。

「あの、俺、ちなを迎えに……」

「ごめんなさい、目が届かなくて。今の、ご覧になりましたよね……ちなちゃん、お昼もみんなと髪の毛の色が違うって言われて、ケンカしちゃってたんです」

「ああ……そうでしたか」

「体に特徴があるお友達には、子供たちは本能的に特別な反応をしてしまう事があります。でもそういう違いがあっても他の子と同じように接することができるよう、私たちも子供たちに何度でも繰り返し教えますので。子供たちも必ず、慣れてくれると思いますので」

ちなが軽くアザや引っ掻き傷を負っている旨を書いた保育メモを渡してくれつつ、桃園さんはペコペコしてくる。

気付けば、もう1人の女性保育士さんが――不機嫌顔のちなを俺の所へ連れて来ていた。

「それじゃあ、ありがとうございました……帰ります」

俺もペコペコと、2人の保育士さんたちに挨拶をする。

桃園さんと「ちなちゃん、さようなら」「……さようなら……」と挨拶をしたちなは、俺の手をぎゅーっと握って、エレベーターホールまで一緒に歩いてきてから……

……はしっ。

俺の太ももにしがみついて、そこで……

……ひんっ、ひんっ……と、泣き始めた。

ちなは……あんなに楽しみにしてたけど、初めての保育園が辛かったみたいだ。

俺と似て学び舎が合わないのかもしれないが、辛さの原因の一つを作ってしまったのは

——俺があんなダサい、海苔弁なんかを持たせたせいだよな。

「……ごめんな……俺、あんなお弁当しか作れなくて」

ケンカの連戦でボサボサになってるちなの金髪頭を抱いて、謝った俺に……

ちなは、ふるふる、と、首を横に振った。そして、

「ちな、くろいおべんとう、おいしかったもん」

涙目の顔を気丈に上げ、俺を気遣ってくれる。

その健気さに胸がいっぱいになった俺は、ちなを抱き寄せ……

自分も、涙ぐんでしまう。

ちくしょう。なんて弱い男なんだ、俺は。なんて、何にもできないヤツなんだ。俺は。

俺なんか、ちっとも大人じゃなかった。

たった1人の子供すら、笑顔にさせてやれないなんて。

上がってきたエレベーターが開き、逃げるように乗り込もうとしたら——

「え、キンジじゃん?」「子連れじゃん。ウケる」「ヤッバ、この子かわいいんだけど」

……えっ……?

今さっきまで松丘館で一緒に勉強してたギャル三姉妹、黒い三連星がエレベーターから出てきたんだが?

「ガイア、マッシュ、オルテガ……!? お前ら、なんでここに?」

つい脳内で付けてたアダ名で呼んでしまった俺に、

「誰だし。浅間亜姫、索姫、麻姫だし。同じクラスなんだからいいかげん覚えろよ」

オルテガ——麻姫が膨れて名乗る。

3人のルーズソックスの足の間には、園から飛び出してきたギャルっぽい女児が駆けてきて、

「かーえーろー! かーえーろー! キャハハ!」

と、潜林みたいな動きで走り回ってる。

え、えええ……?

状況から見て、この女児、黒い三連星——浅間三姉妹のとこの子らしいんだが。

「……ど、どれの子だ……?」

軽く震えながらの俺が尋ねると、

「はぁ? 姫夜詩はあたしらの子じゃないから。あたしらのパパの次の次のパパの子」

「アハハ。今ママと福岡に住んでるパパの前の前のパパの子だから」

亜姫はムッとした顔になり、索姫は笑いながらそう教えてくれた。

「あ、ああ、そうなのか。済まない」

なんだか複雑な家庭らしいが、このギャル女児は続柄的にはギャル三姉妹のさらに下にいた妹ってことか。で、三人は保育園に預けていたその妹――姫夜詩を、迎えにきたと。

「弁当、足りたかー？」

「たりねーし！　マック！　マック！　シェイクとポテトがいい！」

索姫に聞かれた姫夜詩は亜姫の両脚の間からそう答えてる。

「じゃあ、あたしらもマックにすっか。晩メシ」「うん」「行こー」

状況から見て、間違いない。

この三人も……育児しながら、受験勉強していたんだ。今の俺と同じで。驚きだな。

「この子、ちなって子！　今日ダチになった！　ちなもマックおいでよー！　落っことしちゃったおべんとーのかわりに、マック食べればよくねー？」

「……ぅ、ぅ……」

姫夜詩はちなを友達（ダチ）と認定してくれているようなのだが、ちなはグイグイ来る姫夜詩に引いてるのか、俺の足の後ろに隠れてしまう。なんか、そういう関係なのね。

「お？　ちなちゃん来るの？」「おー、来な来な、ちなちゃん」「カワイイ子は大歓迎」

三姉妹も、姫夜詩のお友達ということでちなには優しくしてくれてる。

――これは、渡りに船かもしれないぞ。

「よ、よし。ちな。せっかくのお誘いなんだし、マックに行こう。付き合いは大事だ」

ちなの手を取り――俺は三姉妹に「済まないな」と一礼しつつ、一緒にエレベーターに乗る。

新橋のマックで、ちなと俺は……実は四連星だった黒い三連星と共に、ハンバーガーのセットで改めて晩メシを食べる。俺のドリンクはコーラだが、ちなは炭酸が飲めないのでオレンジジュースだ。

聞けば、浅間三姉妹は姫夜詩を生後すぐからずっと世話してるらしい。バツ4の母親は今の夫と福岡でガールズバーとかいう形態の水商売の店を経営しており、娘たちが暮らす東京の家には年に1度帰ってくるかどうかの多忙さなんだそうだ。

「……って事は、お前たちは中1の頃から姫夜詩の親代わりをしてるのか。偉いな……」

長い育児キャリアを持つ三姉妹を、育児ビギナーの俺が尊敬の眼差しで見ると――

「エライとか無いから」「ちびがいれば面倒見るの当たり前」「慣れるし？」

三姉妹は謙遜とか強がりじゃなく、マジで育児を苦労と思ってない顔で返してくる。

この若さでその境地に達しているとは、凄いな。菩薩に見えてきたぞ。俺は『ギャル＝

あんぽんたん』という偏見を持っていたが、そもそもギャルとはファッションに過ぎないもの。人を外見で判断してはならなかったのだ。ここは反省しなきゃならない。今やこの三人は模試も俺より好成績なワケだし。

「で、ガイア……じゃない、亜姫、聞きたい事があるんだが」

「そっちは麻姫」

「アハハ、何？」

いけね、また育児の大先輩に失礼を働いてしまった。ていうか浅間三姉妹は三つ子だし、お揃いの化粧とかコーデをしてるしで、見分けがつきにくいんだよ……

「姫夜詩の弁当を見たんだが、なんかのアニメキャラの顔になってただろ。他の子たちの弁当も、キャラ弁ってのになってた。他にもオニギリがサッカーボール柄になってたり、チーズとハムが渦巻きみたいに巻かれてたり……あれは、なんでなんだ？　今時の子供の弁当には、チャラくしなきゃいけない決まりがあるのか……？」

ちなに海苔弁を持たせてケンカの原因を作ってしまった俺がそこを聞くと、

「なんでって、子供が喜ぶからに決まってんじゃん。ちびの頃、キンジも弁当にタコさんウインナーとかウサギさんリンゴとか入ってたらアガったじゃん？　それの平成版だから、キャラ弁は」

「今日のはキュアサンシャインな。姫夜詩がマジ好きなんだワ」

「てゆーか弁当に集中させないと、ちゃんと食べない事けっこうあるし。ダチと遊ぶのにチョー夢中だった日とかさ。あとやっぱピーマンとかニンジンとか、子供がキライな物もああすると食べてくれるんだわ。元の食材が何だったのか、全然分かんなくなるからさ」

黒ギャル三姉妹はポテトをつまみながら、ちゃんと教えてくれた。

言われてみれば……幼稚園の運動会の時、母さんがカニ形のウインナーを作ってくれて嬉しかった記憶は俺にもある。

（そういう事だったのか……）

目からウロコが落ちた気分だ。

俺は自分の尺度で『腹いっぱい食べられれば幸せだろう』とだけ思っていたが——

それは、子供の世界に対する想像力不足だった。

子供に十分な食事を与えるのは、当然のこと。その上で、弁当には子供の意識を食事に集中させたり、より楽しく食べられるようになるような見た目を持たせておくべきなんだ。

さらに子供が好きなものを象った食品には、保護者から子供が好きなものへの理解を示すコミュニケーションの意味もあるように思える。

多忙な保護者たちがそれを敢行しているのは、子供のためだ。ちなだけやってもらえてなければ、自分だけ大事にされてない気分になるかもしれないし、孤立するリスクもある。

今日のように。

義務ではない事を同調圧力で強いられてるような側面も無きにしもあらずだが、ここは俺がヘソを曲げて逆張りするべきところじゃないぞ。やるべきだ。ちなのために。

──でも、俺はこの件に関して全くの無知だ。

キャラ弁について、学ばないといけない。

それも、ちなを保育園に通わせる以上、今すぐにだ！

ばしんっ、と、俺はマックのテーブルに手をついて頭を下げる。

そして軽く面食らってる三姉妹に、

「──亜姫、索姫、麻姫。ああいう弁当の作り方を教えてくれないか。俺もちなに作ってやりたいんだが、どこから手をつけて、何をどうすりゃ出来るのか想像すらつかないんだ。頼む……！」

そう懇願すると……

「あは。そんなこと、そんなマジに頼まなくてもいいってば。ていうかネクラのキンジが実はイクメンなの、マジ意外で超ウケるんだけど」

「じゃあキンジのメルアド教えてよ。あたしらがよく読んでるフードコーディネーターのブログのリンク、メールすっから。マジ参考になるから」

「ちなちゃんはどんなキャラが好きカナー？　ジュエペ？　リラックマ？　おねーさんに教えてくれるぅー？」

俺が色眼鏡で見ていたよりずっといいヤツらだった三連星は、協力的だ。助かる……！

ちなは俺以外の大人には人見知りなところがあるものの、

「……ちな、どーもくん好き。きのうテェビで見たの」

子供慣れしてる麻姫の喋りに促されて、両手持ちしたハンバーガーにちょっと顔を隠しながらもちゃんと答えてる。

「え、ヤバ、マジ可愛いんだけどちなちゃん。喋り方とか」

「どーもくんかぁ、油揚げにゴハン詰めればボディー作れんじゃね？　それかコロッケかハンバーグでもイケそう」

「目はツヤツヤでキラキラ感ある黒豆の一択っしょ。口はハムを切って、キバはスライスチーズをギザギザに切ってー……」

油揚げ、ゴハン、黒豆、ハム、スライスチーズ——俺は武偵手帳にメモを取りながら、

『お弁当箱のフタに食材がくっついて目や口が取れてしまわないよう、フタに当たらない高さに料理を詰める』『各パーツは焼きパスタを刺したりマヨネーズで接着したりして、バラバラにならないようにする』『洗った手でも食材をベタベタ触ると食中毒が怖いので、作製には箸やビニール手袋を使う』などの注意事項を三姉妹から教わっていく。

銃や爆弾の知識がいくらあったって、子供の前じゃ役に立たない。子供を育てるためにする事はどれもこれも、俺が今までの人生で学んできた物事とはフィールドやジャンルが

全く違う。学校や塾でも何一つ教えてくれなかった。

――それでも人は、人生のどこかで、この戦いに身を投じさせられる事がある。絶対に逃げられない、絶対に負けられない、自分の命よりも重い、幼い命を背負ったこの戦いに。人によっては今の俺と同じで、ろくな準備もできないまま、突然に。

そう。ここもまた今までと同じ、命が懸かっている戦場なんだ。

だからまずは、上官の黒い三連星――浅間三姉妹から、戦い方を学ぼう。となると俺は黒い三連星の後輩、フレデリック・ブラウンかな。理子に読まされた漫画版ガンダムの。

家に帰ると、ちなは保育園で張り詰めていた緊張の糸が解けたのかすぐ寝てしまった。

（疲れ果ててるみたいだし、フロは明日の朝でもいいか……）

と思いつつ、ぬるま湯で濡らしたタオルで顔だけは拭いてやっていると……その目元や頬には、泣いた跡がまだ少し残っていた。

ちなは海苔弁の件でも泣かされてたし、髪の色が違うってんでハブられもしたらしいし、辛かったんだろう。いろいろ。

……お前も、戦ってたんだな。その小っちゃな体と頭で。それが大人から見ればどんなちっぽけなものでも、子供にとっては大きな戦いを。

その友軍の俺が無知だったせいで、今日はお前に負け戦を強いてしまった。申し訳なく、不甲斐(ふがい)ない気持ちでいっぱいだ。

でも、次回からはしっかり掩護(えんご)射撃するからな。この戦いの勝利条件は――ちなが友達みんなと仲良く楽しく過ごせるようになるって事だ。

それは今までの俺(おれ)が戦ってきた全ての戦いの中で、最も意義のある戦いかもな。

勝って、ちなの笑顔を見たい。

いや、見るぞ。絶対に！

――俺は深夜に今日の勉強を進め、明け方にはエジプトでまた酷使した銃を整備し……

気付けば深夜に三姉妹からのメールが何通か来ており、ギャル文字を解読しつつ読むと『デコふりっていうふりかけを混ぜるとゴハンが色つきゴハンになるよ』『のりパンチって道具を使うと海苔(のり)を一瞬で顔のパーツの形に切れるよ』『ハムチーズ型抜きはマジ便利』などの貴重な情報が得られた。ありがたい。その優しさに涙ぐみそうだよ。

そして朝、ちなが起きてきて――

「キンチ、おぁよ」

「おはよう、ちな。昨日入らないで寝ちゃってたから、フロ入るぞ」

「うん」

あれだけイヤだった女児との入浴だが、もう俺もヒスが怖いとか四の五の言ってる段階ではなくなった。幼児は自力では体を清潔に保てないんだから、保護者が何とかしてやらなきゃならないのだ。

俺も男だ。どんなに怖くても、やらねばならない事は成し遂げる。自分の人生の途上に立ちはだかった責務を乗り越えるため、恐怖を克服する心。それを人は勇気というのだ。たとえ立ちはだかるものが女児のはだかだったとしてもだ。

というわけで、ちなを再びフロ場に連れていったところ……

ちなはさすが幼児だけあって、やっぱり俺の目の前でも裸になる事を恥ずかしがらない。で、フロ場の前の床に座り、手を振り回し足を振り上げて服を脱いでしまった。全部。

「おふろ、いこ」

「ああ、うん……」

うう、やっぱり可愛(かわい)すぎる。キレイすぎる。リサもそうだけど、なんで北ヨーロッパの女子ってこんなに肌が白いの。マジでこういうタイプの妖精みたい。

右脳で難読漢字を、左脳で素数を、間脳で般若心経(はんにゃしんぎょう)を思い浮かべる俺だが――事ここに至ってヒス本能を父性本能で押しとどめ、血流をガッツで止める事には成功している。

本能と本能の押し合いが逆転しない内に――と俺はボディーソープを手につけ、ちなの全身を素手で洗う大事業に取りかかる。

体は関節の部位を意識して清潔に保つべきなので、首や腋(わき)の下(した)、肘や膝の裏側、足の指、そして――ええいッ、この勢いで股やお尻も洗うぞ――わぁあぁ。生まれて初めて触ってしまった気がするよ、あれもこれも。

ていうか、子供の体ってスゴイな。ぷにぷにしてて、もちもちしてて、1分1秒ごとに新陳代謝して常に輝いてる。5歳児のぷにもち感には、小5のかなでもかなわないのではなかろうか。

「うあ、あは、くすぐったぁい」

ちながキャッキャッと笑うのが俺に触られて喜んでるみたいで無性にヒスいが、それも乗り越えて——今度は長い金髪をツノの付け根までシャンプーでしっかり洗い、キレイに流してやる。これは頭そのものが小っちゃいから簡単と言えば簡単なお仕事だ。

「あぷあぷあぷぅ」

「よし、お湯に入って温まれ。しっかり肩まで浸からなきゃダメだぞ」

前髪から顔に垂れたお湯を口元で吹くちなを、両腋をフォークリフトっぽく手で持って吊り、湯船に運ぶ。

だが、ちなは湯に浸かるという行為が本能的に怖い様子だ。湯船に座らず、立ったまま「キンチも入ろ?」とか呼んでくるので……俺は「あ、ああ」と応じながら自らの全身を洗い、ちなを安心させるためにも——ええい、男は度胸だ！　と、湯に入る。

俺が湯船の底に座ると、ちなの胸ぐらいまで水位は上がった。

こうなると、ちなは座ったら頭が水面下になっちゃいそうだな。

かといって立ったままじゃ肩が冷えるだろうし、中腰になって温まれというのも酷な話。

（どうすりゃいいのかな……）

とか思っていたら、そもそもこのバスタブが1人用なせいで隅っこに押しやられていたちなが——俺の肩に手をついたかと思うと、

「んしょ」

——っ……！

対面で、座ってきちゃったよ！　湯の中で、俺の両太ももに跨(また)がって！

でも、なるほど。そしたらピッタリ肩までお湯に入れてますね、ちなちゃんさん……！

ちなは俺の胴体を両脚で挟むようにしてクラッチし、両腕で俺の首に抱きついて、

「かたまで、はいれたよ……？　ちな、こわくても、キンチが言ったとおりにするの」

顔と顔がくっつくような距離から、そう微笑(ほほえ)んでくる。ほめて？　って顔で。

「……あ、ああ……え、偉い偉い。偉いぞ」

片っぽが年端もいかないとはいえ、いや、年端もいかないからこそ——性別的には異性同士の2人が裸でトンデモナイ体勢になっているという事実に、俺は一瞬気が気じゃなくなりかける。

だが邪(よこしま)な脳内興奮物質(βエンドルフィン)は、ここまで身も心も預けてくるほどちなが懐いてくれたというもう一つの事実が齎(もたら)す幸福感(セロトニン)によって抑止された。

人間は幼児にくっつかれると、他のあらゆる感情をさておいて、親としての本能が覚醒するように出来ているらしい。むしろ俺はちなの体を抱き寄せ、小さな頭を撫でてやる事さえできた。

「キンチ……だいすき……」

ちなが幸せいっぱいの顔で俺に甘えてくると、こっちも幸せになってくる。

こんなにも幸せをくれるものだったのか。子供って。

どうりで、世界中の誰もが全身全霊で可愛がって面倒を見てやってるわけだよ。

翌日午前中、スーパーへ買い出しに行こうと思い――

ちなを連れてマンションを出たら、「お外では手をつながないと、あぶないんだよ」と手を繋いできた。そう保育園で習ったらしいが、どうやらこれは俺の安全を守ってくれているつもりらしい。いじらしくて、胸がキューンとしちゃったよ。

スーパーでは昨日メモった他にも食材をあれこれ買ってきて、家で昼メシ作りを兼ねてキャラ弁作りの練習をする。

油揚げにゴハンを詰めて形成する、どーもくんは……まだ俺には難しく、グロテスクな妖怪が誕生してしまった。しかし浅間三姉妹に教わったブログで入門者向けとされていた、ゆで卵と黒ゴマ3粒で作るシマエナガは錬成に成功したぞ。それとウインナーに切れ目を入れてボイルするタコさん&カニさんウインナーもそれっぽく出来た。俺は指先は器用な方だからな。世渡りは不器用でも。

「トリさんかわいい！　こっちはタコさんとカニさんだー！　キンチ、ありがとう！」

ちなが抱きついてくるぐらい喜んでくれるので、俺も嬉しくなってしまい「もうすぐ、どーもくんも作れるようになってやるからな」なんて予告をしてしまう。

ちなは元から食欲旺盛な子だが、やっぱり食品の見た目が面白いと食いつきが違うな。嬉しいぞ。と、俺が結局ただの稲荷寿司になってしまったどーもくんを自分で食べていると──

携帯に、電話が掛かってきた。

着信音はザ・プロディジーのファイヤースターター。アリアだ。

「──もしもし」

『今、成田に着いたわ。かなめとメメトもポートスエズからフェリーでカイロに戻ってて、かなめとは成田で会えた。でもあの子、すぐ羽田を経由して那覇に行くみたい。メメトは隠れ家の後片付けとかで、あと何日かカイロにいるって』

かなめは、那覇……今ジーサード同盟が沖縄にいるらしいから、その絡みだな。

『ジャンヌはセーラを解放……する前に逃げられたみたいだけど、パリに行ってしばらく休暇を取るそうよ。イ・ウーとノーチラスはスエズ運河を無事に通過して、地中海を北上してるわ。ノアやナヴィガトリアによる攻撃は受けてない。次はローマで補給するって』

「諸々了解だ。ところでこっちは今、とんでもない問題が起きてる。力を貸してくれ」

『また女？』

「ああそうだよ」

『すぐ行くわ』

アリアは溜息混じりに電話を切ったが、こう言っておけば成田から1時間で来てくれるだろう。

俺はお腹いっぱいでおねむになったちなをパジャマに着替えさせてお昼寝させ、起こさないよう静かに掃除や洗濯をする。子供がいると、時間をムダにできない。今できる事は今の内にやっておかないといけないからな。


俺の予想通り、1時間後——

車輌科・島苺のミニカーみたいなsmartが、うちのマンション前に急停車した。

俺にとっての武藤みたいに、アリアは島をドライバーとして信頼してるんだな。

ちょうどゴミ捨てから戻った俺は、逆に1階のエレベーターホールでアリアに迎えられ、

「ムーディーズからの手紙が郵便受けに入ってたわよ。SDAランクの通知じゃない？」

「チッ、勝手に開けんな。ていうかそれは郵便受けに放置して、見ないようにしてたんだ。

一つだけ消印の日付が古い事に気づけよ」

「そこまで見る習慣ないわよ、探偵科じゃないんだから。ていうかあんたのその現実から逃げるクセ、よくないわよ」

などと話しながら2階の自宅にアリアを連れて行く。

うちに入るとすぐ見えてしまう壁の弾痕については「それは大家の大矢とジーサードが合作したウォールアートだ」「Hum」などと話し、中に入れると……

「コーヒー、自分で淹れるわ。キンジはアメリカーノでいいのよね？」

とか、アリアが言うんだが。

「珍しい。アリアが俺にコーヒーを淹れてくれるなんて、明日は太陽が西から昇るぞ」

「何よそれ。ていうかあんた、目の下のクマが凄いわよ？　今にも死にそうな顔してる」

「えっ、そうなのか」

「で、ハンマーで殴っても死ななそうなあんたにそんな顔させるなんて、今回はどんな女なの？」

「奥にいるよ。ただ、ガバメントのスライド握ってグリップのハンマーで俺を殴る女ほど乱暴じゃないさ。心配するな」

「へーそんな乱暴な女もいるの。大変ねえ」

俺とアリアが奥に入ると、そこではちょうど——ちなが起きてきて、パジャマからミニセーラー服に着替えながら、シマエナガのキャラゆで卵を食べてるところだった。

「おい、ちな。お客さん来たから。挨拶して」

「ぐもろん」

ちなみに時々ちなは生まれ故郷や居着いていた土地の言葉が口をついて出る事があり、ぐもろんとはネットで調べたら『God morgon』、スウェーデン語の朝の挨拶らしい。

俺の家にすっかり馴染んでいる幼女を見たアリアは……

びびびびびび！　ツインテールを放射状に広げるぐらいビックリし、

「つ、ついにやったわねキンジ！　このケダモノ！　ウジ虫！　バクテリア！　そもそもあたしにプロポーズしてきたあんただし今さらこういう趣味があるのには驚かないけど！交番までついていってあげるから自首しなさい！　そうすれば少しは刑期が短くなるかもしれないから！」

——がッしィ！　あちこちの関節を一度にグキグキ拗るプロレス技、コブラツイストを極めてきやがった！

「さ、さらってきた子じゃないから！　もしそうだったら、こんなにうちでくつろいでるワケないだろ!?　よく見ろって！　いたたたたた！　やめろやめろ！」

ちくしょう、武藤・不知火・時任先輩と同じ反応をしやがって。あとさっきのアリアのセリフ、一部自分にも失礼じゃない？

眉を寄せたアリアにギロッと見られたちなは、食べ物を取られるのではと思ったらしく
——もぐもぐもぐっ！　ゆで卵を一気食いしてる。
「こ、この食い意地の張り方……あ、あ、あんたの子!?　って事!?」
「どうしてそうなる痛い痛い技を解け！」
「いつの！　間に！　誰に！　産ませた！　のよ！　金髪って事は——理子？　ヒルダ？
メーヤ？　リサ？　ベレッタ？　イヴィリタ？　安達ミザリー？　まさかメヌエットじゃ
ないでしょうね!?」
「落ち着けって！　ていうかよくそんなに候補がスラスラ挙がるな。ラスプーチナだよ！
ああ、顔を青くするなって——ラスプーチナに俺が産ませたんじゃなくて、ラスプーチナ
本人なんだよこの子がッ！　ちな、ツノとか尻尾を見せてやれっ！」
ええいアリアめ。いつもの早とちりで、一層トンチンカンな誤解をしやがって。
「ツノ！　しっぽ！　ちな、あいあ知ってるよ！　キンチをいじめちゃ、めーなの！」
ちなは気張ってツノを広げて見せたり、後ろを向いてスカートを自らめくり上げて短い
シッポを見せてきたりしてから、アリアをビシッと指さしている。『あいあ』ってのは、
アリアって事らしい。
「え……ど、どういう事……!?　短くなってるけど、確かにラスプーチナのツノとシッポ
だわ……!?」

それでようやくコブラツイストを解いてくれたアリアに、

「——スエズで、人魚のリービアーザンが『時折りの逆さ箱』って魔曲を弾いてただろ。あれはラスプーチナを縮めて消滅させる魔曲のように見えていたが、実際にはどこまでも若返らせて最終的に消滅させる術だったんだ。俺とお前が妨害したから、ラスプーチナは消滅を免れたが——途中までは魔術が効いちまってて、5歳児ぐらいに戻されたんだ」

手足の関節をさすりつつ、俺が説明すると……

俺と一緒で超常現象に慣れてきてるアリアも、すぐ事態を飲み込んでくれたようだ。

「今度はどんな女のどんな問題に巻き込まれたのかって、色々考えてみてはいたけどね。こう来るとは思わなかったわ」

「調べたところラスプーチナは天涯孤独らしくてな。仕方ないから俺が保護者をしてる。保育園に通わせたり、キャラ弁を作ったりしてな。服は装備科に借りたのと、通販だ」

「それでそんな疲れた顔してたのね。ほんと、あんたってば女には甘いんだから」

この子が凶賊ラスプーチナ本人と聞いて、一旦アリアは微妙に敵対的な顔をしたが——

ちながアリアの左右のツインテールを左右の手でモミモミ触りながら、

「あいあとキンチは、ママとパパなの？」

とか言ったら、アリアは、きゅううっと赤面してから……ナデナデナデナデ！

ちなのツノとツノの間を、めっちゃ撫でてる。

それから赤紫色の眼をキリッとさせて俺に向き直り、

「キンジ。今のこの子――ちなは、良い子だわ。ちなが再びあの悪い魔女に育たないよう、このまま正しく育てるべきよ」

ときた。風向きが良くなってきたので、

「そこでなんだが、か」

俺がアリアをここに呼んだ本題――金の無心をしようとしたら、

「『金貸せ』でしょ。いいわ。養育費はあたしが援助する。残念だけどあたしには育児のスキルが無いから、経済面でしか力になれなさそうだし。ただし私用に使い込んだら風穴開けるわよ？」

おお！　あの財布の紐の固いアリアさんが、こうもスルッと金を出してくれるとは！

俺の総資産は、マイナス。方々から借りた金も返してないし、家賃や光熱費や水道代や税金も滞納している今、貴族様からの助成金は地獄に仏なのだ。

「あと、お金だけじゃなく人手も必要よ。イギリスでは貴族の家に子供が1人産まれたらメイドを1人増やすわ。それぐらい、育児とはスキルと労力が必要なものなの。自分じゃ気付いてないみたいだけど、あんたは慣れない子育てで疲れ果てた顔をしてる。あんたが倒れたら、ラスプー……ちなも共倒れになるでしょ？　子供の世話ができそうな誰かに、助けを求めないとね。でも、プロのメイドのリサはノーチラスに乗ってるとこなのよね」

アリアはポケットから出した自分の櫛とヘアゴムで、ちなに小っちゃなツインテールを結ってやりながら——その辺の事を真剣に考えてくれている。

アリアってノブレス・オブリージュというか、貴族として（俺以外の）弱者は救済するべしという福祉の精神を持ってるんだよね。

「そういや遠山家でも、昔は子供が生まれたら必ず家に乳母を入れてたって言ってたな。ただそれはもちろん、親戚とか郎等筋の——信頼関係のある人じゃなきゃダメだった」

「……頼りたくないけど、頼りになりそうな人物が頭に浮かんだわ。確か今日出張先から東京に帰ってくるスケジュールだったと思うし」

「多分同じ人物が俺も思い浮かんだ。あいつ小さい頃から自分の妹の世話してたしな」

と、アリアと俺は視線を交わし……ジャンケンして負けた俺が、その人物に電話する。

そしたらワンコールで出たので、

「あー、うちに来てくれないか。見せたいものがあるんで、見て力を貸してくれ」

と言って電話を切った。

「あんた、その電話が言葉足らずでヘタなの直んないの？」

「長々と説明してたら電話代がかかるだろ。それに俺は体質的な理由で、女子と話すのは手短にしたいんだよ」

「あたしは今からロンドン武偵高時代の戦姉とテレビ会議があるんで通信科に行くけど、

行きがけに理子とレキには声をかけておくから。みんな自分の仕事もあるけど、少しずつマンパワーを出し合って、合わせてメイド1人分に届けましょ。子育ては総力戦よ！」

アリアが平たい胸を張って宣言し、ありがたい事にリーダーシップを発揮してくれる。

バスカービルを総動員して――浅間三姉妹と同じように、チーム体制を取るって事か。

それなら確かに俺も助かるし、今よりしっかりちなを保育できそうだ。持つべきものは仲間だね。あの時も紆余曲折あったけど、武偵高時代にチームを結成しといてよかったよ。

……ピン、ポーン……

という慎ましいドアチャイムでドアを開けると、巫女装束の白雪が来てくれていた。

「急に悪かったな」

「ううん、ちょうど京都の伏見様の所から帰ってきて、一休みしてたところだったから」

「伏見様ってのは――雪花が殺刻で倒れた時に世話になった、あの大ギツネの巫女さんか。語尾にけっこうムリして『コン』って付けて喋る……」

「うん。あっそうだ、その伏見様がエンディミラさんから預かった古狸の双子ちゃん、最近いなくなっちゃったみたいなんだけど……キンちゃんのとこに来たりしなかった？」

「……テテティ・レテティのことか？　見てないな。まあ見ても見なかった事にしたくて記憶を消しがちな俺ではあるが」

「うーん、元いた所に帰ったのかなあ。ところで、見せたいものってなぁに?」

玄関でお行儀良く赤鼻緒の履物を揃えた白雪を中に導くんだが、コイツ、ちなを見たらなんて言うかな。怖い物見たさも手伝って気になってきたぞ。そろそろ『誘拐したな!』以外のリアクションも欲しいところだし。

「実は、子供がいてだな……」

と、リビングでどーもくんの出来損ないを食べてるちなを見せると――

――ぴょん！　白雪は例のタメ無しジャンプで高々と飛び上がってから、般若の形相で
――がしいいいいっっ！

「どおおおおいう事おおおおキンちゃんんん!?　私産んでないよぉおぉぉぉお!?　私が産んでないのに子供がいるのなぁぜなぁぜええぇぇおかしいよねええぇぇぇ!?」

「そ、そう来たか！　てかぐえっぐえっ首を！　首を絞めるな！」

白雪は相撲でいう喉輪を両手で首にキメてきて、そのまま俺の全身をクレーンみたいに吊り上げる荒技。星伽候天流には素手で人を絶命させる隠し技が十二種あるって兄さんが昔リークしてくれた事があるんだけど、その十番目の『幟縊輪』じゃないですかねコレ!?

「キンチをいじめないでー！」

ちなは俺をネックハンギングツリーから助けようとして俺の背中にへばりつき、むしろその重さで俺の首が絞まるぅぅ……あぁぁ、意識が、俺の意識がスーッと体から抜け……

「――でも！　キンちゃんの御子子なら、誰の子であろうと私の子ですから！」

がばあっ！　はしっ！　どだぁん！

白雪は両手で俺の首を絞めたまま投げ技のモーションに入り、緋袴に包まれた大きめのヒップに俺を乗せて――俺と一緒に空中に放ったたちなだけを空中でキャッチした。

で、その合掌捻りみたいな荒技で俺だけがドタァッと床に落とされる。

「よ……よく見ろッ、人種的にも年齢的にも、それが俺の子っていうのはムリあるだろ！　いろいろあってエジプトで拾ってきてだな、世話する事になったんだよ……！」

目を白黒させながらの俺が言うと、

「あれ、言われてみたら……ちっともキンちゃんと似てない……あはっ、ごめんね。私の早とちりさん。ていうか凄いねこの子。たぶん大陸の龍神様の血を引いてるんじゃない？　それにとってもかわいい！　お名前は？」

白雪は顔をキョトンと元の美少女顔に戻して、てへぺろ。からの、ちなを床に下ろし、しゃがんでニコニコ優しく話しかけてる。こういうとここわい。

それはそうと、やっぱり白雪は子供に慣れてるよな。しゃがんでるのは、子供と目線の高さを合わせてあげるためだ。あのテクは俺も今後パクろう。

「ち、ちな」

自分を指さして答えたちなに、白雪は、パチパチパチパチ。

実の母親みたいな、慈愛に満ちた笑顔で拍手してあげてもいる。

「ちゃんとお答えできて、とーってもえらいね。ちなちゃん。私は白雪。よろしくね」

おお。さすが7人姉妹の長女。何人もの幼い妹の世話をしてきただけある。喋り方一つからも、いかにも子供の扱いが上手いのが伝わってくるぞ。

「……キンジがパパで、しあゆきがママなの？」

ちながタジ汗をかきながらそう言うと、白雪は……

「すっ……ごく！　いい子だね！　この子！　いい子だねこの子！　ねえキンちゃん！　もう、この子はうちの子！　私の子！　星伽から私の子供の頃の服とか送ってもらって、着させますから！　私、もう放しませんから！」

ちなを有頂天で抱きしめ、キラキラ輝かせた目を俺に向けてくる。

さっきのアリアとの遣り取りで……この手で味方を作れると学んだんだな、ちなは。

「んにゃあああぎゃああああがわいいいい幼女幼女幼女だ童女だ女児だぁあああぁ！」

アリアに『キンジの家に小さい女の子がいるから世話してあげて』と言われて秒で来た理子は、ちなを見るなり飛びついて摩擦で火が出そうなぐらいの頬ずり。それからちなの頭や腹に顔面を押しつけてスーハースーハー深呼吸し、アヘアへと恍惚の表情でヨダレを垂らしてた。なんでこの国はこんなヤツを野放しにしてるの？

後から来たレキはちなとボーッと見つめ合ってるだけだったが、白雪にメモを渡されてミルクやパンの買い出しに行ってくれた。子供の相手はレキよりハイマキの方が上手で、ちなを背中に乗せて大喜びさせてあげてたよ。

「これはお手玉っていうんだよ。こうして、ほら、ほら、ほらね？」

「わぁ……！　ちなもやる！　かしてかして！　ばうー！　ばう！」

白雪は端布と小豆だけでカラフルなお手玉を作ってやり、ポンポンと幾つも投げ上げてちなを笑顔にさせてやっている。かつて自分の妹たちにもそうしてやってたんだろうね。あと『ばう』もちながたまに言うので携帯で調べたら、フィンランド語で『わぁい』的な間投詞らしい。かわいいね。

幼女となら何時間でも本気で遊べる理子は私物のリカちゃん人形を持ってきて、

「くふふっ。あーら奥さま、昼間からスゴい飲みっぷりですわね～。んじゃアタクシも」

「おほほほ。たくのしゅじんはしゅっちょうで、しゅうまつまでずっとるすですのよ～」

非教育的なストーリーは気になるが、ちなと延々おままごとをやってくれてる。保護者というより友達のノリで、全力でキャッキャッと笑いながら。

……おかげで、俺は帰国して以来の休息が取れたよ。持つべきものは仲間、それも特に育児に協力的な仲間だね。バスカービルのみんなが意外にも全員そうで、本当に助かった。

その後もアリアは不在だったが、夕食は他のバスカービルとちなとで白雪のグラタンを食べ……

理子とレキがちなをフロに入れてくれている間、ちなの過去について詳しく話した俺に──白雪は、

「……キンちゃんはお仕事もあるし、塾のお勉強もあるし……ここでちなちゃんをお世話しながら一緒に生活するのは大変じゃない……？　あのね、ちなちゃんは女の子だから、星伽で引き取って養育する事もできるよ。同い年ぐらいの恵巫女たちもいるし……」

コッソリと、そんな提案をしてくれた。ちなが前の半生では重い罪を犯した事を聞いた上でも、親切にも。

だが俺は、首を横に振り──

「俺のことまで気にしてくれて、ありがとうな。ただ、今さっきも話したが……ちなは、前の人生で父親に捨てられてるんだ。そのトラウマは今も、ちなの心に残ってる。だからできる限り、俺から他の人に渡すことはしたくないんだ」

と、断るのだった。

もちろん、白雪に語った事は本音だったが──

俺の心の中にはもう一つ、先日覚醒した父性本能に突き動かされている感覚もあった。一度育て始めてしまったら、ちなが本当に自分の子供のような気がしてきて……もう、手放したくないのだ。可愛くて。

俺の通塾のためもあるが、ちなの幼児教育のためにも保育園への通園は有意義だ。

アリアの資金援助によって通いたいだけ通えるようになった事もあり、ちなは友達との付き合いにも慣れてきている。

夕方――今日は勉強のノルマが早く終わったんで、チャイルドナーサリーへ少し早めのお迎えに行ったところ、

「ちなちゃん、とても良い子にしていましたよ。お友達とも仲良くできていました」

と、桃園先生にもお褒めの言葉をいただいた。

実際に園の中を覗いてみると、ちなは、

「このまえ、ぶっちゃってごめんね。いたかった？」

「だいじょうぶだよ。ぼくはつよい子だから、いたくなかったよ。ぼくもごめんね」

ここへ通い始めた初日に叩き合いになった男の子が登園してきたら、ちゃんと謝っていた。相手の子も子供なりに悔しかったりする事もあるだろうに、水に流してくれている。

もしかしたら俺が思っているより、ずっと大人なのかもしれないな。子供たちって。

そして、ちなが保育園から出ようとした時――

「ちなちゃーん！　またねー！」「またあそぼうねー！」「ばいばーい！」

一番の仲良しの姫夜詩を先頭に、女の子たちが見送りに来て、

「またねー！」

ちなは前に俺が望んだ通り、いっぱいの笑顔で振り返っていた。なんだか俺が知らない世界にちなが一歩踏み出して行ってしまったようで、さびしくもあるけど……よかった！

人知れず嬉しさに涙ぐんでしまいながら、エレベーターで田町の街に下りたら——

「キンチ、のせて」

ちなは退園時は特に甘えん坊になりがちな事もあり、おんぶを要求してきた。

「よし、落っこちないようにしっかり掴まれよ？」

背負うと両手が塞がるのが武偵の習性的にイヤなので、俺はちなを肩車する。

「ばうー！　キンチ、だいすき！　キンチは、ちながだいすき？」

ちなは喜んで俺の頭に抱きつき、そんな事を訊いてきたので……

「大好きに決まってるだろ？」

そう答えたら、ちなは「じゃあ、ちなとキンチは、そうしそうあいだね」と、俺の頭に唇をつけ——キス、してきた。マシュマロみたいに柔らかく、花びらみたいに小さな唇で。

夕方の駅前の、流星のように流れる車道の光を背景に。

「そ、相思相愛？　どこで覚えたんだ、そんな言葉」

幼女とはいえ美人のタマゴにそんな事をされた俺は、やっぱり焦ってしまう。

「いこがオママゴトでおしえてくれたの」

「あいつめ……」

いこってのは理子(りこ)の事だ。ったく。見てろよ？　あの昼ドラ的なおままごと、そろそろ俺がウルトラマンのソフビを手に乱入してアクションヒーローものに変えてやるからな。

「ちな、キンチのおよめさんになるね」

お日様の匂いを甘くしたような香りの体を俺に寄せ、ちながそんな事を言ってくるから
――

「ははっ。おいおい、よしとけよ。人生の最初に最悪の選択をするな。こんな男、一番の外れクジだぞ？」

「いいの！　キンチがいいの、キンチじゃなきゃやだなの」

「分かった分かった」

「だから――あいあとけっこんしちゃだめだよ。しあゆきも、いこも、えきもだめだよ」

ちなは俺の頭に抱きつきながら、真剣そのもので言ってくる。

す、すごいな。女って、こんなに小(ち)っちゃくても女なんだ。他の女に対抗意識を持って、しかもそいつらがいない所で男に釘(くぎ)を刺してくるとは。参っちゃうね。

「分かったよ」

「じゃあ、ゆびきりしよ。キンチは、ちなとずっといっしょ」

「ああ、指切りしよう」

俺は苦笑いしながら、小指を出してやる。

ちなも、すぐ小指を出してきたが――

肩車しながらだからか、２人の小指は……いっぺん擦れ違ってしまった。またやろうとしたら、また擦れ違ってしまった。なんか、ちながうまくできないようだ。

でも、ゆっくりやったら、俺はそのミニチュアみたいな小指と小指を絡められて――

「キンチ。ゆびきりしたら、ぜったい、まもらなきゃだめだよ？」

「分かってる分かってる。俺が教えた事だもんな。絶対、ずっと一緒だ」

そうさ。ちなを――子供を、希望と未来のカタマリみたいな存在を、手放すもんか。

まるで親子のようになってしまったが、もう俺にとって、ちなは本当に家族になりつつあるんだ。きっと。

だからずっと一緒だ。

そう思ったら、ちなが大きくなるのが楽しみになってきたな。

ちなもいつか、ランドセルを背負って小学校に行くんだろ。俺が25歳の時には12歳で、中学校に上がるんだ。高校にも行かせないとな、武偵高以外の！

そうして、ちなの心にまだ記憶の欠片が残っている――不幸だった前回の人生の記憶を全て、楽しい思い出や嬉しい出来事で塗り替えていけるよう、ずっと守り続けてやるんだ。幸せな子にしてやるんだ。絶対。

そう考えると、なんだかこの世界の主人公が自分から子供たちの世代へと入れ替わったような気分になる。自分中心だった物の考え方が、子供中心に変わっていく。自分ばかり幸せになろうという気持ちは薄れ、子供を幸せにしたい気持ちでいっぱいになっていく。

——きっとそうやって、人は次の世代を育ててきたんだな。神代の昔から。代々みんな、同じように子供たちを愛してきたんだ。きっと。


今日は白雪と理子がちなを待ってくれていた台場の第4マンションに帰り、桃園先生が書いてくれた連絡帳を確認すると——

『園では毎月下旬に、その月がお誕生日の子のお誕生会を行います。12月の会はもうすぐですので、ちなちゃんがもし12月生まれでしたら、事前にお教えください』


そんな事が書いてあった。


ちなを白雪がフロに入れてくれている間に「ちなの誕生日は不明なんだが、どうしたらいいかな」と理子に相談したら、

「じゃあ今月っていうか今日にしちゃえばいいじゃん！　4月以降に設定したら小学校に上がってからになっちゃって、保育園でお祝いしてもらえないよ？　お祝いしてもらえる早めの日程に設定するのがオトク！」

とか、短期で働くホステスみたいな事をぬかす。

「それに、ゆきちゃん来週は東京と出雲を行ったり来たりだし、レキュもシンガポールで仕事だし、理子もジャンヌに呼ばれてもうすぐフランスなんだよね。みんながいる内に、今夜ちなちゃんの誕パやってあげようよ！」

……なるほど、それなら理子が言うのももっともだな。

というわけで俺はアリアとレキに『今日をちなの誕生日って事にした。お祝いするから来い』とメールし、即応力のあるSランク武偵2人も『分かったわ』『了解です』とすぐ返事してきた。

理子は「誕プレ買ってくるぞいぞーい！」とフリフリセーラー服をヒラヒラさせながらスキップで消え、俺も何か誕生日プレゼントを買ってこようと外に出たんだが……急な話なもんで何をあげるかのアイデアが湧かず、ゾンビのように右往左往してしまう。

ちなはメメトみたいにブーケを喜んでくれる歳でもないだろうし、そもそも女児が喜ぶ贈り物なんて学園島に売ってるだろうか？　理子は徒歩圏の店に向かったようだったが、どこに行った？　よし、理子から店を聞き出し、同じ店で一番いいものを買ってやる。と携帯を出したら『プレゼントのノリがカブったらヤだから、お店は教えないよーん』と、俺の行動を先読みしたメールが理子から届いていた。じゃあ最後の手段だ。ケーキを買う担当を買って出て、それをプレゼントという事に……ん？　また理子からメールが来た。

『あとケーキはレキュに頼んだからね。乙！』……チクショウめえ……！

──フラフラと俺が帰ったら、たったった、はしっ！

「キンチー！」

走ってきて俺の足に抱きついたちなは、七五三みたいな振り袖を着せてもらっていた。鶴・七宝・小槌・丁子などに雪の結晶があしらわれた柄で、星伽でも本家の娘だけが着る吉祥文様の晴れ着だぞ。星伽から送ってもらった和服を、最高のタイミングでプレゼントしてあげたんだな。粋だぜ白雪。

ちなは金髪頭に簪もキラキラさせてて、腰が砕けそうなほどカワイイ。白人に和服って、なかなかどうして合うんですよ。俺、「わァ…あ…」って声出ちゃったよ。

「あのね、ちな、きょうから6さいなんだって！」

目をキラキラさせて俺に言うちなを連れて、喜んでくれるか分からないが間に合わせたプレゼントを隠しながらリビングに入ったら──KFCのバーレルを持参してくれていたアリア、コタツに置いたケーキのロウソクにマッチで火を灯すレキ、食器を運ぶエプロン姿の白雪、「んにゃああがわいい！」と奇声を上げてちなをインスタントカメラのチェキで撮りまくる理子が待っていた。

「うわあぁあぁ、キレー！」

火を噴く竜の本能もあってか、ちなは6本のロウソクの揺れる火に喜んで短いシッポを……晴れ着の帯をピコピコさせている。ちなが喜ぶのを見たてら、俺も心底嬉しくなるよ。

――ハッピーバースデー・トゥーユー、ハッピーバースデー、ディア、ちな――

俺たちが声を合わせて歌い、ちながフゥーッとロウソクを吹き消して……

切り分けたケーキを笑顔で食べるちなに、俺は改めて心で誓う。

ちな。普通の子供が受けられるものを、俺たちが与えるからな。親に捨てられ、死なれ、人々に差別され、逃げ回り、犯罪に手を染めて生きた前の人生では、得られなかったもの
――幸せを。

その思いはアリアも一緒だったらしく、

「これは、あたしから」

今日がちなの新しい人生の始まりだと宣言するように、アリアからのプレゼントは――

銀のスプーン。欧米で新生児に幸福を願って授けるお守りだ。

しかし、この誕プレはスベった。ちなは「ありがと?」とハテナマークを頭上に浮かべてる。今のちなにとって、スプーンとは家の共有財産ってイメージの物だろうからな。

一方、理子が「じゃじゃーん!」と出したプレゼントは――ああ、その手があったか！

ファミリーレストラン・ロキシーが外食に来た家族連れを狙ってレジ横で販売している、おみせやさんごっこセット！ プラスチック製のパン・野菜・牛乳パック、レジスターやカートのミニチュアが一式入ってる、女児垂涎のオモチャだ。

これは「わぁ！　いこ、あとでいっしょにあそぼ！」と、ちな受けもバッチリ。やるな理子。あの非教育的おままごとに使われると思うと、手放しで褒める気にはならんが。

「あー、ちな、６歳のお誕生日おめでとう」

最後に俺があげたのは……文房具屋で買ってきた、12色クレヨンなんだが……

「わー！　わー！　クレヨンだ！　ちな、おえかきする！」

やったぞ、ちなはすごく喜んで頭上に掲げてる。一番喜んでるんじゃない？　どうだね理子くん。ビビッドな原色の数が多い物ほど子供にはグッと来る事を想定した俺の勝ちのようだね。しかも運良く美術の授業が今日あったらしいレキがスケッチブックを持っている。これぞ天佑。

６等分したケーキを食べた後、ちなはグーで握ったクレヨンでさっそくレキのスケブにお絵描きを始め……

「これ、ちなだよ。あと、キンチ、あいあ、しあゆき、いこ、えき、あいまき……」

自分と、嬉しいことに俺たちの姿をどんどん描いてくれる。

けっこうグチャグチャの絵だが、本人が解説してくれるから誰が誰だか判別できるぞ。

これには一同めちゃめちゃ盛り上がり、

「見ろお前ら、俺が一番大きく描かれてるぞ」「あたしを一番上手に描いてくれてるわ」

「私を一番丁寧に描いてくれてたよ？」「ちなちなは自分の絵の一番近い所に理子を描いて

くれてるから！」「私の横のこれは、ハイマキですね。白いクレヨンで描いてくれたから見えにくくても、私には分かりますよ」

うわ、レキもちょっと笑顔になってる。お前も子供相手だとそんな表情できるんだな。

「――あと、これはママ」

と言うちなが、画用紙にもう1人……

黒いビキニ水着を着ているような人物を、描いた。自分や俺たちと、少し離れた所に。

子供の絵だから不明確ではあるが、その人物は目が赤く、ちなのことを見ているように描かれている。長い黒髪で、大きなツノや長いシッポが生えているようでもある。

一同から離れた位置に描いたという事は、ここにはいないという意味らしいが……

なんだか、少し怖い印象がするな。そこだけ。

「……ママ？」

俺が聞いたら、ちなは「うん！」と笑顔で頷く。

これには白雪・理子・レキも顔を見合わせていたが、アリアがヒソヒソ声で「空想上のママかもしれないわ。とにかく子供が『いる』って言うものは『いない』って否定しちゃだめよ」とヒソヒソ言っている。

まあ、これは……

ちなの実母の断片的な記憶が描かせた絵か、アリアが言うようなイマジナリーフレンドみたいなものなのかもしれない。だが空想ママは描いても、ちなが空想パパを描き加える様子はなく、みんなの絵はこれで完成らしい。

この『ママ』の件について、アリアが俺に何か耳打ちしようとしたところ——

「あー！　あいあとキンチは、はなれて！　チューしちゃだめ！」

それが頬にキスするように見えたのか、ちなは俺とアリアの間に入って両手で押しのけ——俺にベッタリ抱きついて、アリアにアカンベーする。

それを見たアリアは……みんなと共に吹き出してしまい、

「ふふっ。これじゃ、ちなが大きくなって離れる時に、キンジ泣いちゃうんじゃない？」

とか、クスクス笑ってるよ。

「ちなとは離れないって指切りしたから。嫁にも出さん」

俺も苦笑いしながら、親バカ全開でちなを抱き返し——なおさら、みんなに笑われるのだった。

4弾　里美安沙子

白雪、理子、レキが国内外の各地に出張し、アリアは今日もロンドン武偵高時代の先輩――当時の戦姉とのテレビ電話会議があるとかで、通信科に出突っ張りだ。

アリアなんかの面倒を見れるとはどんなガッツのある先輩だったのか興味があったからそれとなく聞いてみたら、「まあ一言で言うと天才ね。あと、縁起物みたいな人よ」とかワケ分からん答えが返ってきた。縁起物って、招き猫とか門松みたいな人って事……？

ちなのお世話をするのはまた俺1人になってしまったと思いきや、今夜はエジプトからメメトが帰ってきてくれて、

「なんて可愛らしい！　ちなさん、私はメメト。仲良くして下さいね。お近づきの印に、ざこお兄さまよりずっと可愛くて面白い――トトとアプを貸してあげますわ♡」

これも母性の強いタイプの女子だったらしく、すぐにちなを受け入れてくれた。

ちなに「ばうー！　ネコちゃんとヘビさん！」と大喜びで鷲掴みにされたトトとアプも、おとなしく懐いてる。ちなの体に流れる竜の血に勘付いて、畏れ入ってるっぽくもあるが。

メメトが作ってくれたターメイヤとパンで夕食を済ませ、俺は「メメト、あとでちなと一緒にフロに入ってやってくれ」と頼んで1人でフロに入る。勉強の疲れを癒やすには、

1人でゆっくり湯に浸かりたいからな。

「ふぅー……」

湯船で一息つき、鶴とか鯛みたいなアリアの戦姉を思い浮かべていたら――

「ちなも入るー！」

バーン！

フロのドアを開けて、ちながすっぽんぽんで元気に登場してしまったよォ……！

でもまあ、来ちゃったものはしょうがない。

じゃあ体を洗ってやるか。と、俺がバスタブから洗い場に出ると、

「キンチ、おすわりして。ちなが、きれいきれいしてあげるから」

お行儀良くフロのドアを閉じたちなはしゃがんでバスチェアを設置し、俺の手を引いてそこに座らせた。そして手おけでフロの湯をかけてくれてからボディーソープを手に取り、ぷにぷにした小っちゃい両手で俺の背中をさすり始める。

……いつも自分が洗ってもらってるから、洗ってくれるって事っぽいな。健気な。

ただこれ、後で前に回ってこられたりしてヒスのオス本能が復活しても困るので、

「背中だけでいいからな。実は俺、もう体洗ったし……」

って言ったのに、ちなは聞いてなくて、

「あれ？　キンチ、ここ、おけがしてるの？　いたいのいたいの、とんでけー」

俺の真っ正面に来てしまう。そして前に不破に切られた首の刀傷をナデナデしてくれる。

「も、もう治ったあとだから」

それがくすぐったいのと、湯気とお湯のしぶきで前髪がぺったりおでこに貼りついてるちなの幼女感に妙なヒス味を感じて慌てる俺の耳に――

「ああもう♡　同年代とか年上の女性にはビクビクしてるくせに、自分よりずっと年下の女性ばかり欲望のターゲットにするの、負け犬思考すぎて笑っちゃいますわ♡　お兄さまマジ弱者男性♡　ざぁこざぁこ♡」

――メメトの追撃が！

見ればもうフロの曇りガラスの向こうに、おかっぱ頭の影が差してるぞ！

5歳は乗り越えたつもりでも、15歳はヒス的に乗り越えられん――！

「それではお兄さま、お背中お流しいたしますわ♡」

「それではって何がそれではなんだッ！」

「だってお兄さま、『あとでちなと一緒にフロに入ってやってくれ』って言ったじゃないですか。その上でちなさんを浴室に引き入れたのは、私にも来いという意味でしょう？もう。お脳がざこなくせに、こういう事には巧妙なんだから♡　きも♡　まじひく♡」

などと痴女のケがあるメメトがフロのドアを開けてきてしまったので、

「いやそうじゃなくて、ちなは勝手に……うわうわうわっ……！」

俺はテンパって脳がバグったか、ちなを抱き寄せる事で自分の裸を隠そうとしてしまい、一層テンパるハメになる。

「お兄さまったら妹相手に喜びすぎ♡　安心して下さいな、着てますから。ちなみに1枚1万円で外せます」

と言って闖入してきたメメトは裸ではなく、例の水着みたいな――中王国時代の女王の誉れ高き衣装を着てくれてはいた。しかしちっとも安心はできない。その股下1㎝の巻きスカートの内側の黒のシルク下着は、向こうが透けて見えるような極薄布。浴室の湿気で肌にペッタリ張りつき、内部の形状をクッキリ見せてくる虞があるやつだ。

そういうのがチラチラするのは、むしろ素っ裸よりヒスい。しかも実際に払うつもりは無くても、1枚につき1万円で脱いでくれるんだよなとか考えてしまうのが血流に非常によろしくない。ああ、メメトが俺を罵倒しながらニヤニヤ顔で脱ぐとこを想像しちゃった。なんで俺そういう想像力は逞しいかな！

「お前そういうの、ちなの教育に良くないぞ！」

「あっそうだ、ちなさん。ちなさんは妹と弟、どっちが欲しいです？」

「どっちも！」

「だそうですよ。よわよわお兄さま、頑張らなきゃいけませんね。がんばれがんばれ♡」

「聞けよ俺の話を！」

もう流れでちなをシールドにしながら、俺は浴室からの脱出を図る。そしたら、

「あは♡　年下の女の子からも逃げ回るとか、お兄さまカッコわるぅーい♡　戦う前から不戦敗男♡　妹をおフロに呼ぶヘンタイのくせにイザとなったら腰が引けまくりで笑う♡好き♡」

ほぼさっきした想像の通り、メメトが俺を罵倒しながらもニヤニヤ顔でスリ寄ってくる。間に挟まれたちなはメメトがフロに来たので脱ぐ必要があると判断したらしく「メメト、ぬぎぬぎしよ」とか女王の衣装を下ろそうとしてるし。シールドが俺に敵対行動するとかそんなのアリ!?

～ポロン♪

～ポロン♪　ポロン♪

～ポロロン♪　ポロロン♪　ポロン♪

え、何これ？

突然このフロ場にＢＧＭ的に流れ始めた、ムードのある音楽……

マジで何。うちに住みついてたジーサード一味がフロにサウンドシステムを勝手に増設してたのか？　借家だってのに。

ていうか、この音……

おい。

聞き覚えがあるぞ。

(……竪琴……!?)

眉を寄せた俺と、目を丸くしたちなとメメトが——バスタブからヌーっと上がってくる、ピンクと水色のツートンカラー髪の頭を見つめ……

そして……曲が収まった時、ざばあ、と浴槽に現れていたのは——

「——それはヒトの生殖行為か？ なら続けよ。妾は見た事がないので興味深い」

バスタブのフチに背を悠々ともたれさせ、尾ビレを湯船からハミ出させる……

あのスエズで戦ったレクテイアの人魚、

「リ、リービアーザン!? どうしてここに——!?」

海王を名乗る女神、リービアーザンだ！

聞き覚えのあった竪琴の音は、コイツの曲だったんだ。

ちなとメメトを背後に守り、おったまげながらもタオルを腰に巻く俺を——バスタブにふんぞり返るリービアーザンがエラソウな見下し目線で見てくる。

「愚かなり人間！ これは水テレポート。妾は水から水へ自由に瞬間移動できるのじゃ。水と言ったが湯でも構わぬ。標をつけたものがあれば、それを追う事もできる」

「標……？」

「スエズで戦った時、キサマにつけておいたのじゃ。標とは妾のツバじゃ」

きたねっ……だがカツェも類似するトラッキング魔術・『霧の標印（アンネベルン・マルケ）』で、口から吐いた水蒸気を敵に付けてマーキングしていた。原理は分からんが、追跡の魔術のマーカーには唾液が用いられるものなのだろう。

（……そういえばスエズのビーチで、俺はこの人魚にもやらかしてるんだが……）

自分がリービアーザンの胸の水着を剥（は）ぎ取（と）ってしまったハプニングを思い出し、おそるおそる見てみたところ……湯船の水面から出ている小柄な上半身には、ホタテ形のブラがちゃんと付けられていた。予備があったらしい。だが貝殻のパッドは適当なのが無かったらしく、外観はワンサイズ貧しくなっている。

リービアーザンはさっき弾（ひ）いていた（登場のテーマだったらしい）竪琴と、お出かけ用というか遠征用らしきシャコ貝のポシェットも持ってきている。

コイツはピンポイントにここを狙い、準備の上で来たのだ。

キンジ殺しの名誉を改めて得るためか、スエズで俺にされた行為への復讐（ふくしゅう）のためか——

「偉大なる妾が陸に降臨してやったのは他でもない。キサマら愚かな人間どもの——」

リービアーザンは湯船から身を乗り出し、ギザギザ歯の口でその理由を言おうとしたんだが……

「わるいおさかな——————！」

——ちなが大声を上げて、がこーんっっっ！！！

多分、『この人魚は悪者』という断片的な記憶が残っていたのだろう。プラスチックの手おけで、リービアーザンの頭頂部を真上から叩いた。モグラ叩きみたいに。裸の全身を反動で跳び上がらせるぐらい、全身全霊の全力で。

「へぐぅふっ！」

それを全く警戒していなかったらしいリービアーザンは、顔がクシャってなるぐらいのクリティカルヒットをもらってしまった。

そして水かきのある両手で脳天を押さえ、しばらく俯いて「～っつぅ～くっ～っ！」と悶えてから、がばっ！　涙目の怒り顔を上げ、

「マ――――――！」

それが人魚の鳴き声らしいヘンな声で、威嚇してきた。

その吠え声は声量がデカいので、ペンギンやアザラシぐらいなら逃げるかもしれないが……声質がアニメっぽくてカワイイため、怖いというより面白い感じだ。

なので、ちなもビビらず、

「あーあーあーあー！！！」

がんがんがんがん！　ダイソーの100円の手おけで、剣道の連続面打ちみたいにリービアーザンの脳天を叩いてるよ。

子供相手でも容赦しないらしいリービアーザンは、その細腕で反撃のショートフックを

振るう。だが手おけで叩かれた痛みで目を開けれてなかったせいで空振ってる。

で、ちなに叩かれ続けるのに耐えきれず、「マーマーマー！」と鳴きつつバスタブから這い出てきたぞ。呪いのビデオの貞子みたいなポーズで。

びちぃんっ！　と、バスタブのフチから洗い場に出てきた下半身——尾びれの構造色のウロコには、自身のアクアブルーとシェルピンクのツートンカラーの髪、金の竪琴や白いシャコ貝のポシェットがキラキラ映ってる。何度見ても全身ド派手だな。この人魚は。

「これがお兄さまのメールにあった、スエズの人魚——綺麗ですわ……！　好きかも♡」

「メメト、ウットリ見てないで捕まえるのを手伝え！」

人魚には人という字が入ってるし、上半身が魚だったら魚っぽいが、コイツは上半身が人間なので人間の一種と見なしていいはず。従ってこれは人による犯罪、刑法１３０条・住居侵入罪の現行犯だろう。

とりあえずその罪状で逮捕して、勾留中に俺に対する殺人未遂とかで再逮捕してやるぞ。

そしてセーラで苦手意識を克服した尋問——女子へのイヤガラセをしまくって、いろいろ吐かせてやる。モリアーティの情報とかをな。

「エジプトじゃよくもやってくれたな！　ここで会ったが百年目だ、刺身にしてワサビで食ってやる！」

俺はリービアーザンを肩に担ぎ、アルゼンチン式背骨折りの体勢を取る。これは自分の左右の肩に横向きに載せるように敵を背負い、己の首の後ろを支点とし、力こぶポーズにした左右の腕で相手の顎と太もも――は無いからヒレを掴んで引っ張り下げ、敵の背骨を弓なりに反らせる荒技だ。同じ技をアリアはタワー・ブリッジと呼んで俺にしょっちゅう掛けてたからキツさは身をもって分かってるし、人魚にも背骨はあるだろうから効くハズ。と思ってたら、

「か、海王に不遜じゃぞヒトオス！　ミジンコ並みの下等生物の分際で！」

赤面したリービアーザンは、がしん、がしん！　シャコ貝のポーチから出したサザエで俺の側頭部を殴ってくる。これが痛いのなんの。ありとあらゆる身体的苦痛に耐えてきた俺も、一瞬攻め手が緩んでしまったほどだ。

そしたらリービアーザンは俺のプロレス技から逃れ、ぴたちん！　浴槽の床に降り立ち、うにょんうにょんっ――尾びれをシャクトリ虫っぽく動かして、ドアを体当たりで開け、袋小路の浴室から脱出していった。シャコ貝のポーチで頭部を守りながら。

「スエズでの妾の強さを覚えておらぬのか、キサマの記憶力はクラゲ並みか！　不遜にも延々と追い回すでない、諦めの悪いヒトオスめ！」

「諦めの悪さには自信があるんでなッ！　おいメメト、ちな、みんなで捕まえるぞ！」

うちの床を濡らしながら逃げていくリービアーザンを、俺が追う。ちなをバスタオルで拭いてやりつつ、メメトもフロ場から駆け出てきた。

リービアーザンの陸上での進み方はキモいが、人間が小走りで走るぐらいのスピードは出せている。さらにテーブルやイスなどの障害物が多いリビングに逃げ込まれたせいで、易々(やすやす)とは捕らえられない。

「チクショウ、床が水浸しで滑りやがるっ……！」

「ああもう！　そっちに行きましたわ、ちなさん！」

「わぁ、おさかなヌルッてにげたー！」

「マー！　ヒトオス、ヒトメスどもが！　妾の気高き聖鱗(せいりん)に触れるでない！」

メメトは鎌剣(シクルソード)を出してきて釣り針みたいにリービアーザンを引っ掛けようとするんだが、ビチビチッ！　と、ヒレの硬い鱗(うろこ)に刃を払われている。その光景を見るに、あの鱗に防弾され、あるいは跳弾するリスクもあるから、安易に拳銃にも頼れなさそうだぞ。

徒手の俺に接近されたリービアーザンは、

「あ、それ！」

の掛け声と共に両手で逆立ちし、バッチィン――バッチィン！　七色のデカい尾ビレで俺を往復ビンタしてきた。これが見た目以上に痛い！　花巻東の新星・大谷翔平(おおたにしょうへい)にフトン叩(たた)きのフルスイングで顔面をブッ叩かれたみたいだ。

「このォ……！」

逆立ちした人魚なんかとどう格闘すればいいのか、見当もつかぬまま――俺は尾ビレで

顎を叩かれて昏倒するのを防ぐため、ボクシングのピーカブーに構える。が、

「お兄さま、キックボクシングやムエタイのようなスタイルに切り替えを！　逆立ちした人魚の頭には、きっとローキックがちょうど入りますわ！」

もっともな事をキック上手のメメトが言うので、俺はスタンスを空手っぽく変える。

逆立ちしたままのリービアーザンは頭に血が上がってきたのか真っ赤になり、ほっぺを膨らまし、吐くのをものすごくガマンする顔になってる。で、俺の下段蹴りの力をむしろ回転力に上手く変えて風車みたいに体の上下を戻した。べちょんっ、と尾ビレで再び立ち、吐瀉をガマンしきり、背負っていた竪琴を取ろうとしたが――

「やーなの！」

自分が魔曲の被害者だという恐怖は記憶しているらしく、その背後左に回り込んでいたちなが竪琴を盗み取る。

「こ、こらメストカゲ！　返さんか――うぐぇぇぇえっ!?」

それを取り返そうとしたリービアーザンの首に、背後右から迫ったメメトが、ぎゅっ！　コタツから外した電気コードを巻き付け、「えぇーい！」と絞め上げてる。

メメトに両脚で胴をカニばさみされ、スタンディングのままバックマウントを取られたリービアーザンは――

「うぐぅぇえ……！　だ、だ、だずげろヒトオス、妾を助けろッ、そしたら、キサマを、

海王軍の幹部にしてやるごとを、検討じてやるがらぁ、おぐうえええっ」

人間と同じ形をしたピンク色のベロを出し、カニみたいに泡を吹きながら、俺に助けを求めてきてる。

「願い下げだッ、俺は海中じゃ息が出来なくて居心地が悪いんでな！」

俺はむしろリービアーザンのキラキラの下半身を引っぱり、メメトが首を絞める角度を厳しくしてやる。

「ご、ご、ごのぉ……が、下等生物どもめェがァ……！」

リービアーザンは白目を剥き、今やビクビクさせるヒレにも力が入っていない。気道を絞められて苦しいってことは、人魚の肺は空気中では気体酸素を取り込める、水陸両用の肺なんだな。頸動脈が絞められて脳に血液が行かなくなってるのもあるんだろうけど。

とうとうリービアーザンはグッタリと抵抗しなくなり、顔も青白くなってるので、

「よしメメト、コイツは落ちたからそこまでにしろ。法的に人魚が人だった場合、殺ると武偵法９条でヤバイからな。あとこれ絵面的に、ちなの教育にとても悪いし……」

「分かりましたわ」

メメトが手を離すと、ぐてっ。リービアーザンは我が家のリビングに大の字……ならぬ、十の字っぽくなって仰向けに倒れた。

――海王、討ち取ったり。コタツの電気コードで。

これにて一件落着……なのか？

「おさかなー、しんじゃった？」

しゃがんだちながツンツンしているリービアーザンは、すっかり気絶してヒレをビクンビクン痙攣させてる。

まあ、このぐらいの失神は強襲科なら授業で毎日させられるものだ。下等生物の人間が死なないんだから、偉大なる再生の女神サマも大丈夫だろう。

ちなが取り上げた竪琴は天井裏に隠したので、もうリービアーザンは魔曲を弾けない。

シャコ貝のポシェットにはサザエ、ホネ貝、マテ貝が入っており、これらは武器・櫛・ストローとオヤツを兼ねたものと思われた。あとハンカチや十徳ナイフといった日用品の入ったジップロックに、日本の偽造パスポートも持ってたぞ。偽名、里美安沙子だってさ。ブラの中に何も隠していない事は、メメトが確認してくれて……

5分ほどして意識が戻ったリービアーザンは、

「な、何なのだキサマらは……海にも、こんな息の合った暴力を問答無用で振るってくるオスメスと子は滅多におらんぞ……」

などと地上人類の暴力性に毒突き、ギザギザ歯で歯ぎしりしてる。だが手錠もしっかり掛けたので、暴れたりはしないな。

「よしリービアーザン。三枚に下ろされたくなければ正式に降伏して、俺の尋問に答えろ。言っておくが俺たち日本人は世界一魚を食う、魚食い人種だからな？」

俺が脅すとリービアーザンは人食い人種の村に捕まったかのように青ざめて、

「わ、分かった、分かった。降参じゃ。海王の名に誓って神妙にするわい。そもそも妾がここに来た理由も、争うためではないしのう。この錠を外せば、話してやろう」

と、細めの両手首を俺の方に突き出してくるので――

「じゃあまず聞くが、何しに来たんだよ」

手錠を外してやりながら、俺が訊く。

外すなり暴れ出した場合に備えて、背後ではメメトが鈍器の水晶玉を構えていたが……尾ビレを『乙』的な形にして正座（？）したリービアーザンは、神妙な面持ちで対話に応じる構えだ。約束や契約は律儀に守る性格らしいな。そもそもスエズでラスプーチナが消滅させられる原因となったのも、契約違反が理由っぽかったし。

「そこのラスプーチナを消し直しに来たのじゃ。あの場でキッチリ消しきれなかったのは、妾の落ち度よ。このまま其奴を放っておいて、ガイデロニケが来ると災難じゃからの」

殺伐とした対話になりそうな空気を読んだメメトが「ちなさん、湯冷めしちゃったから改めてお湯に入りましょう」と、ちなをフロ場へ連れていく中――

「ちなはもう無害だ。消す必要なんか無い。ていうかそのガイデロニケってのは何者だ」

残された俺は、リービアーザンの聴取を続ける。

「星を渡る不死の龍、最も危険な女神じゃ。前の降臨が昔すぎて、母からもらった記憶もモヤッとしとるのだが――ガイデロニケはある日いきなりどこかに何らかの方法で降臨し、それから数十年の活動期に入り、いずれ休眠期に入る。休眠期には数年から数百年と幅があるが、ガイデロニケは消えたかなと思って皆が油断してる頃にまた降臨してくるのが常。それに注意を促すため、レクテイアには『ガイデロニケは忘れた頃にやってくる』という諺がある」

「災害みたいなヤツだな。で、そいつの何が最も危険なんだ。不死の龍の女神っていうが、不死なだけなら危なくないだろ？」

俺が訊くと、リービアーザンはちなが行ったフロ場の方をチラッと見て――

「ガイデロニケの降臨は、自分の血を引く竜人族の若い娘を標にして行われる。その降臨は近く、テラ――こっちの世界の標を使って行われるおそれありと、貝占いが示してな。となると、ラスプーチナは格好の標。なおガイデロニケは降臨時に標の記憶を読み、標が敵対していた種族を辺り一面の全生物ごと滅ぼすという。そういう習性があるのじゃ」

龍の女神は新しい環境に出現し次第、自分の子孫を攻撃していたものを滅ぼす――

システム的には、免疫を思わせる生存戦略だな。マクロファージが接敵したウイルスのデータを提示して、それを基にB細胞がウイルスを一掃するのに似ている。

そのシステムによりガイデロニケは降臨先……出現した先にいる生物の友好度を自分で確かめるコストを払わずに済み、早々と敵を皆殺しにしてナワバリを作れるってワケだ。

「つまり仮に今ガイデロニケがラスプーチナを標にして降臨すれば、妾（わらわ）とキサマは今いる町ごと滅ぼされる。ラスプーチナは早々に消しておくのが妾にとってもキサマにとっても身のためなのじゃ。分かったか？　分かったなら竪琴（たてごと）を返せ」

『ちなを放っておくと、自分たちが殺される』と語るリービアーザンは、ガイデロニケに殺されたくないから、我が身可愛（かわい）さで改めてちなを消滅させに来たって事らしい。

だが――俺は腕組みして、首を横に振る。

「ダメだ。ちなを手にかけるつもりなら、竪琴は返さないぞ」

「あの竪琴は海王が母から娘へ代々伝えてきた、替えのきかぬ財宝じゃ。返せ。ていうかそもそもなぜキサマは自分を殺そうとしたラスプーチナ――ちなと呼んでおるようじゃが、敵を守るのじゃ？　あやつは凶悪な龍王ガイデロニケの血を引く、乱暴者の盗っ人（ぬすっと）ぞ？ヒトどもにも迷惑ばかりかけていた女だったじゃろうに」

「……過去はそうだったかもしれないが、『時折りの逆さ箱』の力で――ラスプーチナはちなに生まれ変わったところなんだ。一から人の道を学び直せば、きっとマトモで幸せな人間に更生できる。そのチャンスを与えず、しかも殺すのが海王の道なのか？　ていうかお前、さんざん自分は強いぞって威張ってたくせに、そのガイデロニケって女神の降臨が怖いのかよ？　何ならそんな女神、俺が拳で言う事をきかせてやるぞ」

龍の女神ガイデロニケの実力を推し量るため、俺がそうフカシの探りを入れると――

「……ガイデロニケは、敵認定した者を周囲の全生物ごと殺す。ミジンコ一匹、海草一本残さず、生きとし生けるものを鏖殺する死の龍よ。その上、不死じゃ。生き物である以上、どんな女神も勝てぬ。戦おうなどという愚か者はおらぬわ。キサマだけじゃ」

あれだけ自信家のリービアーザンが……

『自分はガイデロニケが怖い』という話を否定しない。

それから深い溜息をついて、

「とはいえ、妾はキサマに降伏した身じゃからの。ちなを生かすとキサマが決めたなら、消さないでおく。それでももし運悪くガイデロニケが現れたなら、妾が懐柔を試みてみよう。そもそもガイデロニケとは一度腹を割って話してみたいと思ってもいたしの」

「話が通じるタイプのヤツなのか？」

「母から受け継いだ記憶によると、ガイデロニケはリービアーザンとだけは対等に話してくれるそうじゃ。他の女神のことは見下しておるけど、ヤツも水中には長くいられぬから――海中を統べ、賢くてカワイイ妾には一目置いておるのじゃ」

リービアーザンは両手の人差し指で自分を指し、カワイイというより怖いギザギザ歯をニーッと剥いてブリッコ笑顔を見せてくる。

「ただ、キサマの気が変わったらいつでも竪琴を妾に返せ。すぐにラスプーチナを消してやろう。その方が安全で手っ取り早いし、ラスプーチナ本人も夢見心地の中で死ねるから妾も慈悲深くあれる。ちなみに一度『時折りの逆さ箱』で若返らせた者は『時折りの箱』で年老いらせる事はできぬから、ババアにしてガイデロニケの興味をそぐ事はできぬぞ」

相変わらず人の命を軽んじる態度のリービアーザンにはイラッと来るが、そこでケンカしても始まらなさそうだ。説教して関係を悪くするのは、控えよう。

そもそもガイデロニケの降臨が近いという話の論拠はこの怪しい人魚姫の貝占いとやらなので、そこまで真に受ける必要はなさそうなんだが……本当に現れた時の保険として、リービアーザンは必要だろう。どんな激しい炎を吐くのかは知らないが、周りの全生物をプランクトンに至るまで鏖にする力を持つ災害級の女神なんかとは——話が通じるなら、戦うより交渉で事を収めた方がいいに決まってる。

その交渉役になれる女神は、この人魚姫だけらしいからな。形だけでも、手を組むしかなさそうだ。このド派手な海王サマと。

うちをウロウロ見回したリービアーザンは、クローゼットの上段に頭を突っ込み、

「ここを妾の玉座とする」

ヒレをフリフリしつつ、潜り込んでいった。クロールの手つきで中の服や雑貨を勝手に

床に捨てながら。そしてカラにしたクローゼット上段の中に座り、「うむ。落ち着く」とご満悦。人魚にはタコやウツボみたいに、体がピッタリ入る狭い所を巣にしたがる習性があるんだな。そういう場所だと捕食者にやられにくいから安心するんだろうね。

「おいヒトオス、妾に何か食べさせろ。さっきキサマらに追い回されたゆえ、腹が減ってかなわぬ」

ピンクと水色のツートンカラーの髪をギザ歯で噛み噛みして、早くもリービアーザンが居候の風格を漂わせてくるんだが……

まあ降伏した以上コイツは捕虜みたいなものなので、こっちには最低限の衣食住を提供する義務がある。日本には捕虜取扱い法もあるし。じゃあ、余り物でもくれてやるか。

「ヒトオスじゃなくて遠山キンジな。じゃあこの菓子パンでも食えよ。賞味期限が昨日のなんで少し固くなってるから、よーく噛んでから飲み込むんだぞ。エサを噛んで磨り潰す臼歯がお前にあるのかは知らんが……」

俺が半額で買ったジャムパンを放ってやると、リービアーザンはバレーボールみたいにバシッと尾ビレで叩き返してきて、

「そんなもの食うワケないじゃろ。妾は貝や魚しか食わぬ。ただし酒は何から作ったものでも飲む」

とか贅沢をぬかす。しかし我が家に魚介類が豊富にあるワケでもないし、このワガママ

ぶりだと貝ヒモや魚肉ソーセージを与えても好き嫌いを言い出しそうだ。なので、

「しょうがないな……じゃあメメト、これをスーパーに連れていって、食いたいって物を選ばせてやれ。そこの俺のサイフを持っていっていい。帰りは領収書を忘れずにな」

ちなとリビングに戻ってきていたメメトを、お使いに出す事にした。

「了解ですわ。ほら、じゃあこれにお入りなさいなリービアーザン。お写真を撮られたらSNSでバズって面倒な事になるでしょうから」

メメトはツクモがここに置き忘れていったらしい買い物カートを玄関から持ってきて、クローゼットから抱っこして出したリービアーザンの下半身をそれに差し込もうと試みる。

尾ビレさえ隠してしまえば外にも出られるだろうから俺も手伝うんだが、カート程度の容量ではそのゴージャスなヒレは入りきらない。グイグイ押し込んだら「痛い痛い！」とマジで辛そうにしてるんで、いっぺん出してやった。手間かかるなぁ。

「ええい、愚か者どもめが。こんな事もあろうかと、用意しておいてよかったわ」

貝のポシェットを取ったリービアーザンは、中から……ジップロックで防水してある、パンツを取り出した。白いレースのフリルで縁取られ、白地にパステルピンクのハートのプリント柄が散らばってて、ヘソ下に赤いミニリボンがあしらわれた、女子用のパンツだ。

……お前には股がないのに、なんでそんな物を持っている？

「しょうがないからヒトメスの姿になってやる。妾は普段いつもこの第2態で、弱っちい

第1態に変わる事は希(まれ)。歩き慣れておらぬから、同伴する際は労(いたわ)るようにな」

と言ったリービアーザンは、コペンハーゲンの人魚姫の像みたいなポーズになり……

数秒後、玉虫色の尾ビレからシュウシュウと煙が出始めた。この煙、玉藻(たまも)が虚物変化(こものへんげ)の術で化ける時と似てるぞ。何がってワケじゃないんだが、感覚的に似てる。

などと思って見ている内に、尾ビレは……白くてほっそりした、女の子座りの女の子の足に……って、おい……っ！　お前それ、か、下半身だけ、はだ、はだかっ……！

なるほどそれで下半身用の下着が必要だったんですね！

「おさかな、足になったー！」

「ヒレの方が転ばないんじゃけどな。よいしょっ。で、なぜキンジは急に床に伏せて亀のポーズになったのじゃ？」

「亀は万年で……おめでたいから……あと、近くにしゃがまないでくれ……ください……早く、はいてくれ……頼むからはいてくれ……ください……！」

俺(おれ)の懇願を聞き入れてリービアーザンはパンツをはいてくれたが、まだ下着姿。

なので俺は亀のポーズのまま移動し、さっきリービアーザンがクローゼットから捨てた朝日向胡桃(あさひなくるみ)のセーラー服を貸してやり——リービアーザンはその七代目の着用者となった。

「では魚屋に案内せよ。酒屋にも寄れ」

「口の利き方。調子に乗るんじゃありませんわ。自分の立場をお忘れですの？」

と、サンダルを貸してくれたメメトと共にスーパーへ行くリービアーザンを見送り……

玄関のドアを閉める寸前、

（——？　……獣臭……？）

このマンションの周辺のどこかから、何かのケモノっぽいニオイが少しした……

……ような、気がした。

俺は嗅覚が鋭いから分かるんだが、ケモノの匂いもオスとメスで少し違う。メスの方が少し甘ったるいのだ。これはそのメスのニオイ。

だがそのニオイは極薄く、すぐ遠ざかるように消えた。

何か、どこかで嗅ぎ覚えがあるニオイだったような……


ちなにパジャマを着せて、たまたまテレビでやっていた映画『リトル・マーメイド』を2人で見ていると——

メメトたちが帰ってきて、スーパーのビニール袋からリービアーザンの選んだ食料品がコタツの上に並べられていく。

まず、ツブ貝の刺身。ホッキ貝の刺身。たこわさ。うにいか。カラスミ。たたみイワシ。ホヤ。タラコうま煮。酒盗。めかぶ。それと、ワンカップ大関（おおぜき）、サッポロビール赤星（あかぼし）……

「この町の魚介は鮮度が今イチでも、種類は豊富じゃったの！　それと日本のヒトは魚の調理法が多様で大変よろしい。特にこれは馨しい。よいぞよいぞ」
ほっそりした足をコタツに入れたリービアーザンは、酒盗――鰹の内臓の塩辛のビンを
パカッと開け、ドス持ちしたスプーンでほじくってプリンみたいに食べ始めた。
「おひゃー！ うまいのう！ うんまっ。止まらぬわ！」
……人魚って、酒盗が好きなんだ……イメージ、壊れるなあ……
それからリービアーザンは、海産物の珍味を食うわ食うわ。海の国（？）には無いので
あろう日本の郷土食的な加工食品・発酵食品系の珍味をメインにガツガツ食べる。そんな
もんばっか浴びるように食って、高血圧とか通風になっても知らんぞ。
で、パコッ。カップ酒も開け、ぐびぐび飲み、ギザギザ歯の笑顔で「っかぁ～～～！」
とか言ってる。もうおじさんじゃんコレ。
それからもリービアーザンは魚介類をアテに酒を飲みまくる。後は何か有益な話をする
事もなく、テレビのリトル・マーメイドを見てゲラゲラ笑ってるだけだ。
「どこがおかしいんだよ。これ笑う映画じゃないだろ？ ちなの情操教育に悪いぞ」
「いやいや、偏見に満ちとって実に可笑しいぞ。キヒッ、キヒヒッ、ぎゃははは！」
酔っ払っているせいか、ギザ歯が一種のすきっ歯なせいか、リービアーザンは食べ方が
汚くて食べこぼしも多い。さらにコタツの上に少しあったビスコも、ちなが「それちなの
……」と言うのを無視して手を出し食ってる。お前さっき海産物しか食わないようなこと

言ってたけど、単に好き嫌いなんじゃないのそれ？

「……お兄さま、これが食費なのですが。まさか買ってきた物を全て一食で平らげるとは思いませんでしたわ。どうしましょう。竪琴をヤフオクで売っちゃいましょうか？」

メメトが出してきた長ぁーいレシートの総額は……げぇっ！　４８９５円！

このままじゃ、アリア資金があってもすぐ干上がっちまうぞ。

「おいリービアーザン！　お前、食うんなら自分で食う分ぐらいは払えッ。そうだな……真珠とか珊瑚とか、そういう金目の物を出せ」

「ああ？　真珠は探すのが面倒じゃ。珊瑚は人間が底引き網でバキバキに折りまくるのをやめたらポキッと一枝持ってきてやらんこともない」

心ない漁業者による自然破壊へのクレームを八つ当たりぎみに受けた俺は、レシートを手に頭を抱え――

ハッ、と妙案を思いつく。

「じゃあお前、その人間モードの姿で働け。働き口に心当たりがある」

「あ？　海王は朝貢される立場じゃ。働いたら負けじゃ。働くなどありえぬ。ケー！」

リービアーザンは酒臭い息で、ニートのトップエリートみたいな事を言ってる。

だが話してて分かってきたが、まずコイツは魚だけあって頭がポンコツ。そしていくらおじさんっぽくてもやっぱり人魚姫。女子だ。

そして頭の悪い女子が相手なら、俺はうまく口先で言いくるめる自信がある。今までの人生、ポンな女ばかり引き当てては、そういう女から逃げるため何度も言いくるめてきた豊富なキャリアがあるからだ。

「おいリービアーザン、飲み食いを止めて俺の話を聞け。あぁこら、もうそのビール瓶はカラなんだから、未練がましくひっくり返して口をペロペロなめるな。えーと、そもそもお前はモリアーティと連んで、この世界に自分のテリトリーを広げに来たんだよな？」

「んー？　あー、そうじゃな。そういえば忘れとった。おう、その志で来ておるぞ」

「こっちの世界の人間の俺が言うのも何だが、自分の目的を見失うな。お前は少しここに慣れてるみたいだから分かってると思うが、この世界を支配するにはまず子分のヒトが必要だ。あとカネも必要だ。そしてそれらを同時に得る方法を俺は知っている」

「何？　同時にとは効率が良いのう。どんな方法か申してみよ」

「保育園という所で、子供の世話をするんだ。子供たちは大きくなっても、自分を育ててくれた先生には頭が上がらないものでな。つまり保育園で子供を世話し続ければ、お前の子分を次々と作れる」

「おお」

「しかもこの子供の世話という行為は仕事だから、給料がもらえる。お前は食いたい物を腹いっぱい食えるし、残りのカネを貯めておけば後で領地や領海を買えるかもな」

「ほう！　ヒトオスにしては良い案ではないか！　褒美を取らす」

と、リービアーザンは俺にホヤをくれたよ。これあんまり好きじゃないんだけどなあ。

「――よし、明日その保育園という所に妾を案内せい！」

ともあれ、リービアーザンは俺の話にホイホイ乗って就職に前向き。これで食費問題は自己解決させられそうだぞ。

明日さっそくリービアーザンをチャイルドナーサリー田町に紹介しよう。あそこは人手不足で、誰でもいいから入ってほしそうだったからな。

この人魚姫に子供たちの世話ができるとは思えないが、掃除や荷運びといった手伝いはさせてもらえるだろう。そしたら給料も半人前ぐらいは貰えるハズだ。


メメトの私服の水色のワンピースを着せて、第1態――人間モードのリービアーザンを連れてったら、チャイルドナーサリー田町は保育補助者として即日採用してくれた。

偽造パスポートや俺が適当に書いた履歴書よりも、面接の方が遥かに重視されたようで……そこでなぜかリービアーザンは適性ありと桃園園長から判断されたらしい。まあ俺が狙った通り、深刻な人手不足のせいで誰でもいいから来てほしかったんだろうな。

里美安沙子の偽名で保育士デビューしたリービアーザンは、ぐい。

最初の挨拶で、園児たちを前に貝のパッドが無くて平ための胸を張っている。

園にリービアーザンを紹介した俺とメメトは、心配なのと、何かやらかした時にシメるため……ドアの隙間から、それを見張るんだが……

「ヒトの幼体ども、妾の陸の臣民になれる事を喜べ。妾は海の王にして、再生の女神……へぷえっ！　こら！　神聖なる御髪(おぐし)に触れるでない！　いだだだ！　マー！」

「わぁー！　あさこせんせい、かみにふたつ色があるよー！」「すごくきれいー！」「青のとこさわらせてー！」「わたしピンクがさわりたーい！」

リービアーザンは小柄なのと、声がアニメっぽいせいもあってか、初見から子供たちにナメられ気味。いきなり髪を引っぱられ、飛びつかれ、スッ転んでジタバタしてる。

しかしこの国では魚だとバレたらすぐ刺身にされるぞと脅してあるから、人魚モードの正体を現して暴れたりはしないな。これなら働かせても大丈夫だろう。リービアーザンは第2態(人魚)と第1態(人間)の戦闘力の差が著しくて、人間モードだとただのひ弱な女の子ぐらいの力しか出ないっぽいし。

とはいえ安全のため、今日は一応メメトを見張りに残して……俺は塾に行き、自習室で茶常(ちゃつね)先生に勉強を教わり……夕方、チャイルドナーサリーに戻ってくると……

ほんの数時間で、リービアーザンは子供たちから頼られている様子になっていた。もう早くも立派な保育士さんってムードだ。エプロン姿も似合い、堂に入ってる。

（……あの人格破綻者が、なんで……？）

と驚いてしばらく見てると、リービアーザンは男の子同士がケンカを始めたのの仲裁に入り――

「争うでない！　臣民が争うは、境遇を整えなかった王の責任よ。叩き合いたくば、双方妾を叩くがよい。その気が無くば、妾に免じて互いを許せ。強い者とは、許せる者じゃ。許さず倒して1人になれば、弱くなる。許して2人になれば、強くなる」

言い回しはともかく、子供を子供扱いせず真剣に諭している。すると子供たちも真剣に聞き、気持ちがしっかり伝わっているようだ。それでなんか、上手くいってるっぽい。

自分も子供好きなので園内を飽きずに見張ってくれていたメメト曰く、

「なぜリービ……安沙子さんがすぐ採用されたのか、分かりましたわ。王様を名乗るだけあって集団をまとめるのが上手なのと、看護師の心得も少しあるようです。でもそれより何より、歌ですわ。お昼寝の時間に子守歌を歌ったら、それがあまりにもお上手で。子供たちはもちろん、先生たちや私も寝てしまうぐらいでした」

「……大丈夫なのか、その歌……？　健康被害とかないのか……？」

「それが大丈夫どころか、5分寝て起きたら頭も体もスッキリ回復してるのです。それと安沙子さんはピアノを弾いたことが無かったそうですが、他の先生が弾いた曲を聴いたらすぐ耳コピで弾けていました。全曲」

リービアーザンには音楽の才能があるからな。その長所を活かして、初日からちゃんと働けてたって事か。なんか……人魚の方が、コンビニのバイトすらマトモにできなかった俺よりスムーズに社会に順応できそうなんだが。俺の社会適合性は人魚以下って事……？

――定時になると、リービアーザンはエプロンを外しつつ廊下に出てきて、

「今日の保育は陸上大進撃の記念すべき第一歩となったぞ。民どもと触れ合い、偉大なるこの海王にしっかり懐かせてきた。体によい魔曲も歌ってやったから、ほれ、民の顔色も良くなったじゃろう。ゆくゆくは海王軍の将を任せ、妾の号令一つでキサマを倒せるよう育ててやるから、楽しみにしておるがよい。ほれ、税も現金取っ払いでタンマリ徴収してやったわ。キヒヒ」

とか、ニヤニヤ顔でバイト料の入った封筒を見せてくる。

「まあ、クビにならず働けたんならオーケーだよ。安沙子先生。しかし、ははっ。ここのおちびたちがいずれ、武偵高でシゴかれた俺を倒せるのかねえ……？」

「勇将の下に弱卒なし。妾の下でならサンマでもキサマを倒せるようになろうぞ」

リービアーザンは鼻高々でそんな事を言うが、そもそも勇将＝自分が俺に負けて捕虜になってる事実をどう説明するんだろうね？

ともあれ、このバイトには副効用もあったな。かつてはヒトの命なんかどうでもいいというほど人間を見下していたリービアーザンが、今は育てる対象として子供たちを大切にしてる。部下として見てるっぽいからまだ見下してはいるんだろうけど、前よりはずっと

丸くなったと言えるぞ。

「あとキサマは武偵高を中退したとメメトに聞いたぞ。修了したような顔をするでない」

「ぐぬ……ちな、帰るぞー」

俺はリービアーザンにデコピンしてドアを開け、園内に呼びかけるが――ちなは積み木遊びに夢中なのか、気付かない。まあ……保育園の中は子供たちがキャーキャー騒いでて、うるさいしな。

「ちーなー！　帰るぞー！」

大きな声でもういっぺん呼んだら、ちなは「キンチ！」と笑顔で振り返って跳び上がり、たたたたっと走ってきて俺の足に抱きついてきた。

それからやってきた桃園先生はひとしきり安沙子先生を褒めてから、

「ちなちゃんなのですが、お耳の掃除をしていますでしょうか。時々、音が聞こえにくいみたいなんです。他の様子を見ていて思ったのですが、匂いにも疎いのかもしれません。耳と鼻は繋がっていますので、少し気をつけて見てあげてください」

とか、言ってくれた。耳かきか。そういや一度もしてあげてなかったな。

人にした事は無いが、子育ては何事も練習ナシの待ったナシだ。帰ったらトライしよう。

俺、ちな、メメト、リービアーザンの４人で駅へ向かって町を歩き始めると、

「キンチ。また、かたの上におんぶして」

手を繋いで歩いていたちなが、そうせがんできた。甘えん坊だなあ。

ちなの体重は、たったの16kg。楽々持ち上げられるので、ヒョイと肩車してやると——

「みて、おんなじになったよ。きょう、『わたしのかぞく』をつくったの！」

ちなは通園バッグから、保育園で作ったらしい紙ねんど細工を見せてきた。

ダルマがダルマに重なってるみたいなそれが何なのか——不思議と、一発で分かった。

俺と、ちなだ。ちょうど今のように、俺がちなを肩車している形……

「まあ、かわいらしい。記念撮影しておきましょう」

メメトは理子(りこ)が我が家に置いていったチェキを持ってきていて、紙ねんど細工を持った
ちなを肩車する俺の写真を撮る。

それをリービアーザンは「？」とギザギザ歯の口を軽く開けて見ていたが、ポラ写真が
出てきたのを見て——「おお、それは写真機か！　前から欲しいと思っておったのじゃ、
妾(わらわ)に貸せ！」と横取りしてる。

カメラを見た事がないとは、コイツも典型的レクテイア人だな。こっちの世界のあれや
これやを勉強して知ってはいても、知識が偏ってるんだよね。

で、リービアーザンは、

「これは妾のじゃ。妾が竪琴(たてごと)をキサマに預けとるのに、妾が何も預かってないのは不公平

じゃからの」

とか捕虜らしからぬ事を言って、カメラを二度と返さないムードだ。

で、さっそく町のどこを撮ろうかとキョロキョロしてるので、

「それのフィルムは安くないんだから、ムダなものを撮るなよ?」

ちなを肩車したまま、俺は苦笑いでそう言うのだった。


家に帰って『子供　耳掃除』をしっかり検索してから、ペンライトと耳かき棒を持って
ちなを呼ぶが……来ないので様子を見たら、ベッドで丸まって寝てしまっていた。

横向きに寝ているので、耳の穴をライトでチェックするが……

あれ？　小っちゃな耳の中は、キレイなもんだ。じゃあ反対の耳を見てみるかな。

と、俺はちなの体をベッドの上でソーッと転がそうとする。

普段は寝入ったちなを動かそうとすると軽くイヤがるものの、起きてはこない。なので
今回もそうだろう……と思ったんだが……様子が、おかしい。イヤがる素振りが全くない。

熱でもあるのかと思って額に触れてみたら、ゾッとするほど冷たい。

「お、おい、ちな。どうした」

俺が呼びかけると、ちなは青い目を薄く開けて……何か、声を出した。

口元に耳を寄せると、「……ママ……」と呟いている。

だが睡眠時の寝言ではなく、覚醒した上での譫言といった感じだ。

これは――寝たんじゃない。

なんでなのかは全く分からないが、ちなは倒れたんだ。突然に。

「――メメト、救急に電話してくれ！　１１９番だ！」

慌てて言う俺の隣には携帯を持ったメメトと、「何事か？」とリービアーザンもやってくる。そして、

「……これは……」

リービアーザンはちなの顔を覗き込み……額や手足、胸をペタペタ触る。

「……ヒトの医者を呼んでもムダじゃろう。これはキサマらの言葉で言うところの、慢性リーサル・アワー――存在劣化症候群じゃ」

……リーサル・アワー……存在劣化症候群。

それは古い日本語では『殺刻』と呼ばれる、超常の疾病だ。

かつて白雪から教わったが、この世界は別の世界や時代から来た存在を不自然なものと見なして排除しようとする性質を持っている。その力のせいで、レクテイアから来た者は体調不良に陥る事があるのだ。70年近い時を超えて還ってきた雪花も、それで倒れた事がある。

だが、

「——いつ治るか分かるか？　これは、人体に炎症が起きてもいずれ治まるみたいに……そんなに長くは続かない病気なんだろ？　俺の母さんもレクテイアから帰還した時これに罹った事があるが、一晩で治ってたしな……」

　と俺が尋ねると、リービアーザンは首を横に振る。

「世界から別世界へ渡った直後の急性リーサル・アワーは、確かにすぐ終わる。そもそも安全な所で安静にしておれば避けられるし、運命のバランスもおおむね自然回復していく。しかしこれは慢性リーサル・アワー。存在そのものが劣化しておるから、そうはいかぬ」

「ど……どういう事ですか」

　話に不穏なものを感じ、メメトもその形のいい眉を寄せている。

「ちなは——ラスプーチナは、かつて何度もレクテイアとテラを往還しておったようじゃ。それで、身に宿す運命があちこち歪んでおる。何度も渡りを繰り返す者は自然回復しきれなかった細かい運命の歪みが積み重なり、結果的には存在がジワジワ不安定化してしまうものでな。キサマたちに分かるように喩えると、放射線障害みたいなイメージじゃ」

——1度や2度レントゲンを撮ったぐらいじゃ何ともないが、短期間に何度も放射線を浴びると身を蝕まれる。

　レクテイアとこっちの世界の往還にも、そういう性質があるって事か。

「それとこれは妾も今知った事じゃが、存在劣化症候群は『存在』そのものを侵食する病なので、若返っても過去の渡りの悪影響が消えぬ。むしろ体が——存在が物理的に縮んだ分、症状がドッと出るようじゃの。少し前から、かなり目や耳も利きづらくなっておったじゃろうよ」

そういえば……

保育園からの帰り道で指切りしようとしたとき、ちなはそれをすぐには出来なかった。

さっきお迎えに行った時の俺の呼びかけにも、気付かなかった。

それは存在劣化症候群のせいで、目や耳が悪くなっていたからだったんだ。

いや、ちなはそれより前からきっと細かい他覚症状を出していたに違いない。

もっと早く、俺が気付いてあげるべきだったんだ。

子供は、自分で自覚症状を訴えられないのだから——

「ど、どのくらい重いのですか。ちなさんは……」

「今この状態じゃと、もって1週間じゃな。精いっぱい延命して、あと10日生きられるかどうかといった所じゃ」

という会話にメメトは息を呑み、俺も血が凍るような思いがするが——

「な、治す方法はあるんだろ？　俺の母さんは伏見と玉藻っていうキツネ系の超能力者に治療してもらってたし……」

「運命を道に喩えるなら、それは道に亀裂が生じるような急性リーサル・アワーの症状。

亀裂を跳び越えるような術によって脱する事ができたのじゃろう。しかし慢性リーサル・アワーは道全体が酷く波蝕・風蝕されて崩れてしまうようなものでの。全てを治すことは出来ないのじゃ。歩む者はいずれ足を取られ、力尽き、死ぬしかない」

「どうにかならないのですかっ」

苦しそうなちなを見て、涙目になったメメトがリービアーザンに縋り付く。

「こればかりは、誰にもどうしようもない。捕虜の妾に通信を許してくれるなら、ノアの同胞に治療を試みたいと連絡してみるが……レクテイアの医療の女神の森に送り、そこで治療するレベルの大ごとになろう。キサマらの世界でいう、先進医療施設に送るような事じゃ」

「もちろん通信は許可するから、問い合わせてみてくれ。病人やケガ人は敵味方の垣根を越えて治療するのがこっちの世界のルールだ。子供ならなおさらだ」

俺が言うとリービアーザンは頷き、改めてこっちを直視してくる。

「礼を言おう。そして、承った。ただし——治療のために向こうに送るなら、キサマらとちなは二度と会えなくなる事を覚悟せよ。そもそも、この病は渡りのしすぎでなったものじゃからな。今回レクテイアに渡らせるのも命懸けになろうし、渡りを生き延びて治療に成功したとしても、二度と渡らせるなって話になりそうじゃし——」

リービアーザンは話しながら、画用紙にクレヨンで水中を漂う泡のような図を描く。

「世界から別の世界へ跳躍する術を使うと、時も大きく跳躍してしまいかねん事は知っておるじゃろ？　その出口の時刻を選べる事は選べるんじゃが、それには時空のトンネルのカオスな蠢き（うごめき）を読み、時空を渡るあぶくの行き先を予想したりとかのセンスが必要じゃし、運の要素も大きいんじゃよ。魔法円の製円師とか術士本人がヘタクソだと、狙った時刻に出られぬ。上手（うま）い術士でも、ヘマをすると思いっきり出口の時間がズレて、百年後とかに出てしまったりするのじゃ」

と言うリービアーザンの話は、その実例を幾つか見た俺には感覚的にもすぐ分かった。

実際ラスプーチナはレクテイアとの往還を繰り返すたび、いろんな時代に出てしまっていた。雪花（せっか）も戦時中に行き、帰ってきたのは次の世紀の今——つまり……

ちなの治療を試みるという事は、ちなに会えなくなるという事と同義なのだ。

5弾 四歩必殺（デルタ・モータル）

すぐさまリービアーザンは、公衆電話からノアに問い合わせてくれたが――

レクテイアの医療神はコネを重んじる女神らしく、自分の家族・親戚、最悪でも4～5親等の血縁者からの紹介がないと患者を診てくれないとの事だった。しかし今その血筋の者は、ノアにもナヴィガトリアにもいない。リービアーザンが知る限り、ノーチラスにも以前は誰かいたらしいが今はいないとの事だ。

かつてエンディミラが言っていたが、レクテイアの一部地域では金（かね）が流通しておらず、そこで誰かが誰かに協力する際には信用が求められる。その信用の最たるものが血縁関係――という事だ。資本主義社会ならぬ、縁故主義社会。医療の女神もまた、その文化圏に生きる女神らしい。そのため絶対必要なそのコネが、見つからずにいる。

そのコネに目星もつかない状態では、ちなをレクテイアへ送ることはできない。ちなを送るのは、急性・慢性のリーサル・アワーで死亡する高いリスクを背負う行為だからだ。

緊急事態なので、リービアーザンにはノーチラスとも話をさせようと思ったものの……ノーチラスは再び潜航中で、連絡がつかなかった。

そんな、手詰まり感が漂う中――

ちなの小さな体から体温が失われきってしまわないようにと、俺は冬用のモコモコした子供服を通販で買った。

また、リービアーザンには竪琴を返してやり、ちなの痛みや苦しみが緩和される魔曲を時々弾かせている。ただその曲には存在劣化症候群を治癒する効果はなく、文字通り緩和ケアでしかないものだが。

ともあれ、それらの甲斐もあり、ちなの日中の意識は少しハッキリしてきた。それでも元気さが戻ることはなく、あれだけあった食欲も減り、あまりベッドから起きてこなくもなった。基本ずっと寝ていて、トイレや入浴のために起きてきても再びすぐ寝てしまう。

しかし、ずっと寝かせていると床ずれも起きそうだったので——俺はバスカービルにも状況を説明して、主にアリアから資金を募り、車イスがわりのベビーカーを買ってきた。6歳児はベビーカーには基本乗らないが、乗せてもギリギリ違和感はない。

そうして数日後、好天に恵まれた午前中……

俺は、ベビーカーに乗せたちなをお台場海浜公園へ連れ出してやった。

メメトは義務教育の一般教科があり学校だが、たまたまフリーだったアリアと第1態のリービアーザンは一緒に来てくれている。

冬とはいえ、今日は暖かい日だ。ちなはレンタル後購入した武偵高のセーラー服姿で、冬服はベビーカーのシート下のカゴに積んでいる。

アクアシティとフジテレビ本社ビルを背にし、東京湾に面したここは――ちなとあの夜出会った葛西臨海公園の人工なぎさと同じ、人工ビーチのある公園だ。

駅から離れた林の辺りには人がいなかったので、俺たちはそこでしばらく佇み……ちなはウトウトしていたが、青空にかかる紅葉の木々を見上げ、

「……まっ赤だね……」

と、力無くではあったが笑顔を見せてくれる。

ベビーカーを押して公園の道を歩く俺に、背伸びしたリービアーザンが――

「……見えるうちに見させておけ。もうじき、目も見えなくなるじゃろう。今も、たぶんボンヤリとしか見えておらぬよ」

と、こっそり耳打ちしてきた。

実際……ちなの目は、焦点が合っていないようだ。

「……どうして、葉っぱは、色が変わるの……？」

それでも色はまだ分かるらしく、か細くなった声でちなが聞いてくる。

俺は木漏れ日の中をゆっくり歩きながら、

「木は自分で絵の具みたいに緑色を作れるんだ。その緑色は水がないと作れないんだが、冬になると木は水を葉に送らなくなる。そうすると緑色は壊れて消えて、元々の葉っぱの色に近い赤や黄色になる。それを毎年、ずっと繰り返すんだ」

緑のクロロフィル色素について、噛(か)み砕いて説明したつもりだったんだが……それでも難しかったのか、もしかすると耳が聞こえにくかったのか、ちなからの反応は特にない。

「秋になると、森でパーティーがあるの。だから木は赤や黄色のドレスに着替えるのよ」

というアリアの説明には、ちなは青糖色(ドラジェブルー)の瞳を少し向けて微笑(ほほえ)んでいる。そっちの方がいい説明だったね。やっぱ男親ってこういうの、いつまで経(た)ってもヘタだよな。

「じゃあ、またお着替えして、緑の葉っぱ、もどってくる……？」

散っていく、紅葉した葉は——

また生まれ直すものなのかと、ちなは尋ねてくる。

まるで自分の運命を、知っているかのように。

「ああ。春になったら……新しい芽が出てきて、緑の葉っぱが繁(しげ)るよ」

と言う俺に、

「ちな、いま、なんでかな、お目々ね……あんまり、見えないの。だから、お目々がよくなったら、またここに見にきたい。また緑になった葉っぱ、見たい……ちな、緑の葉っぱ、すきなの……」

そう答えた、ちなから——

気付かれないよう、アリアが涙ぐんだ目をそらす。

そんなアリアを見て、とうとう俺も心の奥で悟ってしまう。

ちなの体は存在劣化症候群に蝕まれ、余命はあと数日。リービアーザンは治す手だてがあるような事を言ってたが、それはそもそも診てもらうために必要なコネも見つからないという、気休めにもならない話だった。

つまり――この木々に再び緑の葉が茂るまで、ちなは生きていられないのだ。

でも俺は、

「見に、来ような。緑の葉っぱは必ずまた生えてくるから」

ちなにもう見えているかは分からなかったものの、精いっぱいの笑顔を向ける。

「じゃあ、キンチ、ゆびきり……しよ……また、いっしょに、ここに、こようね……」

「ああ。また来よう。一緒に」

泣くな。泣くな、俺。

小さい頃、爺ちゃんから教わっただろ。

男には女子供のため、どんなに泣きたくっても笑顔を見せなきゃならない時があるって。

今生の別れの時にこそ、それが別れじゃないと笑顔でごまかして、安心させてやれって。

爺ちゃんは戦時中にその時が来たらしいが、俺は今がその時なんだ。

「……ゆびきり……キンチ、ちなと、前にしたのも、おぼえてる……？」

「覚えてるよ。忘れるもんか。『ちなと俺は、ずっと一緒』って約束だろ」

「……ちなと、キンチは、ずっと、いっしょ……だから……緑の葉っぱも……いっしょに、見ようね……ゆびきり、したら……ぜったい、まもらなきゃ、だめ……だよ……」

「分かってる。指切りは俺が教えた事だもんな。緑の葉っぱ、見ような」

ちなには俺の手の位置は大まかには分かるらしいが、小指の位置までは分からなかったみたいなので——俺はその小さな手を取って、俺と小指同士を絡ませてやった。

「あたし……コーヒー買ってくる」

なんとか涙声になるのを堪えて、しかし涙がこぼれるのは隠しきれずに——アリアが、ここから少し離れた広場にある自販機の方へ小走りに離れていく。

アリアがいなくなったのを感じ取ると、ちなが、

「……キンチと、ないしょの、おはなしが、あるの……」

そんな事を言うので——リービアーザンは俺とアイコンタクトしてから、自販機の前でしゃがんで泣いているアリアの方へ歩いていった。

ちなと2人きりになった俺は公園の道を外れ、木々の合間へとベビーカーを押していく。

なんとなくナイショ話がしやすそうな、人の通らなさそうな辺りへ。

そうして……1枚、また1枚と真紅の葉を落とす、椛の下で俺が足を止めると——

ちなが首を上げ、ベビーカーから俺を見上げてくる。

たったそれだけの事なのに、力を振り絞るようにしながら。

そして、恥じらうように口元に手を寄せ、

「……キンチは、いまも、ちなが好き？　ちなは、いまも、キンチが、すきだよ……」

小さな声で、そう告げてきた。

2人きりになりたかったのは、そういう話をするためだったのか。

やっぱり……こんなに小さくても、女は女なんだな。

「俺も、ちなが好きだ。それはいつまでも変わらないって誓うよ」

「じゃあ、そうしそうあい、だね……」

ちなは幸せそうに、俺の手を自分の胸に抱き寄せる。

「相思相愛だな。そういやその件で理子にヤキを入れるの、すっかり忘れてたよ」

俺は苦笑いして言うが、ちなはそれに反応しない。

ただ俺の手に口を寄せ、嗅ぐような仕草をしているだけだ。

「ちな……？」

俺の呼びかけにも、応えない。

そしてしばらくしてから、

「……キンチの、においだ。そこに、いるんだね……」

噛み合わないセリフを、返してきている。

――聞こえてないんだ、もう。俺の言葉が。

――見えていないんだ、もう。俺の姿が。

「……ちな……！」

俺の手に触れているちなの手から、力が抜けていくのを感じる。

さっき俺はただ手を抱き寄せられただけに感じたが、それもちなにとっては最期の力を振り絞っての動きだったのか。

俺は焦って、ちなの冷たい手や頬、頭をさするように撫でる。

しかし反応は薄い。ちなは、また眠りに落ちようとしているようだ。

ちなが眠ったら、もう起きないような気がして――

「……キンチ、あたま、なでなでしてよぅ……」

「撫でてるよ、ちな……！」

触覚さえも、失われてきているのか。

それに気付いて、とうとう俺の目からも涙がこぼれてしまう。

ちなに俺の涙が見えていないという事を――頭でだけじゃなく、俺の心までもが認めてしまったんだ。

ちなが、ちなが、遠くへ行ってしまう。

行くな、ちな。

行かないでくれ！

「……ちなが、おおきくなったら……キンチの、およめさんに、して、ね……」

そう言い残して、ちなは――目を閉じ――

「ちな……？」

俺はその顔を覗き込み、首筋に触れ、呼吸や脈拍がまだある事を確かめる。

だがそれも、弱まっていく。

――ちな。

そんな。

まだお前の人生は、始まったばかりじゃないか。

やり直し始めたばかり、じゃないか。

あの辛くて孤独な、悪に走らざるを得ず、誰も彼もと敵対し、金だけしか信じるものの無かった人生じゃなく――

今、みんなと俺に囲まれて、保育園に友達も出来て、楽しく、正しく生き直す人生を、踏み出し始めたばかりじゃないか。

それなのになんで、お前の運命はこんな行き止まりになっているんだ。

理不尽だ。いくらなんでも。

ひどすぎる。

「ちな……！」

俺がちなに抱きついて、その小さな胸に顔を埋めようとした……

——その時。

ふと風向きが変わり、風上から——

（——この、ニオイは……！）

先日自宅の前でも感じたそのニオイを、俺の嗅覚が捉えた。

この香ばしく甘ったるい、ケモノのようなニオイ。

全く同じニオイが別の場所でした以上、俺はそのニオイのする存在に尾けられていたと考えるべきだ。

そして思い出したぞ。

この、メスのケモノが3割・人間の女が7割で混ざったような体のニオイ。

俺がそれを悟った事に、まさにケモノの直感で勘付いたらしい2人は——

それぞれ、俺の右と左の木陰から姿を現した。

大きな黒い塗り笠をかぶり、星伽のものとは色味やデザインの違う巫女服を着ている。

この巫女装束は……玉藻の知り合いの、伏見というキツネ女が来ていたののサイズ違いだ。

「キンジ、どけ」

「そこをどけ」

右・左から順々に話してくるのは——

「……テテティ、レテティ……」

かつてエルフのエンディミラの奴隷だった、双子のケモノ娘だ。長くふさふさした毛のケモノ耳を笠で、ホンドタヌキのような尻尾を緋袴で隠しているが、間違いない。姿ではどっちがどっちか分からないが、今のように順々に喋る時先に喋るのが大抵テテティだ。

服装は大いに変わっているが——例の出刃包丁みたいな刀は、後ろ腰に佩いているぞ。

今の第一声も敵対的だったし、そもそもこの2人は俺を監視・尾行していた。ここでの距離の詰め方も友好的なものではなかった。

テテティ・レテティは何らかの理由で……

いや、おそらく今想定できた理由で、俺と対立していると考えるべきだ。

「お前たち、京都の伏見ってキツネ女の所に居候してたんだろ。白雪が言ってたが、家出したみたいだな」

——俺は時間を稼ぐため、ズレた話をする。アリアとリーピアーザンがこっちの状況に気付くよう、大きめの声量で。

だが、テテティは問答無用で——しゃっ！　伏せるほど体勢を低くしながら体をスピンさせ、袂から俺の足下めがけて石つぶてのような物をサイドスローで投げてきた。

爆発物かと思いそれを蹴り返そうとした俺の足首に、グルッと縄紐が絡まる。しまった。避けるべきだったッ。これは原始人が動物や鳥を捕らえるのに使っていた、狩猟具——！

俺の左右の足を、ロープの左右の端に結びつけられていた石がグルグル周回して縛る。

足を抜こうとしても間に合わず、俺はつんのめって落ち葉の地面に倒れる。手は反射的に銃に伸びたが——駆け寄ってきたレテティの動きを見て、手を止めざるをえない。

双子の狙いは——やはり、ちなだ……！

「よ、よせっ……！」

叫ぶ俺を踏み越えた双子は、ベビーカーからちなを荒々しく掴み上げる。

ちなは既にグッタリとしており、薄目を開けてはいるがその意識は朦朧としている。

小声で「……ママ……」と呟きはしたが、抵抗はできず、なされるがままだ。

「キンジ、どうしてラスプーチナと仲間になった！」

「テテティとレテティの古里、ラスプーチナの竜に燃やされた。みんな散り散りになって、流浪し、苦しんだ！」

かつて、エンディミラが言っていた。

テテティ・レテティの里は、過去、ラスプーチナの竜に襲われたと。

——この2人は、竜の魔女・ラスプーチナの被害者なのだ。

「仕返しにラスプーチナの手足を燃やして、散り散りに切って、別々の川に流す！」

「キンジの家からラスプーチナのニオイした。姿は見えなかったけど、娘がいたんだし、ラスプーチナもきっとキンジと暮らしてるハズ。ラスプーチナを呼べ、キンジ！」

「ラスプーチナをレクテイアに逃がしても無駄。ラスプーチナは2つの世界を渡るから、エンディミラ様、ご自身はレクテイアで、テティ・レティはテラで、ラスプーチナを手分けして探す作戦にした」

「ラスプーチナを呼び出せ、キンジ。呼ぶまで、このラスプーチナの娘は返さない！」

ずいぶん流暢に喋れるようになった2人の話を聞くに、どうやら……

テティ・レティは、ちなとラスプーチナが同一人物だと分かっていないようだ。

ちなをラスプーチナの娘だと思い、それを人質にラスプーチナを呼べと俺に詰め寄っている。

俺はイチかバチか、骨克己でボーラから密かに逃れつつ――

「――呼ぶも何も、今お前たちが掴み上げているその病気の子供がラスプーチナ本人だ！俺を探ってたんなら、そこまでちゃんと調べておけッ」

テティ・レティがちなを傷つけようとするなら、威嚇射撃してでも制止するつもりで――それを教える。

するとテティ・レティは「!?」という顔を見合わせてから……がばっ。

ちなを顔と顔で挟むようにして、フンフンフン。ニオイを嗅いでいる。

「どうする。このニオイ、ラスプーチナを若くしたニオイ。本人のニオイだ」

「どうする。キンジの顔も、嘘の顔でない。ホントにこれがラスプーチナだ」

混乱した顔で語り合う2人は、そこまでは感覚で分かったらしい。

しかし、『それならどうするのか』という判断ができずパニックになっている。

森の賢女・エルフのエンディミラの忠実な奴隷として長年生きていたため、この2人は言っちゃ何だが自力で物事を判断する力が衰えている。日本のサラリーマンにもよくいる、上司がいないと何もできないタイプだ。

さっきの発言から察するに——

こっちの世界に残る際、テテティ・レテティはエンディミラから『ラスプーチナを探し、見つければ復讐せよ』という命令を受けていたのだろう。裁判抜きの私刑を俺が嫌うので、エンディミラはそれを自分たちだけで内密に進めていた。

しかしその命令には当然ながら、『ラスプーチナが幼児に戻ってしまっていた場合』の付則は無かった。それでテテティ・レテティはエラーを起こしたプログラムのように何もできなくなっている。

その隙に足の骨を入れ直し、なんとか立ち上がる俺の所に……事態に気付いたアリアとリービアーザンが駆けつけてきた。よし、ちなを人質に取られたままではあるが、形勢は良くなってきたぞ。

風が吹き、落ち葉が舞う中——

「あんたたち、前に海ほたるの下にいたエンディミラの部下ね？」

「テティクーン族か。そのラスプーチナに手荒なことはするでないぞ」

アリアとリービアーザンを前にし、さらに俺がボーラから逃れたのを見て、テテティ・レテティは尻込みするような顔になる。

「リービアーザン。海の女神が、なぜキンジに味方しているか」

「なぜ竜の魔女・ラスプーチナを守るか」

テテティ・レテティは、ちなを吊り下げるような形から抱きかかえるように持ち変えた。服従するレベルではないにせよ、双子はリービアーザンに敬意を払った。普段の様子を見てると信じ難い事だが、リービアーザンはレクテイアではビッグネームなのだろう。

「ラスプーチナは度重なる悪行と不名誉な敗北の廉で、妾に『時折りの逆さ箱』の刑罰を下された。しかし魔曲をそこのキンジにジャマされ、刑罰がハンパになってのう。それで、童の姿になっておるのじゃ。而して、改めて罰しようとしたところでまたしてもキンジにジャマされ——妾は囚われ、これ以上ラスプーチナを罰する事を禁じられた」

リービアーザンの話に、テテティ・レテティは顔を見合わせている。

「レクテイアの掟では、捕らえた悪に刑を下す権利は複数人に渡らぬ。し損じたとはいえ妾が罰した以上、別の者がラスプーチナを再び罰する事は許されぬぞ。それにキサマらの故郷レクテンドでは、死刑の一段階下の刑として、シャーマンが罪人の知恵や能力を奪う刑罰があろう。これもまたその一つと見做し、怺えてはくれぬか」

リービアーザンが言うには、レクテイアには犯罪者からステータスやスキルを奪う刑があるらしい。ゲームに喩えるなら──ウィザードリィや女神転生シリーズなんかにある、レベルドレインってやつだ。

それまでの人生経験を水泡に帰させ、更生を強制する、確かに死刑の一歩手前といえるその刑罰が──結果だけ見れば、ラスプーチナには下っているのだ。既に。

「見て分かる通り、ラスプーチナは間もなく死ぬ。キンジたちはそれを看取るつもりじゃ。ここは海王に恩を売るつもりで、ラスプーチナの身柄を返せ。妾も早く解放されたいから、寝返りにならぬ程度にはキンジに貢献したいのじゃ」

その説得に、テテティ・レテティの態度はかなり軟化している。

この流れなら、ちなを返してもらえそうだ──

と、俺が内心ホッとしかけた時。

今度は、この場に……ふわ……と、クチナシのニオイが漂ってきた。

それはアリアの方向から香ったのではない。加えて、アリアのよりもう少し大人っぽいイメージのあるクチナシのニオイだ。クチナシには何百もの種類があるからな。それでもこの香りの差し方は、アリアが現れる時とそっくりだ。だがそのアリアはここにいる。

（……？……）

混乱してアリアの方を見ると、アリアは驚いた目で俺の背後を見ている。

俺に全く気取られる事なく真後ろに現れた、その人物は──ちな、テテティ・レテティ、

リービアーザンを中心に回っていたここの空気を完全に無視して、

「アリアが言っていた通りだ。なるほど、君が遠山キンジか」

俺の真横に歩み出て、興味深げに顔を覗き込んできた。

どこかアリアと似たムードの、意志の強そうな、青金石色の瞳で。

最近仕立てたものらしい、武偵高の防弾セーラー服。大きすぎず小さすぎずの胸を張り、指貫きグローブの手を両腰にあて、翼の形のピアスをし、長いストレートの金髪を純白のカチューシャで留めた……美しく、崇高で気高い印象がする女だ。

ピシッとアイロンのかかったプリーツスカートからはグリップに瑪瑙のカメオが入った白銀と漆黒のガバメント――の現代化改装版・STIファルコンを盛大にガンチラさせ、白ブーツの長い足で仁王立ちしている。

頭のてっぺんから足下まで容貌が完璧に整っているというだけでなく、なんというか、カッコいい。腰に白鞘のロングソードを下げてるせいか、女騎士みたいな印象もする。

彼女はマンガやアニメのヒーローみたいに爽やかな笑顔を俺に向け、

「いや、紹介もなしに失礼した。あの男嫌いのアリアが男性をパートナーにしたと聞いて以来、ずっとどんな人物か気になっていてね。しかもその人物は私の先輩でもあると耳にしたものだから、つい好奇心を抑えられなかったよ。遠山キンジ。君は普段は平凡な男を装っている――との評判だが、それはきっとマチガイだな。君は普段、平凡なんだ。多分

ギアを切り替えるタイプだろう？」

男喋りで、俺のHSSについて言い当ててきた。人差し指で俺の顎をクイッと上げさせながら。

——不思議な、女だ。

現れただけでこの場のムードを初期化し、自分を中心にしてしまった。

まるでテレビのチャンネルが、この女の番組に切り替わったかのように。

アリアにも割とそういう側面があるが、この女はそれが顕著だ。まるでヒーローになるために生まれてきたような、生粋の主人公体質。

さながら脇役になってしまった俺たちが、ただ黙っていると……

「アンジェ……！　来ちゃったの!?」

口をわぐわぐさせていたアリアが、やっと声を上げる。赤紫色の目を丸く見開きながら。

「実際に会うのはウェールズに来てくれた時以来だね、アリア。やはり君は独唱曲でなくなって以降、顔つきが変わったようだ。変えられたのかな、そこの遠山キンジに」

この、あまりにもマイペースな金髪女は——アリアのロンドン武偵高時代の戦姉、

「アンジェ……アンジェリカか。あんたが」

イギリスの伯爵令嬢にして武偵、アンジェリカ・スターだろう。

何度かアリアからその名を聞いた事はあったが、姿を見るのは初めてだ。

アリアの言ってた『縁起物』っぽさは実物を見てもピンと来ないが、困った事に彼女もファッションモデルみたいな美人だ。とはいえ完璧な白人美女すぎて現実感が無いせいか、日本語が男喋りなせいか——ヒス性の危険はあまり感じないな。希(まれ)にいるヒスフリー女子なのかもしれない。

「あたしに二丁拳銃(ダブラ)を教えた拳銃の天才——アンジェリカ・スター。ＳＤＡランキングはイングランド1位。世界7位。通常は王家に仕えてるＲランク武偵よ」

この天才児(アリア)に天才と言わしめる、大天才の貴族様か。アンジェリカ・アリア・あかり・アマネで4代続いてる頭文字Ａ戦姉妹(イニシャルエーアミカ)の長女はダテじゃなさそうだな。

「そのエリートの中のエリート様が、なんのために東京にお出ましなんだ」

俺は、乱入者のアンジェリカに敵対的な行為をしないテティ・レテティ……というかアンジェリカからの指示を待つようなテティ・レテティの様子に不穏なものを感じつつ、そう尋ねる。

するとアンジェリカは、ぐいっ。大きすぎず小さすぎずの形のいい胸を堂々と張る。

自信満々というか、自信が服を着て立っているようなムードで。

「——全ては、正義のために(ALL FOR JUSTICE)！　今の私は女王陛下のお許しにより、イタリアのＲランク武偵と交換奉職を行っていてね。ローマを拠点とするＮＧＯ(非政府組織)に属し、世界各地で無法者と戦っているのだ。そしてそのＮＧＯの討伐リストの特級にカテゴライズされていたのが、竜の魔女・ラスプーチナ——」
……それで、ここへ来たってワケか。
「どうする、アンジェリカ。もうラスプーチナは罰せられていた」
「どうすればいい、アンジェリカ。ラスプーチナは放っておいても死ぬ」
ちなを抱えたままそう指示を仰ぐ、テティ・レティの態度を見るに——この双子は
アンジェリカと組んでラスプーチナを捕らえに来ていたのだ。当初は利害が一致したから
協力しただけかもしれないが、今やそこには指示をする・されるの関係があるようだ。
そこに、アンジェリカという人物の底知れぬ『力』が感じられる。
そもそもテティ・レティがラスプーチナの被害者であり、優秀な協力者になり得る
という事を知っていた情報力。伏見の庇護下にあった2人に関与して、連れ出してしまう
政治力。エンディミラの忠実な奴隷だったテティ・レティを今や自分の猟犬のように
従えている統率力。
聞いていた以上に優秀そうな、溢れる人間力を感じる女だぞ。ホームズ家・ワトソン家
より爵位も高いし、純粋な戦闘力も高そうだしな。
「ラスプーチナは100年以上に亘って、ヨーロッパ各地で現金および多くの貴重な古書
——重要文化財を盗んだ、重罪人だ。窃盗の際に持ち主に傷を負わせた事も数知れない。
それらの多くは時効になっているが、今なお国際指名手配されている案件も多い。彼女の

罪と罰がレクテイアの法や倫理でどう扱われようとも、こちらの世界ではラスプーチナはまだ裁かれていないのだ。その身柄は、私たちが預かろう」

長い金髪を美しく靡かせながら、俺たちの前を悠々と歩き――

アンジェリカは、ちなを抱えるテティ・レテティと俺との間に立った。

それからちなの髪を白い指で小さく掻き分け、ツノを露出させている。

「全ては、正義のために。私は正義の星の下に生まれ、生涯独身を貫き、正義と婚姻し、正義のために生き、正義のために死ぬ。そして――竜は人の天敵、生まれながらにしての悪なのだ。事実、ラスプーチナも盗みと暴力に生きた悪しき竜の魔女だった。邪悪な竜を狩るのは、千年以上も前からのイギリス貴族の責務でもある」

善悪二元論を語るアンジェリカの、ドラゴン・アレルギーは……

昔ラスプーチナを差別した、19世紀の人々と同じものだ。

レクテイアとのサード・エンゲージが起きかねない中、この欧米人の竜ギライの文化は早急に改めさせるべきだろう。

「それは非科学的だぞアンジェリカ。人が悪事を働く事は確かにあるが、生まれながらの悪人なんかいない。生まれが違法な人間なんかいないんだ。なのに人を生まれや見た目で疑って爪弾きにしてたら、そいつは善悪の基準も教わる事ができず育ってしまいかねない。そういった差別から悪が生じないよう、どの子供も大切にして、できる限り正しく育ててやるのが――貴族も平民も関係無い、俺たち上の世代の責務ってやつじゃないのか？」

ちなを拾ってから気付いたそれを、俺はアンジェリカに語る。

アンジェリカはテテティ・レテティに指示を出せる関係にあるようなので、彼女を説得できれば――ちなを、事を荒立てずに取り返せるかもしれないからだ。

その思いはアリアにも以心伝心したらしく、

「アンジェリカ。ラスプーチナは小さな子供になってしまっている上、重い病気なのよ。刑事責任能力は無いと見なすべきだし、そうでなくても受刑で健康や生命を保てない虞があるなら刑執行を停止するのが国際常識だわ」

と、アンジェリカを説得しにかかるが――

「それは司法の話だよ、アリア。罪人は若返っていようと病に倒れていようと逮捕・送致するのが武偵の法条なのだ」

アンジェリカは、頑なだ。

「法を持ち出すなら――一罪一逮捕が刑事手続の原則だぞ。ラスプーチナは日本の武偵の俺がエジプトで既に逮捕した。それをイギリスだろうとイタリアだろうと、他国の武偵が重複逮捕はできない。さっきのあんたの見解にも真っ向から異議を唱えさせてもらうが、リービアーザンやテテティ・レテティに言わせりゃラスプーチナはもうレクテイアの法に基づいた刑罰も受けた後だ。それを再び起訴するのは一事不再理の原則にも反する行為だ。

ちなをあくまで逮捕・起訴するというなら、アンジェリカ——俺があんたを取り締まる」

こう見えても武装検事のタマゴ……になる前のカルシウムぐらいの俺が、法を盾にして立ち向かうと——

ちなに触れていたアンジェリカは、我が意を得たりという顔で高笑いする。

「あはは！　私を取り締まると言ったか！　正義の味方を、正義の味方が取り締まる——熱い展開じゃないか、それは。君は正義のために、正義に立ち向かうというんだね」

「正義のため……かどうかは分からんが、義のためにならな。義ってのは俺に言わせりゃお人よし——イジメられてる女子供や弱者を見るとつい助けちまうお人よし、そのせいで代々損ばかりしてるお節介焼きさ。甚だ残念ながら俺はそういう家に生まれちまっててな。あんたが何と言おうと、今回は病気の子供の側に立たせてもらうぜ」

できればアリア以上の拳銃モンスターなんかとは戦いたくないが、交渉上の脅しとして俺が強襲逮捕をチラつかせると——俺の戦う姿を見た事のあるテティ・レテティが少し怯む。

だがアンジェリカは、むしろ胸を張った。

そして、しゃらり、しゃらり。純金色に耀くロングヘアを左右に揺らして、首を振る。

「罪人が女子供や弱者であろうと、情状を酌量するのは陪審員や裁判官の仕事だ。正義に私情は無い。あってはならないのだ。ラスプーチナが超常の力で無垢な少女になっていたとしても、それが超常の力で元の邪悪な魔女に戻らない保証がどこにある？　彼女が再び私利私欲のために罪を犯して回ったなら、その責任を君はどう取る？　正義には犯罪者の逮捕と同じほど、犯罪を未然に防ぐ事が求められるんだ」

――相容れない、って事みたいだな。

「アリア。このような独善の男は、優秀な君のパートナーにふさわしくない。君は改めて私と一緒に、世界の犯罪者を捕らえるべきだ。実は今回の私の訪日は、君を呼び戻すためでもあるんだよ」

そんな事を付け加えたアンジェリカの後ろでは、テテティ・レテティが再びちなを強く抱え直している。２人は俺に屈せず、改めてアンジェリカに付いたって事だ。

――悔しいが、テテティ・レテティが向こうについたのは何となく理解できる。

アンジェリカには迷いがない。まっすぐで、純真なのだ。

そしてその人間性にはどこか、一途すぎるがゆえの欠落も感じる。頼りになると同時に、誰か他人が一緒にいてやらなければいけないムードもある人物だ。

そういう人間に、人は惹かれる。

一言で言うと、魅力的なんだ。アンジェリカは。一緒にいて、一緒に生きてみたくなるカリスマ性、リーダーの気風がある。

その上――生きた美術品みたいな、とびっきりの美女だしな。

「主よ、前途ある少年を撃たねばならない私を赦し給え」

アンジェリカは右手指で額・胸・右肩・左肩と十字を描いてから――

右、左。

漆黒と白銀の、STIファルコンを抜いた。

「遠山キンジ君。拳銃を抜いたからには、私には警告の義務があってね。UKの武偵には
職務上の殺人が許可されている」

いつだったか、ワトソンにも言われたな。それ。

一拍遅れて、「ああもう」と眉を寄せたアリアも漆黒と白銀のガバメント・クローンを
抜く。こっちはそれほど信心深くないせいか、お祈りはナシでだが。

「あんたも抜いて、キンジ。もうこれケンカだから。武偵同士が闘るとき拳銃が出るのは
万国共通でしょ」

「改めて本気で武偵辞めたくなってきたよ。おいアンジェリカ。もう難しい事は言わない。

俺の要求は一つだけだ。ちなを返せ」

やむなく、ベレッタを抜いた俺に――

「取り返してみるがいい」

アンジェリカは青金石色の瞳に強い光を宿らせて、冷笑を返してくる。カッコイイな、
チクショウ。

こっちは、俺、アリア、リービアーザン。

向こうは、アンジェリカ、テテティ・レテティ。人質に、ちな。

この戦いは人数が中途半端に多く、状況が単純ではない。

俺がどう動けば、誰がどう動くか。その盤面の最善手を考えるんだ。

ちなを取り返したいからと直情的にテテティ・レテティを攻めるのは、最悪手。それは俺よりSDAランクの高いアンジェリカに背を見せる事になる、最も危険な選択だろう。

テテティ・レテティは現リーダーのアンジェリカからの命令がない限り、ちなに危害を加えはしないハズだ。ただ念のため、レクテイアでは大物らしいリービアーザンを使って睨みを利かせてはおきたい。

となると、戦えるのは俺とアリア。この黄金コンビとも凸凹コンビともいえる2人で、アンジェリカにテテティ・レテティへの『ラスプーチナを解放しろ』という命令の発出を強いるんだ。

俺の思考速度には今、勢いがある。ちなを人質に取られて、家長のヒステリアモードが発動しつつあるんだろう。

とはいえ今の大脳の状態は、ストレートな性的興奮によるヒステリア・ノルマーレほど良くはない。万全と呼ぶには程遠い状態だ。

（アリアの加勢があるとはいえ、この中途半端な状態で世界7位を倒せるのか……？）

アンジェリカ・スターは――

さすがアリアの戦姉だけあって、その立ち姿からして強そうだ。

自然体のように見えて、隙が全く無い。

いくら脳内でシミュレートしても、勝ち筋が見えてこない。

それでもやるしかないこういう時は、使い慣れた手で取っかかりを作ろう。

「おいリービアーザン。お前は、レクテイアの可愛い双子ちゃんと仲良くしてやってくれ。こっちの世界――お前たちはテラって呼んでるのか？　まあ、テラはテラ同士でよろしくやるさ。ところで、さすがはアリアの戦姉だなアンジェリカ。マヌケな芸風がソックリだ。大見得切って現れたのに、抜いた拳銃がどっちも安全装置が掛かったままとはな」

俺が笑ってみせると、アンジェリカは――

「何？」

アンビ化した拳銃のセーフティを見てしまっている。２丁ともに、目の前に寄せて。

なんて素直でバカ正直な女なんだ。こんな簡単な引っかけに掛かってくれるとは。

――ダンッッッ――！

俺は秋草でアンジェリカめがけて飛び出し、今の俺の常套手段で何度も騙された経験を持つアリアも間髪入れず後に続いてくれた。

俺は見せたベレッタではなく、高火力のデザート・イーグルを不可視の銃弾気味に――

ドドドドドッ！！！　と発砲する。防弾セーラー服が相手なので、遠慮ナシの固め撃ちで。
とはいえアンジェリカは当然こんな小技で仕留められる相手であるはずもなく、８連射した.50AE弾はバチバチバチバチッ！　と音を上げて左右に散らされた。防弾セーラー服のブラウスからオートで滑り出た、鋭い二等辺三角形みたいな形をした白いドローンによって。

（——先端科学兵装(ノイエ・エンジエ)か）

アンジェリカが軽くバックステップしながらドローンを掴(つか)むと、それは、シャラララッ。金属音と共に扇形に広がり——さらに広がり——正十二角形の丸盾になった。ドローンの盾だ。形状はアメンホテプの昊盾(そらたて)に近く、機能的には磁気推進繊盾(P・ファイバー)に近い。

光の帯のような金髪を靡(なび)かせてさらに下がるアンジェリカは、シャンッ！

美しい音を立てて、ロングソードを抜いた。剣と盾が揃(そろ)った。その出(い)で立(た)ち、風格は、まさに21世紀に甦(よみがえ)った女騎士(ナイテス)だ。更に剣の鍔(つば)と盾の裏にはＳＴＩファルコンを付けられるパーツがあり、それによってアンジェリカは剣・盾・銃・銃の４つを同時に展開している状態になっている。

公園から車道に出たアンジェリカは、タンッ、タタンッ。空中を二段、三段と踏んで、車両用信号機の上にフワリと立つ。見れば彼女の周囲に、長さ25㎝ほどの羽根の形をした白銀のドローンがキラキラと数枚舞っている。アンジェリカはそれらにブーツのつま先を掛けて、空中を歩む事ができているのだ。

高い青空を背にしたアンジェリカのその姿はあまりに美しく、神聖なものを感じさせ、

（——天使——）

ローマのサンタンジェロ城の頂で剣を掲げる、ペストを退けた大天使ミカエルの像——その姿を俺に思い起こさせる。それに立ち向かう自分が、正しい者に抗う悪であるような気分にさせられる。

だがそんな弱気を叱るように、ココゴゴゴッッ——！　という高音のスクラムジェットエンジンの噴射音が俺の背後で轟く。アリアのYHSだ。

俺が振り返るより早く頭上を追い抜いていったアリアが、アンジェリカめがけて飛ぶ。ドローンによる防弾圏を肉弾で突破し、ゼロ距離から.45ACP弾の連べ打ちを叩き込むつもりだ。

戦姉にも情け容赦を一切しないアリアを愛おしむように、アンジェリカは薔薇色の唇で微笑み——タンッ！　信号機を蹴り、車道上の空中を駆け上がっていく。複合商業施設・デックス台場の上へ。だがそこに降りるつもりは無いらしく、アンジェリカはその先へと空を跳んでいく。決して俺たちに背は見せず、バックステップのまま、天使の輪のような純白のカチューシャを太陽に輝かせながら。

赤い防弾スカートから噴射炎をブーストさせて、空中のアリアがそれを追う。俺だけが

地面を這いつくばるアリのように地上を走り、デックス台場の脇の歩車道を駆けていく。

空を翔けるアンジェリカとアリアは、高架線路に差し掛かり——ちょうど走行してきたゆりかもめを回避する。銀の剣と盾を燦めかせるアンジェリカはそのまま、上へ、上へ。アリアは高架下を抜け、白い噴射煙で空を縫うように再上昇した。まるで段違い平行棒をしながら追いかけ合っているみたいだ。

それにしても、なんてイカレた戦姉妹だ。再会して5分でこれとはな。あれに比べたら俺と風魔なんか実に平凡で健全な戦兄妹関係だったよ。

だが、どうあれ俺とアリアは今——形としては、アンジェリカを押せているぞ。元・現Sランクの2人で、Rランク武偵を。最初の俺のＤＥの斉射は防弾されたが、その勢いにアリアが乗ってアンジェリカをちなから遠ざける事に成功している。

ゆりかもめの先に聳える台場のランドマーク・フジテレビ本社ビルが、アンジェリカの後ろの空を圧迫し——肉迫しかけたアリアに、バババババッ！　バババババッ！

アンジェリカが、剣と盾に据えたSTIファルコンを発砲してアリアを下へ退かせた。

フルオート。改造銃。それも連射速度は俺のベレッタ・キンジモデルやDE改、アリアのガバメント・クローンより速い。弾数も多い。だが、ロングマガジンではない。半透明のチューブ・マガジンが袖からファルコンに繋がっている。俺のカッターマガジンと似た、いや、給弾ベルトが露出していない分もう1世代先進的な機構だ。

アリアより無遠慮なアンジェリカの発砲音で、フジテレビ前で行われているイベントに集まっていた人々がパニック状態で逃げ始める。車両もハザードを焚いて路肩に停まり、道には人々が津波のように駆けてくる。俺はそれを掻き分けて逆走するのに一苦労だよ。ファルコンからの薬莢が金色の雪のように降る下で、俺は地上から、アリアは空中から、バババババッッ！　バリバリバリバリッッ！　と、縦の十字射撃で反撃する。

俺たちの銃火に炙られながら、アンジェリカは白銀の羽根の空中階段を上へ、上へ——軽やかに翔けていく。それをアリアが追う。今、それぞれ、フジテレビ本社ビルの15階・10階の高度だ。

俺もビルの1階に到達し、外壁のチューブエスカレーターを駆け上がる。上空で再び、戦闘機のようなアリアの斉射。それを、ひらり。アンジェリカが長い金髪を螺旋のように靡かせてターンしつつ躱す。命中しそうだった弾は羽根や盾のドローンが弾き、逸らした。アンジェリカからの応射は大味で、アリアに当たっていない。エスカレーターから7階のテラスに飛び出た俺の出足を目ざとくジャマした着弾も同様だ。

——ファルコンの弾はアリアには空中で遠回りを強い、俺の移動するペースを操作している。アンジェリカは退きながら、アリアと俺の動きをコントロールしているんだ。

天翔ける戦姉妹の周囲に、キラキラと薬莢が舞う。その直下で俺は、巨大な柱を縦横に錯綜させた構造をしているこのビルの上層に繊維弾を放ち、某クモ男っぽく灰色の壁面を駆け上がり始める。

　８階、９階、10階と上がるにつれ、ゆりかもめ、レインボーブリッジ、国際展示場と、見える湾岸の景色が広がっていく。アンジェリカの姿は角度的に見えなくなったが、屋上付近を飛ぶアリアの視線や銃口の向きから見て……ビルの最上層にある直径32ｍの大球体、展望室の上に降り立ったようだ。

　２発、３発と繊維弾を消費しながら、俺は大球体の上半球——地球で言えば赤道の少し北の辺りに到達する。そしてさらに天辺、アンジェリカの待つ北極点へと繊維弾を放った。

　俺の少し上にはアリアも着地したんだが、つるるっ、ずるるるっ。球面のチタン合金をコケて滑ってきて、むにゅ！　上を向く俺の顔に座るみたいにぶつかってきた。

「——きゃっ！」

「——っ……！」

　男子的には『女子に顔面に座られる』というのはラッキーと言うべきシチュエーションなんだろうけど、高さ１００ｍ超から転落しかねない今はその限りではない。俺は衝突で自分が転落しないように繊維弾の複相アラミド繊維にしがみつくので精いっぱいだった。

　もう燃料が少ないのか、ＹＨＳを切っていたアリアは——俺の顔にバウンドして、赤くなりながらスカートを押さえ、

「〰〰〰〰〰〰風穴ぁ！　なんでそんなとこで顔向けて待ち構えてたのよこのド変態！」

いやこれは偶然で、不可抗力——と自己弁護するヒマも与えてくれず、大球体を滑り台みたいに滑り落ちていった。そしてYHSの燃料を節約している感じで、遥か眼下の7階テラスに軟着陸していく。

アリアの射線から逃げるためにも、俺は大球体を急いで登攀し——アリアに燃料を消費させ、ここへ俺だけが上がってくるように状況を操作していたアンジェリカと再会する。

球体の天辺に仁王立ちし、一剣一銃に武装を切り替え、長い金髪を海風に靡かせる——引き締まったスポーティーなボディラインが眩しい、アンジェリカ・スターに——

「……さすがイギリス人はジェントルだな。準備体操の時間をくれるとは」

ここまで来るまでにかなり体力を消耗させられた俺は、文句がわりの皮肉を言う。

——ヒステリアモードの血流は、今のアリアとの接触のおかげで十分だ。

だが、ここは足下が球面。しかも防錆のため滑らかなチタンで造られており、反射光も目障りだし、かなり滑る。俺も戦闘経験は豊富な方だが、こんな場所で戦った事は無いね。

オフィスタワーとメディアタワー——大球体を挟む左右の建物の窓からは、タレントやスタッフたち、社員や観覧客たちがこっちを見てる。一斉に携帯やらビデオカメラやらを向けられるのは、居心地が悪いもんだな。

アリアと昔を偲んで遊んだ後は、俺と2人きりになりたかったらしいアンジェリカが、

「キンジ。君は、コンザ・トオヤマ氏の息子だとか。さっき私を撃ったIMIデザート・

イーグルは彼の銃かな」

と、そんな事を尋ねてくる。

「ああ、そうだよ」

「冷戦終了直後、コンザ氏は私の父・スター伯爵とダブリンで協力して戦った事がある。旧東ドイツのスパイの残党が幼い少女を人質に取る事件があってね。父の助力を得ながら危機一髪で少女を救ったのが、コンザ・トオヤマ氏だ。その英雄譚を私は新聞で読んだよ。君が今手にしているデザート・イーグルは、コンザ氏がその少女を救った伝説の銃というわけだ。実物を見る事ができて、光栄だ」

「武器の話をするなら、俺も一つ確認をさせてもらいたい事があるんだが。アンジェリカ、そのファルコンの魔改造と給弾システムは……ベレッタ＝ベレッタの仕事じゃないか？だとすると、あんたが所属してるローマのNGOってのは——」

「その通り。私は正義のために戦うジュスト1号だよ、先輩——ジュスト0号」

やっぱり……アンジェリカはベレッタ＝ベレッタが創立した組織『ジュスト』に入っていたんだな。

ジュストは、無報酬で正義のヒーローを世界に派遣する組織。

その理念からして聞くだに運営が難しそうだったが、もう動かしてたんだな。さすがの行動力と経営力だよ、ベレッタ。

「今ジュスト2号はドバイで暴走ロボット兵器と、3号はベルリンでエスパーの女怪人と戦っているそうだ。そんな中、1号の私が東京で悪に染まった0号と戦う事になるとはね。しかし、これこそベレッタ長官好みの展開かもしれない」

ロングソードを上段に掲げ、ファルコンを下段に構えたアンジェリカの姿は、アリアが小太刀とガバメントを一剣一銃で扱う時の構えに似ている。

俺もまた、ベレッタとDEを、いつしか少なからずアリアの影響を受けてしまっている構えで抜く。

ちなを守るこの戦いは、同時にアリアを巡る——元カノと今カレの私闘、という構図も透けて見えるな。この絵面。

「ああ、ベレッタは日本のアニメみたいな組織を目指してたからな。じゃあアンジェリカ、あんたが主人公なら——今オープニング曲のアレンジ版が聞こえてきてるんじゃないか？　俺と戦う以上、これがあんたの最終回になるんだしな」

「いいや、毎話おなじみの戦闘テーマが聞こえているよ。君はどうやらラスボスではないらしい」

長官にアニメへの造詣を深くされたのか、そう返してきたアンジェリカの周囲から——パシュパシュパシュッ！　それこそアニメで描かれるような蛍光ブルーの光が俺に飛ぶ。羽根形のドローンが撃ってきたのだ。あれはアンジェリカの踏み台や盾であるだけでなく、武器でもあるのか。

　回り込むように躱すと、ビームは大球体のチタンの外装に跳ねて深い傷を付けている。

ビームと言っても1m程度の有限の長さがある時点でそれは光線ではなく、LOOが装備していたような陽電子兵器・イオン兵器、あるいはかなめの科学剣の一つにあったようなプラズマ兵器の小型版だろう。どれなのかはベレッタに電話して聞いてみるかな？

ともあれ飛来する速度は光速に及ばないし、羽根は俺を指すような特定の向きで撃ってくるので、ヒステリアモードの俺には躱せる。

　しかし躱せるからといって躱していたら、俺の立ち位置は後退していき――気付けば、球面上での角度が厳しくなっている。これも、誘導されているんだ。転落するようにと。

アンジェリカには自分が有利な場所を取り、敵を不利な地形へ追い込む戦術パターンがあるんだな。そんなところも優秀だ。

「ベレッタ長官の新作・アルコ弾を見せてあげよう、0号！」

　1号ことアンジェリカは俺を追ってきて、ババババッ！　と、俺に向けた銃口で空中に小さな円を描きながら連射してきた。

　これも俺は銃口を見て直線の弾道を予測してあったので、弾幕の合間を抜けようと走る。

だが――弾がどれも、まっすぐ飛んでこない。上下左右へバラバラとカーブした。野球の変化球のように。

（……ッ――！）

予想と全く違う軌道を描いて飛来した弾を――ドドドゴッ！　と、防弾制服越しに３発被弾して（もらって）しまった。腹、胸、肩。クッソ痛いぞ。

ヒヤッとするほど頭スレスレを飛んだ弾もあり、それがヒステリアモードの動体視力で見えて――分かった。弾頭に出来損ないのミニエー弾みたいなナナメの彫り込みがある。これは俺がローマの闘技場（コロッセオ）でライオン頭のグランデュカに使った弧弾（アーク）。アルコ弾はそれを製品化したものだ。ベレッタはあの場で、あの技を目撃してたもんな。あいつめ、特許料（パテント）払えっての。

「正義に嫁いだ私には男女の事は分からないが、君は長官と懇意だったとか。だからって、何発ももらわなくてもよかったのではないか？　未熟な０号、テスト版のヒーローよ」

イギリス人は皮肉好きだというが、アンジェリカもその例に漏れないらしいね。

とうとう球面から転落して繊維弾（アンカー）でメディアタワー側へ逃れようとする俺を、大球体の窓から女子アナがレポートしてる。ヒス俺がそっちを見てついウインクした瞬間を逃さず、アンジェリカのスカートから――バラバラバラッ――ニンジンみたいな大きさと形をした誘導弾（ミサイル）が白いブーツの脇に投下された。数は６弾。それが次々と小型ブースターに点火し、白煙の尾を曳（ひ）きながら大球体とメディアタワーの間を飛翔（ひしょう）してくる。俺めがけて。

「――ミッシレ・アラ・カロータ！」

英語だとキャロット・ミサイルか。まんまだな。あと技名を高らかに叫ぶのはいいけど、剣でビシッと俺を指すのって意味ある？　カッコイイからやってるだけじゃない？　そのニンジン・ミサイルは人体熱源検知式に調律されたパッシブ方式で、セミアクティブ誘導でもなさそうなのにさ。

投下時の向きがランダムだったジェット・ニンジンは、各々てんで異なるコースで俺に殺到してくる。速いッ――それぞれのペースで燃料を消費し、自重を減らして急加速するマイクロ・ミサイルが――パパパパパッ――！　コンマ秒ずつの時間差で音速に至り、角度のバラバラな円錐水蒸気を6つ空中に生じさせた。俺の上下左右を取り囲む、天使の輪のように。

キャロット・ミサイルの精密なホーミング性から考えて、この場に留まっての全回避は困難だろう。上下左右前後、どれか1つに活路を求めるんだ。

アンジェリカと高さを揃え直すために上を目指せば俺は失速し、全弾に食らいつかれるだろう。前後左右に逃げても向こうは超音速。スピードが足りず、何発かもらう事になる。

残る道は、

（――下――！）

俺は直下めがけて繊維弾を発砲し、ビシッ――！　前進弾子を7階のテラスに接着して、滞空弾子を左手の全力桜花で手繰り寄せる。

真下へ自らを引っ張る力に地球重力の力が加わり、俺があの状況から取り得た最高速を生じさせる。

亜音速で落ちる俺と、ナナメ下から超音速で肉迫した１基のミサイルが——マッハ２で擦れ違う瞬間、俺の右手が空手の回し受けの動きでミサイルを受け流す。衝撃を検知したミサイルがコンマ１秒後に信管に通電し、炸薬の燃焼が始まる。

しかしその間に、俺とミサイルは互いの速度で十分離れており——

——ドッ——ドドドドドッ！！！

俺の上空でその１つめのキャロット・ミサイルが爆発し、その爆炎に飛び込んだ残りの５発も連鎖的に爆発する。

滑らかな外観とコンパクトなサイズから、それが破片爆弾ではなく爆風爆弾である事は想定できていた。吹き下ろす熱風を背中に受けながら、俺は超音速に至りつつある自分を減速させるため——滞空弾子を離し、落下しながら既に放っていた繊維弾でフジテレビのメディアタワー壁面へと逃れる。

俺はメディアタワー・ビルの上から垂れていた窓ガラス拭きのゴンドラに軟着陸し、

「——ちょっと、お邪魔します。ちなみにこの窓、ここ、何階ですかね」

「——ひいっ……！　じゅ、13階です……殺さないで殺さないで……！」

ゴンドラの中で頭を抱えてしゃがんでいた窓ガラス拭きのお姉さんと、そんな和やかなトークを楽しんだ。

――タッ、タッ、タッ。空中の見えない崖を駆け降りる羚羊（カモシカ）のように、アンジェリカが臙脂（えんじ）のプリーツスカートを翻して大球体からこっちへやってきた。

いつしか数十枚飛んでいた羽根形のドローンは一部が集まって、アンジェリカの背後で翼の形となり左右に展開している。白銀の剣と盾を携えたアンジェリカは、まるで正義を司（つかさど）る天使が実像を持ち、俺（おれ）を討伐しに来たかのようだ。

俺は一応、腰を抜かして座り込んでるお姉さんを守る位置――ゴンドラのフチに立ち、光影（コウエイ）を抜く。銃は一旦ナシだ。あのドローンの盾が展開している間は、拳銃は有効な武器たり得ない。それで空いた左手は刀の峰に添えながら開手に構え、組み技に備える。

「キンジ。君は未熟とはいえ、タフな悪あがきはできるようだね。いや、それでいいんだ。いかに刃向かわれようとも、私はいじめは嫌いだから」

「嫌いで当然だろうね。今からアンジェリカは泣くまで俺にいじめられるんだから」

ドローンの翼をグライダーのようにして飛びかかってきたアンジェリカは、バッッッ！

俺の中心・中央めがけて、まっすぐ剣先を突き出してくる。それは大雑把（おおざっぱ）なようで、剣の最も正しい扱い方の一つだ。日本刀が肉体を撫（な）で斬る刃物なのに対して、西洋剣は人体を殴り折る、あるいは突き倒す金棒（かなぼう）に近い武器だからな。

レーザーみたいな突きを光影で払い、火花を散らせながら切っ先を逸（そ）らさせる。開いた左手でアンジェリカの胸ぐらを掴みながら、揉み合うようになってゴンドラから離れる。

同時に、アンジェリカのスカートベルトに最初からチラ見えしていたワイヤーアンカーのカラビナに俺のワイヤーを接続してやった。

アンジェリカの羽根はそれぞれ一瞬ずつアンジェリカの踏み台になれてはいたものの、空中に立たせたり乗せて飛行させたりはできていなかった。つまり踏んで体重がかかった瞬間だけブーストして支えるのが精一杯のシロモノで、2人分の重さを空中に浮かせる事なんか到底できないハズだ。

となると俺が落ちる以上、アンジェリカは一緒に落ちるしかない。ワイヤーアンカーは今封じたから、ビルに飛びつくこともできないだろう。飛べる相手でも逃がしはしないぞ。ランドマークタワーで理子を逃がしたのの二の舞は演じるもんか――

「……ッ……！」

アンジェリカはフジテレビの7階テラスに転落しないようドローンの翼を広げ、減速のため羽根のドローンを呼び寄せ、盾さえも折り畳んでドローンに戻したが、俺との降下を止められない。やっぱりアンジェリカのドローンは彼女1人の動きを拡張するだけの物で、2人分の重さには耐えられないんだ。

美しく空を翔けるアンジェリカ様に敵が見苦しくしがみついてる光景なんか、設計者は想定しなかったんだろうな。アニメの見すぎだぜ、ベレッタ＝ベレッタ。

「……くっ……！」

上昇気流を捕らえようとしたか、呻くアンジェリカは翼を捻ってフジテレビの社屋からデックス台場方面へフラフラ滑空し始めた。アンジェリカのクチナシの香りを感じながら——俺はその白い翼に光影でザックリと切れ目を入れるが、それは小さな羽根ドローンの集合体なのであまり意味はない。

そのままデックスの屋上も飛び越えた、俺とアンジェリカは……

再びお台場海浜公園へと戻りつつ、地上へ転落していく。

この『道連れ投げ』は武偵高じゃ教室でケンカになった時に弱い方がよくやるものだし、俺はこのアンジェリカの戦妹ちゃんに何度も学校の窓から投げ捨てられてるんでね。高所から転落する事には慣れてる。

だがアンジェリカも落っこち慣れてるクチらしく、だだだんっ、と、盾・左翼・右翼・剣・右足・左足と、6点をアスファルトの歩道に次々当てて転がりながら、華麗に衝撃を分散させ——最後はクルリと立ち上がり、シャンッ！　と、剣をカッコよく払ってみせた。一目で分かる。無傷だ。

俺は、ドタドタドタッ。着地の少し前にアンジェリカからカラビナを外し、芝生のある辺りに転がり落ちた。武偵高で習った5点着地で降りたつもりだったが、大きな横向きのベクトルを殺しきれず……さらにゴロゴロ転がり、がつんっ、と、何か壁のようなものに後頭部をぶつけてしまう。

フラフラ立ち上がった俺が、ぶつかった物を振り返ると——

それは高さ17・4mの、自由の女神像。その台座だ。

本場ニューヨークの自由の女神は海を向いているが、ここのレプリカは陸を向いているので、俺とは向きが揃っているな。なんとなく、味方してもらえてる気分だよ。

「——キンジ！　アンジェ！」

俺とアンジェリカが落ちてきたのが見えたらしく、アリアもYHSで加速しながら駆けつけて——

「これが有名な日本人のおもてなしか。準備体操の時間をくれるとはね」

アンジェリカが、俺とアリアを涼しい顔で見回す。

（……強い……）

少し手合わせをしてみて、俺には分かった。

——アンジェリカは、強い。俺じゃ勝てない。

アリアの警告もあったから、俺はヒステリアモード全開で戦ったんだが……入ったのは今の投げ技一つぐらいのものだ。それも受け身を取られ、ダメージはほとんど通ってない。

カードゲームに喩えるならデッキの中身を見られてしまい、こっちの実力はこの程度だとバレてしまった状況だ。

対するアンジェリカは、自分の底を見せていない。自分の能力とは関係のない、玩具のようなドローンとミサイルを使ってみせただけだ。

「アリア、キンジ。君たちが何と言おうと、ラスプーチナは裁かれねばならないのだよ。私に勝てない以上、裁きを止める力も君たちにはない。諦めたまえ」

それこそ準備体操を終えたぐらいの表情で繰り言した、アンジェリカに――

――勝てなくても。

勝てなくても、勝てなくたって。

とにかくいっぺん、全力を、本気を出させてやる。

そうしなきゃアンジェリカは、ずっと上から目線の頭ごなし。ＳＤＡランクも遥か下の俺の言う事なんか、マトモに取り合ってもくれないだろう。

――こっちには、まだ見せてないカードがある。

まず、俺とアリアはいくら戦力を見抜かれようと、２人が揃えばその合計値よりずっと強くなる事がある。１＋１が２を超えるコンビだ。

では、それはいつ超えるのか。

超えるべき時に、超えるんだ。

俺とアリアは、そういう2人なんだ。

そしてその超えるべき時とは、今だ――！

それと、俺には……

追い詰められると、場から新技のカードを引ける特殊能力があるんだよ。

「――『鏡拳』――」

――自己ガ貳人居ル物ト強ク心理ニ念ジル事――

――意識観念ヲ貳ツ同時ニ持チ各々別個且同時ニ思考スル事――

集中しろ。集中しろ。集中を高めるんだ。どこまでも高めるんだ。

(自分の中の自分を、2人にするんだ……！)

俺は刀と銃を収め、掌を下に向けた両開手をヘソ下の丹田に寄せ、心を操作する。

俺が俺に力を貸し、俺と俺が力を合わせるようにと。

「……キンジ……」

アリアは俺の並々ならざるコンセントレーションに気付いて、鏡拳を知らないままに、

しかしそれの成功するタイミングを計ってくれている。

鏡拳が出来るか否かは今の今まで俺にも分からなかったが……おかげで、出来ると確信できた。アリアが『出来る』と直感で判断してるのが俺に伝わってきたからだ。

鏡拳の成否を自ら疑う心が消えた瞬間――スッ――と……

俺の左右の手が、静かに持ち上がっていく。体の中心・中央の高さまで。

「アンジェリカ。もし仮に、あんたの言う通りで――ちなが裁かれなきゃいけなかったと

してもだ。俺はこの件、絶対に譲らん。裁きからも守るぞ。ちなは、うちの子だからだ」

俺の2本の腕には今、全く同じ位置にもう2本の腕が重なっている感覚がある。それが広がり、胴や両脚が、頭までもが2重になっていく。

出来た。出来たぞ。

（これが、鏡拳――）

常人の30倍だったヒステリアモードの能力値が、その2倍の60倍にまで引き上げられた。

だがまだ不慣れなので、不安定だ。鏡拳2倍の状態を保ったまま、大きく動き回る事はできないだろう。

こいつは凄いチート技だな。

でも、構わない。大丈夫だ。

仮想デュアルコアCPUになったような30倍+30倍ヒステリアモードの頭脳で、数手先までの未来が読める――俺が動かなくても、きっとアンジェリカは仕掛けてくる。それを迎え撃つんだ。俺の戦い方は、元々カウンターが主体だしな。

「……っ……」

俺の変貌に気付いたアンジェリカが、顔色を変え――しかし薔薇色の唇を固く結び直し、小指から順に、ゆっくり……固く、ロングソードを握り直している。

読み通り、その戦術傾向は寄り過ぎなほどの攻撃寄り。なんたってアリアの戦姉だしな。

攻めて、攻めて、攻める女。それがアンジェリカなんだ。

アンジェリカは、パァッ！　翼のようだった白い羽根のドローンを散り散りに散開させ、銃を収め、振り払うように盾も捨て、

「――『四歩必殺（デルタ・モータル）』――」


身一つ、剣一つで、構えた。

引き絞る矢のように剣を構え、空の左手はまっすぐ前に伸ばしてバランスを取り、背を伸ばす。それは古代ギリシャのモザイク画に描かれた擲槍兵（ジャベリナ）と同じ、直線的な攻撃を行う最古にして至高の構えだ。


なんて真っ直（まっす）ぐで、美しい姿だろうか。

その剣が自分に向けて引き絞られている事も忘れて、見とれてしまいそうになる。

その青金石（アズール）色の瞳の虹彩（こうさい）がキュッ――と狭まり、瞳孔が絞られるのが見えた。凛々（りり）しい目つきが据わったものとなり、極めて高い集中を行っている眼差（まなざ）しになっていく。


2倍の俺を相手に、ようやく本気になってくれたな。そしてここで攻撃のアクションを選ぶという事は、2倍の俺にも負けないと思ってるって事だ。ナメやがって――と思うと同時に、その見立ては俺も同じ。いま高まった存在感から察して、アンジェリカは本気を出せば60倍ヒステリアモードの俺と同等の戦闘力を発揮できそうなのだ。膝が震える思いだよ。どうして神様はこんなバケモノを地上に遣わしたかね。

――だが今は、こっちにも神がついている。なあ、台場の自由の女神よ。

あんたは海を向いて灯火を翳し、世界各地の差別や貧困から逃れて自由の国アメリカへ来る人々を迎える女神だった。それが分祀された日本ではなぜか海に背を向けて立たされ、国の中に灯火を向けさせられてる。解釈違いも甚だしい。あんたも腹が立ってるだろうよ。

でも、あんたが顔を向けてくれているこの国の中にもいるんだ。様々な事情で、差別や貧困に打ちひしがれた人生を送った人は。その1人がラスプーチナだ。

アンジェリカに言わせりゃ、それは違うって事なのかもしれないが……ラスプーチナはスエズの浜で記憶や能力のほとんど全てを消された。それはこっちの世界には無いものの、レクティアでは死刑の次に重い刑と言われている極めて重い罰だ。

そのような報いを受けた者が次に為すべき事は、今度こそ正しく生き直す事だ。永遠に復讐者に身を差し出し、罰せられ続ける事じゃない。

ちなになったラスプーチナは、この自由の女神の照らす町でひっそりと、その第一歩を踏み出したところだった。不幸にも病に倒れ、その命の火は消えかかっているが――再び捕らわれ罰されるために、その残りの人生を使わせはしないぞ。

だから、守ってくれ。自由の女神よ。

照らしてくれ、その自由のトーチで。

あの小さな俺の子を、俺たちの子を、自由なままでいさせてやってくれ。

それがあとほんの数時間、数分だったとしても……！

――――バツンッッッッッッッ――――！

アスファルトの地面を砕き、アンジェリカがこっちへ飛び出す。放たれた矢のように。

その瞬間に分かった。

分かって、驚愕（きょうがく）させられた。

今のアンジェリカの強さは――

さっきまでのアンジェリカの、ピッタリ2倍になっている！

（――あれは、『鏡拳（キョウケン）』……!?）

間違いない。鏡拳と同じメカニズムの乗能力（マルチレイズ）だ！

アンジェリカは元々それを持っていて、今、使ったんだ。

急ぎ、俺は鏡拳で倍加した洞察力によって見抜く。いまアンジェリカの中には、64人のアンジェリカが精密に重なっている。つまりアンジェリカはさっきまで――振る舞い方の自然さから考えておそらく常時、32人の全く同じ自分を重ね合わせて暮らしていたんだ。

そしてその64・32という数は偶然の数ではないだろう。それは2の6乗・5乗の数だ。

アンジェリカは意図的に二重人格者になる精神修養によって自分と同じ人格を生み出して2倍アンジェリカとなり、その2人のアンジェリカがそれぞれさらに己を二重人格化させ4人になり、同様に8人、16人、32人と冪乗（べきじょう）的に自己を強化した。しかもそれを日常化し、さらに今64倍にもなってのけている。

俺(おれ)は2倍ですら修得に気が狂いそうだったというのに、アンジェリカの——なんという鋼の精神か。俺は今その2倍の自分さえ保つのに必死だというのに、アンジェリカの——なんという集中力か！

そして俺の乗能力(マルチレイズ)は30倍ヒステリアモード×2倍鏡拳(キョウケン)で60倍。アンジェリカの乗能力(マルチレイズ)、いや冪能力(パワーレイズ)は6乗で64倍。4倍分負けている。マズいぞ。これをどう切り抜ける。

60倍ヒステリアモードが見せる、ウルトラスローの世界で——

アンジェリカは1歩目(アルファ)の踏み切りから2歩目(ベータ)までの間に、その姿勢を大きく前傾させていく。

3歩目(ガンマ)。更なる加速と共に前へ突き出された剣の先から、円錐水蒸気(ヴェイパー・コーン)。アンジェリカが超音速に至った。

4歩目(デルタ)。アンジェリカは剣を先端とするジェット戦闘機のように、地面と平行に跳躍、いや、水平飛行してくる。円錐水蒸気の輪をくぐり、衝撃波面の内側を。

——『四歩必殺(デルタ・モータル)』は無自損で超音速の体当たり刺突を繰り出す、まさに必殺技だ。

回避はまず不可能だし、上下左右どっちに避(よ)けたところで衝撃波で致命的なダメージをもらうだろう。後退しようにも、今は俺の踵(かかと)が触れてるほどに真後ろが自由の女神だ。

どうする。どうする俺よ。64倍を相手に、60倍でどう勝つ。

無理筋の計算ばかりが、脳内を巡る中——

——パパパパパパパパパパパパパパパッッッ！！！——

どうするかを、実行者の俺より先にアリアがシャーロック譲りの直感で悟ったらしい。

アンジェリカの2歩目から4歩目までの間で、辺りにガバメントのマズルフラッシュが明滅した。16回。7＋1弾の2丁斉射（ダブラフルバースト）。光速のマズルフラッシュのみ俺とアンジェリカに届き、音速の発砲音と亜音速の弾丸群はまだ到達していない。それらが今、認識できた。

視界の端が捉える、オレンジに赤熱化したアリアの弾——

その弾道で、アリアが俺にやらせようとしている事が分かった。

アリアの弾はアンジェリカに当たるコースを飛んでいない。防弾制服越しに当てようと、そのダメージが通る前にアンジェリカの剣が俺を貫きながら衝撃波で粉砕するだろう事が分かっているからだ。

アリアの弾が飛翔（ひしょう）するのは、剣の周辺。今から俺がやる事にアンジェリカが気付いても、その先端を上下左右に逸（そ）らさせないようにする弾幕だ。

アリアはアンジェリカの剣の軌道を固定（ロック）した。つまり俺に高2の頃ムリヤリ覚えさせた真剣白羽取り（エッジ・キャッチング）をやらせようとしてる。

だが一般的にあれは斬撃に対抗する手技で、対刺突に使うものじゃない。それにかなり純粋な力技なので、64倍アンジェリカの攻撃を60倍の俺が止める事は不可能だ。

だがその一般論を逸脱するのが理子曰く逸般人の俺。数学的な不可能を可能にするのもまた卻の俺だ。

今、さらに。

もう一枚、新技のカードをオープンしてやるぜ。

この技は60だの64だのという矮小な数字争いを超越し、最大∞までのパワーを発揮する、チート技の中のチート技。

形だけとはいえ父になった今、父さんからもらったこの技で決めてやる――！

「――『大和』――――！」

俺は合掌しながら両手を自分の中心・中央に添え、アンジェリカの剣先を手と手の間に受け容れる。罪も罰も、正義も悪も、あらゆる人間の業を受け止める仏のように。

大和は遠山家に伝わる、奥義の一つ。

ビルに背をつけている人間を押しても、ビルごと動かすほどの力を加えなければ後退はさせられない。それはその人間がビルと接触する事で、ビルの重さを借りているからだ。

『重さ』と『接触』するという事は、その重量を借りられるという事に他ならない。

大和はそのビルと人間の例を逆向きに実行するだけといえばそれだけの、実は単純な技。接触した物体の重量を借りて、何らかの打撃技――通常はノーモーションの体当たり技・秋水などに加える技だ。

それが遠山家でも奥義とされてきた理由は……この技は接触さえしていればどんな重い物の力も借りられるので、理論上、マックスで地球の重さを丸々攻撃に乗せられるからだ。それをやった時に何が起きるかは、神のみぞ知る。まあ、そこまでの大仕事が出来るのは代々の遠山家の人間でも父さんぐらいだろうけど。

大和ビギナーの俺にでも、このぐらいなら借りられるだろう――と、俺は右踵を付けていた背後の自由の女神の重量を自分の秋水に流し込む。

自由の女神の体当たりの攻撃力は、カンストで99ってとこだ。つまり64対60は今、64対60＋99に変わり――自由の女神↓俺↓アンジェリカの剣と移動していった重量の衝撃は、アンジェリカ本体で終点を迎え――

――ドオオオオオオオオオオオオオオオオンンッッッッッッッ！！！

いくら音速でぶつかって来ようとも、女性の体一つを跳ね返すのには十分すぎる衝撃を生じさせた。

「――――ッッッ！」

長い金髪を広げて、まるで戦艦大和の主砲のゼロ距離射撃を喰らったかのようになったアンジェリカが――

「――くっ――」

それでも剣を手放さず、広げた手足や背に風を孕ませて空中で減速していく。宙を翔る白い羽根形のドローンたちがその背中に集まり、全力で逆噴射をかけては散っていく。

そしてアンジェリカは、ズザァアアアァァァァ――――――ッ！

白いブーツから摩擦熱の煙を上げつつ、後ろ向きに滑りながらアスファルトの遊歩道に着地した。

……す、凄いな。アンジェリカは。彼女には冪能力を使うと瞳の虹彩が狭まる癖があるから分かったが、大和を受けた瞬間、とっさに能力をプラス1乗してたぞ。つまり、俺が64対159としたパワーバランスを、瞬間的に128対159にした。

それでも跳ね返されてはしまったものの、彼女は俺とタメを張る一歩手前までパワーを引き上げたのだ。俺のカウンターを大部分相殺し、自分が致命的なダメージをもらわないようにするために。

ただし、アンジェリカが自分を128倍にさせたのはインパクトの一瞬だけの事だった。さすがの彼女も、128倍には一瞬しかなれないのかもしれないな。そうである事を祈る。

「み……見くびっていたよ、0号。今まで、私に『共鏡』を7乗まで使わせた者は誰もいなかった。そもそも7乗は試した事もなかったから、ぶっつけ本番だったが……やればできるものだね」

遠山家と似たネーミングセンスの持ち主なんだな。スター家乃至アンジェリカは。

「しかし私には今の交錯に不可解な点がある。君が力のベクトルを――私をただ押し返すだけの向きに放ったのは、なぜだ。私を破壊するように力を調律したり、地に叩きつける事だって出来たはず。そうされていたら私は今、生きていなかった可能性さえある」

背筋を伸ばすアンジェリカ、俺、アリアは、ちょうど正三角形の位置関係に立ち……

「こっちには告知の義務は無いんだけどね。日本の武偵にはたとえ職務上でも殺人が許可されていないんだ」

実際アンジェリカを殺せても殺さなかった俺が、さっきされた警告を少しもじって返す。

するとアンジェリカは……その回答に満足したように、ぴゅんっ。ロングソードを払い、バトントワリングのようにクルリと反転させて銀の鞘に収めた。

「それがこの国の敬うべきところだ。非殺の理念は、生半可な覚悟で貫けるものではない。敵を殺さず退けるのは、殺して倒すより難しいのだからね。日本が世界に先んじて掲げたその理念を、君はたとえ自らが生命を賭す事になろうとも――守ることが私には分かった。法に触れるリスクがあろうともラスプーチナを守るのだという、固い意志もね」

そう言いつつ――殺気を収めてくれたアンジェリカに、俺も鏡拳を解いて応じる。

「ちなは……ラスプーチナは、レクテイアの法で裁かれた。けど確かに、こっちの法では裁かれてない。その場合どうするかのルールなんて無いから、意見は立場ごとに分かれて当然だ。あんたに言わせれば、それも法廷で決めるべき事なのかもしれない。だけど俺はそれでも、ちなの味方をしてやりたいんだ。いきなり殺すというなら戦ってでも守るし、裁判に掛けられるんなら弁護してやる。血の繋がりがあろうとなかろうと、親は、子供の味方をしてやるものなんだ」

あくまで立場を変えない俺を、「キンジ……」とアリアが見つめる中——

アンジェリカが小さく溜息をつきながら、クスッと笑った。

「キンジ。君は正義の味方——ジュストとしては失格だな。だが、人間としては合格だ」

そして胸ポケから金時計を出し、新たな殺気を放ち始めている。俺たちにではない方へ。

（……？）

アンジェリカの行動が解せず、俺は首を傾げるが……俺よりも彼女との付き合いが長いアリアは、クルクル回した二丁拳銃をホルスターに収める。俺よりはアンジェリカの腹の内が分かっていて、それでちょっと怒っているような顔で。

「アンジェ。いくらラスプーチナが無法者だったからって、ちなみたいな子供をあんたがわざわざ強襲しに来るなんてヘンだわ。これ、あたしたちを試していたんじゃないの？　敵だったラスプーチナとのわだかまりがないかとか、ちなを逮捕しない事がもし違法でもその罪を受け入れる覚悟があるのか——とかをね。だとしたら、あたしのことはこれ以上試さなくていいわよ。この件では珍しくキンジと全く同意見だから」

「半分はそれで正解だよアリア。もう半分の狙いは——君とキンジの目を覚まさせる事にあった。武偵連盟でも新進気鋭と注目されていた双剣双銃の神崎・H・アリア、不可能を可能にする男・遠山キンジにトレーニングの形で鞭を入れる事でね。子供ができた武偵によくある事だが、特にキンジはちなの事ばかり考えて暮らし、戦闘勘が鈍っているように見えた。それでは、とても次の戦いには臨めない」

「次の……？」

俺は実際、ちなとの生活に忙しくて――アンジェリカと戦うまで鏡拳の訓練をサボっていた。大和も、実戦で使ったのは初めてだ。トレーニングと言われれば十分すぎるほどの成果があっただろう。

しかし、『次の戦い』とは……？　と、俺は眉を寄せる。

「ジュスト4号には予知能力があってね。その的中率は100％。私がここに来たのは、その予知に従っての事だ」

金時計を見ながら語るアンジェリカに、

「どんな予知なの」

アリアがそう問うと……

「あと10分後――東京のここに、異界の龍『ガイデロニケ』が出現する」

パチン、と、金時計のフタを閉じてアンジェリカが言う。

――ガイデロニケ――

それはシャーロックが言っていた、レクテイアの女神の1柱。海王・リービアーザンも怖(おそ)れていた、休眠期と活動期を繰り返す不死の龍(りゅう)。標(しるべ)と呼ばれる血族の娘の記憶を読み、敵対した記憶のある者を周囲の全生物ごと殺す、鏖(みなごろし)のドラゴンって話だ。

出現はリービアーザンも占いで予知していたが、それが現実になるっていうのか。

「過去にガイデロニケが出現した痕跡は、イングランドの地層からも見つかっていてね。当時そこでは半径十数㎞に亘(わた)り、全生命が、虫や植物に至るまで根こそぎ失われたらしい。記録上では大古の火山噴火による火砕流と溶岩の湧出——破局噴火(ウルトラプリニー)による悲劇とされたが、その地層はせいぜい千数百年前の物だし、我が国の火山はそれより遥(はる)か前に活動を終えているのだ。超能力少女のジュスト4号(カトロ)を伴い地質を調査した所によると、それは異界の龍ガイデロニケが降臨した跡らしいとの事だった」

アンジェリカの語る、ガイデロニケの恐ろしさも……

リービアーザンの話と、ほぼ一致している。

そんなゴジラみたいなヤツがここに現れ、口から炎を吐くのか、食い荒らして回るのか、どうやってかは分からないが——周囲の生命を皆殺しにし始めたら——

仮にその蹂躙(じゅうりん)の半径が15㎞だとすれば、学園島は勿論(もちろん)のこと、チャイルドナーサリーや松丘館のある田町(たまち)も、遠山(とおやま)家のある巣鴨(すがも)も、新宿(しんじゅく)も渋谷(しぶや)も池袋(いけぶくろ)も、23区の大部分に加えて千葉や神奈川の一部までもを含む地域の全ての人が死ぬ事になる。ガイデロニケの情報は不明点が多いのでリアルな想像ができず、現実味は湧かないけど……な。

「4号は日本政府に警告の連絡を入れたのだが、残念ながら新興NGOの情報という事で信憑性(しんぴょうせい)の観点から黙殺されたようでね。それで、私が来たのだよ。とはいえ4号の予知は、私だけではガイデロニケに敗北するだろうとも告げた。私と、アリアと、キンジ。3人が力を合わせ、その実力を余す事なく発揮できれば——殺害はできずとも、拮抗(きっこう)までは可能だろうともね」

ゴジラ級のバケモノを相手にして……俺(おれ)たち3人は勝利はできないにせよ、対抗まではできるって予知か。高く評価してくれてるってニュアンスでいいのかな、それは。超能力少女の4号ちゃん本人に聞いてみないと分からないけど。

「無差別に命を奪う暴力は、紛(まご)うことなき悪。私たちは悪に立ち向かう正義の味方としてガイデロニケから東京を守るのだ。アリア、キンジ。全ては、正義のために(ALL FOR JUSTICE)！」

これだけ大暴れしておいてゴメンの一言もなく、息切れの一つもせず、何の迷いもなく胸を張る、アンジェリカ・スターは——

「——正義とはそれが為(な)され、勝利する事が実はさほど多くはないのだ。だからこそ私は生涯、常に、正義のために戦う。今日という日もまた、その一日だ」

まさに、ヒーロー体質ってやつだな。正義の事しか頭にない。

だが、この人がアリアの戦姉妹(アミカ)だったたってのには納得がいくね。このぐらいブッ飛んだタマじゃなきゃアリアの相棒なんか務まらないだろうからな。

……って、なんか自分をディスってるような気分にもなってきたけどさ。

6弾　星を渡るもの

リービアーザンは、不死の龍(りゅう)ガイデロニケは自分の血を引く娘を標(しるべ)——マーカーとして、そこに降臨すると語っていた。ちながその標に最適だろうという見立ても。

今だに半信半疑ながら、俺(おれ)がアリアとアンジェリカと共にちなのいた所へ駆けると——

「……？　ヘンだわ、キンジ、アンジェ。さっきより辺りが妙に寒いみたい」

アリアに言われて気付くが、周囲の気温が下がっていくような気がする。

天気の急変や海霧を一瞬疑ったものの、そういうものでもなさそうだ。

もっと底冷えする、気味の悪い冷気が海浜に流れ始めている。

「こいつは……ガイデロニケの降臨による影響だろうか？」

「おそらくはな。地質調査でも、動植物には極低温で凍結させられた痕跡があった」

俺とアンジェリカが話しながら、海浜公園の林を抜ける。

するとそこに、テテティ・レテティとリービアーザン、ちなの姿が見えてきて……

（……!?……）

何だ、あれは。ちなの体から、黒い霧や雪のようなものが発せられている。

怖(おそ)れるようにちなから手を離し、地面に置いたテテティ・レテティの手や体に——黒く艶光りする何かが付着している。黒曜石のように燦めいて見えるが、くっつき方からみて霜や氷の類。黒い氷だ。

自力で立つ事ができず、落ち葉の地面に伏せて倒れているようなちなに、

「――ガ、ガイデロニケか!? よすのじゃ、その幼体は病に蝕まれ弱っておる！　乱暴な扱いには耐えきれぬぞ！」

リービアーザンが海側へ後ずさりながらも、何やら警告している。

ちなの周囲には黒い雪が舞い、俺たちが近づくにつれ周囲の気温は下がっていく。

テテティ・レテティとリービアーザンは、ちなからジリジリと遠ざかっている。それもそのはずだ。ちなまで80ｍ、60ｍと近づくほどに黒い凍気は強まり、周囲の気温も10度、0度、マイナス10度と下がっていく。

それでも歯を食いしばって進むと、マイナス20度、30度――冷凍庫の中にいるのと同じ状態になった。ちなから50ｍほどの距離では、これ以上近づけないほどに冷たい。体感、推定、マイナス40度。俺たちも、その辺りで足を止めざるを得なくなった。

ちなが、周囲の何もかもを拒絶している。

感覚的にも視覚的にも、それが分かる。

そんな極低温の結界の中で、

「……ママ……きて、くれたんだね……ママ……」

身の回りに黒い雪を積もらせて、四つん這いのちなは微笑を浮かべ……

ラスプーチナが第2態になった時のように、その姿を変えていく。

白い肌はそのままだが、鮮やかだった金髪はジワジワと黒髪に変わり、短かったツノは枝分かれして伸び、尻尾も自分の身長ぐらいにまで伸びていく。

その過程で……パリ、パリパリ……ちなのセーラー服が、液体窒素に浸した薔薇の花弁のように砕けていく。熱伝導率の低いTNK繊維がああも粉々になるとは、今ちなの体の直近は極低温。おそらく、ほぼ絶対零度だぞ。

胸と腰の周りに黒光りするウロコを纏った、砲金色のビキニメイルを着たような裸身のちなは――ちなが以前「ママ」と称してクレヨンで描いていた人物と色形が一致している。あの絵を子供にしたような姿で、ツノや尻尾、絵ではビキニ水着かと思ったウロコのある位置も同じだ。顔を上げてこっちに向けた、赤く光る瞳も――

俺たちが戻ってきた事に気付いたリービアーザンが、ちなからは注意を逸らさないまま、

「……なるほど……それでキサマは不死じゃったのか。キンジ、アリア、あれこそが星を渡る不死の龍、ガイデロニケ。その降臨中の姿じゃ」

と、その宣告をしてくる。

ちながガイデロニケ本人なのだと言っているようにも聞こえるが、今のこれがどういう状況なのかは――俺の経験上からも、直感的に分かってしまった。

「あれは……乗っ取り(ジャック)だ！　緋緋神(ヒヒガミ)もアリアの体を使ってやってたが――ルシフェリアが死んだ時にも、アレハハキと戦った時にも、俺(おれ)は似たものを見た。きっとレクテイアには肉体を乗っ取る術が普及してるんだ……！」

　俺がアリアとアンジェリカにそう教え、リービアーザンがそれを補足する。

「これは妾(わらわ)も知らなかった事じゃが……今、分かった。ガイデロニケは古(いにしえ)より、年老いるたびに自分の子孫に魂を乗り移らせ、肉体を若いものに更新し続けてきたのじゃ。それで、不死を実現してきた。いかに世界や時代が変わろうと、憑代(よりしろ)となる体は既に新しい環境に適応したものじゃからの……！　それで第4惑星から第3惑星にも渡ってこられたというワケじゃ。ガイデロニケが若い娘ばかり標(しるべ)にしていたのは――それが次の自分の体になるから、長く生きられる若いものを選んでおったのよ……！」

　非道なシステムだとは思うが、ヒステリアモードの俺にはそれが乗っ取り(ジャック)の能力を持つ生物にとっての合理的な延命法・兼・環境適応法なのだという事も分かる。

　まずガイデロニケは子孫を先に世界にバラ撒(ま)いておき、現在の環境に適応させておく。そして自分の肉体の寿命が残り少なくなってきたら、若い子孫のどれかを選んで乗り移る。それを繰り返して、魂を永遠に保っているのだ。乗り移る先はおそらく、ルシフェリアも持っていた『血の共感(シンパシア・ファミリア)』のような力で探って――ちなはそれを『見にきてる』と表現していたが――新しく開拓したい土地にいる者を選んで決めるのだろう。

そこがこの憑依更新システムの、もう一つの強みだ。古いガイデロニケは恐竜みたいに自分の肉体の形質が時代遅れになろうと、世界の環境がどんなに変化していようと、全く構わない。新しい肉体は、既に自然淘汰・適者生存の試練を乗り越えて新しい環境に適応しているのだから。

「——ヒトよ、祝え」

それは確かに、ちなの声ではあったが——

ちなではない、何者かの喋り方だった。

黒い雪が舞う中、ガンメタのビキニメイルのようなウロコを光らせて……立ち上がった、ちなが——

「龍王ガイデロニケの降臨である」

いや、ガイデロニケが、そう告げる。紅い瞳で周囲を睥睨しつつ、無表情に。

身長は小さいままなのに……その存在感が秒ごとに大きくなっていくのが分かる。今、俺が体感した存在感の順位付けで、閻を、シャーロックを、ルシフェリアやアレハハキを超えたぞ。まだ大きくなる。

——この世の者とは思えない。いや、実際その表現は当を得ているのだろう。地球とは別の天体と思われるレクテイアから来たリービアーザンが、ガイデロニケはさらに別の星から来た存在だというような事を言っていたのだし。

——ザクッ——！

ガイデロニケが長い尾の先を、凍った地面に突き刺す。

するとその周囲の地面に、半径1m、2m、3mと……黒い霜がジワジワ広がり始めた。

その霜に触れた物は枯葉も芝生も黒く凍り付いていく。命あるものだけではない。土や石といった非生物さえも黒く色を失っていく。

モノクロになっていく地面の辺縁には、外側へ向けて白い煙を流れ出させるリング状の線がある。その円い死の白線は半径を5m、6m、ゆっくりと、外へと、広げている。

さらにガイデロニケ本人からは、万物を拒むかのような斥力が全方位へ放たれている。

その力は石が転がるほどではないが、黒い雪や塵、凍てつく空気は外へ流れ出てきた。

それは刺すような冷気となって俺たちの立ち尽くす場所にも至り、気温を下げていく。

体感マイナス45度……マイナス50度……マイナス55度……まだ下がる、どこまでも……！

（……ッ……！）

あまりの低温に肌や呼吸器が痛みはじめ、俺たちは一歩、また一歩、ガイデロニケから遠ざかるしかない。

「これは……ジュスト4号が私にスケッチして見せた想像図の通りだ。暗く、冷たい氷の領域が広がっていく。あの破局の地層はやはり、ガイデロニケ出現の痕跡だったのだな。それは火山噴火に匹敵する——破局攻撃……！」

　STIファルコンを抜きながらそう語るアンジェリカに、ガイデロニケは赤い眼を向け——

「ほう。ヒトは嘗ての余の降誕を知っているのだな。左様、この冷暗の領域が拡張するは原子の運動の減ずるによるものである。余に害なすヒトは、いざ来たりて滅ぶがよい」

と、黒い鱗を艶光りさせながら感情のない声で語る。

俄には信じ難いが、あのモノクロに凍て付く空間を見て認めざるを得ない。

リービアーザンも警告していた、ガイデロニケ降臨時の破局攻撃とは——原子・分子の熱運動を減衰させる魔術。それによりガイデロニケは絶対零度の王宮に入城し、今や何人たりとも手出しができない状態だ。その体の周囲に降る黒い雪は、おそらく大気中の塵や水分と共に空気そのものが凍って降っている物。白煙を地に這わせながらジリジリ広がる外周円は、凝固した二酸化炭素が昇華する——マイナス78・5度のラインと思われる。

　こうもガイデロニケが防衛的なのは、自分というものが1つしかないからなのだろう。

ルシフェリア、リービアーザン、アレハハキたちは個体が複数おり、祖先や同族と魂を接続し合うクラウドコンピューティングのような進化をしていたが……リービアーザンの説明を聞いた印象では、ガイデロニケはソフトウェアのような魂が本体であり、憑依先の肉体にそれを移しきってしまう。となるとそのハードウェアを魂ごと殺されてしまったらおしまいなので、憑依先の周囲の敵を入念に掃討しようとする習性があるのだ。

今その皆殺し攻撃を行っているのは、ちなが断片的に持っていたラスプーチナの記憶を読んでの事だろう。かつてスウェーデンの故郷で差別されたり、欧米で指名手配されたり、今の俺とアリアに逮捕されたりした、ヒトと敵対し続けた記憶を。それと――

「海王リービアーザンの名に於いて請う！　龍王ガイデロニケよ、ここに蜷局を巻くのをやめるのじゃ！」

シャーベット状に凍りつつある人工ビーチに立つ、あのリービアーザンに殺されかけた記憶もだ。

「テラの都は、レクテイアの都より人口がケタ違いに多いのじゃ！　この都を凍らせれば貴殿は数えきれぬほどの殺生を行い、その手を拭い去りきれぬ血で汚すことになろう！」

港湾の先の東京――レインボーブリッジやビル群を守るように、リービアーザンは人工ビーチに立ちはだかって甲高く叫ぶ。

対するガイデロニケは冷たい目を向け、

「――久しいな、リービアーザン殿。この肉体――余の同胞が世話になった事はさておき、そもそも、貴殿はヒトが嫌いだったのでは？　なぜヒトの生き死にを気に掛ける？」

と、静かに応じている。

非常に友好的というワケではなさそうだが、以前リービアーザンが言っていた通り……龍王・海王の間では会話ができるぐらいの関係はあるらしい。

「それは昔の話じゃ。今は『ヒトによる』と言うべきじゃろうな。というのも妾は俘虜になったついでに、そこのキンジを通じてヒトの習性を観察しての。ヒトは利己的で下等な生き物じゃが、子を持つと己を犠牲にしてでも育もうとする高等な心を見せる事がある。貴殿もその肉体の記憶から、キンジの献身っぷりを読んでみるがよい。重い育児嚢を抱え、己の命を危険に晒しても卵を守ろうとするタツノオトシゴに勝るとも劣らぬ、あっぱれな働きっぷりじゃったぞ」

タツノオトシゴと並べられているのはともかく、リービアーザンは俺を評価し、こんな事態が起きた今も味方をし続けてくれるようだ。

そこは、良かった。ここでリービアーザンに寝返られたら、俺たちは女神2人を一気に相手しなきゃならなくなるところだったからな。

「それに何より、今この街には妾も忠実なる臣民を育てているところよ。それを皆殺しにすること、断じて許さぬ。ガイデロニケ、今すぐその攻め手を止めるのじゃ！　あああ寒い寒い止めんかこの！」

波打ち際でガニ股になり、地団駄を踏むようにして怒るリービアーザンだが――

「命など、あぶくのごとく消えては湧くもの。それとも貴殿は木の葉が一枚落ちるごとに騒ぐのか？」

ガイデロニケは、ちなの記憶から読み取ったらしいそのリービアーザンのセリフを返す。

そして、

「余は止まらぬ。龍王（りゅうおう）ガイデロニケを止めるには、力で止める他にない。貴殿もそうするつもりらしいがな」

と、上空へ赤い目を向けた。

俺（おれ）たちもそっちを見て——高度１００ｍほどの空にあった、竜巻雲——に一瞬見えた、その奇妙な物体に気付く。

「……あれは……何。雲じゃないわ、水……？」

「まるで中国龍（チャイニーズ・ドラゴン）のようだ——」

アリアとアンジェリカが、揃（そろ）って困惑した声を上げている。

ヒステリアモードの視覚で分かったが、あれは水でできたチューブだ。直径３ｍ・長さ20ｍ程の、直立した円筒形の水のカタマリが、超高速でグルグル自転している。

そんな大質量のものが滞空できているのは、高速回転する水の外周にプロペラのような水の羽根が無数についているから。雲のように見える煙は、高速回転で水が一部沸騰して発生した水蒸気らしい。水も運動エネルギーを与えると摩擦熱で熱くなるものだからな。

左脇に抱えた竪琴（たてごと）（エトウフェ）を消音しながらこっそり魔曲を奏で、その熱湯の水龍を空に潜ませていたらしいリービアーザンが、

「——ぬぅん！」

と、右手の指を上から下へ振り下ろす。

するとそれに呼応して、熱湯の筒が蒸気の尾を曳きながら落下してくる。ガイデロニケめがけて。

それは避けようと思えば避けられそうな自由落下だが、今ガイデロニケは地面に尻尾の先を刺し、そこから原子運動を減衰させる術を周囲に波及させているところだ。そのため、避ける動きは一切できず——する素振りさえも見せず——どざぁぁぁぁぁぁあああああ！

推定13万リットルの熱湯を、上空から滝のように浴びせかけられた。

（——ッ……！）

ちなの肉体を案じつつも、女神と女神が戦い始めたその猛烈な光景に俺は何ら手出しができない。

熱湯の筒は着地する前に下から上へビキビキ凍っていき、剥かれるバナナの皮のように外側へガラガラと崩れていく。その崩れる動きで、俺たちの足下にもサッカーボール大の氷がゴロゴロ転がってくる。

「……ふん……」

氷の中心に平然と立っているガイデロニケは熱湯に触れることなく、ノーダメージだ。

しかしそれはリービアーザンも織り込み済みで、狙いは別のところにあったらしい。

「……止まったわ……！」

と言うアリアがガバメントで指す先を見ると、氷塊の下からも地を這う煙を上げている
ドライアイスの昇華ライン――マイナス78・5度の円が、拡大を遅めたのが分かる。
リービアーザンは熱した水……激しく動く分子を大量にぶつけて、ガイデロニケによる
原子運動の減衰に歯止めを掛けたのだ。レクテイアの女神の破局攻撃を止めるのは、別の
レクテイアの女神だ――と、宣言するように。
「……リービアーザンよ。海で数多の生と死を見つめた貴殿は死も自然の一部と見做し、
生きとし生けるものに死をもたらす余と敵対せぬもののはずだった。それが、そこのヒト
――遠山キンジの影響を受けて、変わってしまったようだな」
ちなの記憶を読んだか、そう告げてリービアーザンに向き直ったガイデロニケは……
……すううぅぅぅ……
ちなの小さな体で、それでも大きく息を吸った。
そして息を止めると、ビカッ、ビカビカッ、と、ガンメタのウロコを稲妻のように明滅
させてから――
――ヒユオオオオオオオオオオオオッッッッッ！！！
火炎放射器から放たれる炎と同じ形状の、黒い炎を吹いた。モノクロの炎は炎心がやや
明るいものの、内炎が真っ暗な闇で出来ている。
見た事もなければ想像した事すらない現象なので憶測するしかないが、あれはおそらく

炎の逆の現象。原子の運動を止める負(ふ)の炎、反燃焼現象……！

その黒い雪を巻いて飛ぶ炎は、

「――ガイデロニケ！　その肉体、ウェゼルフーに……！」

レクテイア語か何かを叫んだリービアーザンに、容赦(ようしゃ)無く浴びせかけられた。

「――リービアーザン！」

俺(おれ)の叫びに……

返事は、もうない。

炎に包まれた者が燃えて光を放つのとは逆に、リービアーザンは闇に飲まれたのだ。

吹き荒れる黒い炎に触れた波打ち際は、恐ろしい速さで凍結していく。

そして、その闇が晴れていくと……

リービアーザンは、消えてしまっていた。

凍りついた人工ビーチも一部、大きく削られるように消滅している。

今そこにあるものは、再び打ち寄せては引く小波(さざなみ)だけだ。

「――さらばだ、リービアーザン殿。潮騒(しおさい)のうるさい海辺は、余は好かぬのよ……」

……リービアーザン……

アイツとは戦いもしたが、話せば分かるヤツだったのに。根は悪い奴(やつ)じゃなかったのに。

せっかく、少しずつお互いを理解できるようになってきたところだったのに……！

「ヒトたちよ。そこに平伏せよ。余の蜷局に抱かれ、均されるがよい」

——旧知の仲らしかったリービアーザンを殺したというのに、ガイデロニケは無表情のままだ。今はもう改めて、尻尾から地面へ——原子の運動を減衰させる魔術・破局攻撃を流し込む事に集中している。

破局攻撃の現在の影響圏は二酸化炭素の昇華する白煙が描くマイナス78・5度の円で可視化されており、その半径が秒速15センチ強でジワジワ広がっているのが分かる。

さほど速くないようにも思えるが、それが面積と無関係に半径を等速で広げている事が問題だ。破局攻撃は地中の尻尾の先から『原子運動を止める効力を持つ線』を水平方向に放ち、その直線を伸ばしながらプロペラのように回す仕組みなのだろう。このままいくと影響面積は半径の増加率の2乗のペースで増え続け、18時間後には半径10㎞、1日と3時間後にはさっき想定した半径15㎞の生命が死滅する事になる。事態に気付いた都が災害派遣要請をモタクタやって自衛隊の災派が動くまでには3日はかかるだろう。

まさに——ガイデロニケは、生ける天災だ。

早く止めないと——約半数が避難できたとしても、犠牲者500万人を下らない破局が首都圏を襲うぞ……！

ガサリ——ガシャンッ——ガサリ——ガシャンッ——という音の方を見ると、拡大する破局攻撃の圏内に囚われて黒く凍てついた木々が倒れてはガラスのように砕け散っている。

その下敷きになった石や土も、黒い塵(ちり)に変わるように砕けていく。
あの攻撃圏がここに到達すれば、俺(おれ)たちもああなってしまう。リービアーザンが一旦は止めてくれた気温低下が再び始まり、俺とアリアの足が、ジリ……と下がりかけた時。

逆に——ザッ、と、進み出る者がいた。

「——全ては、正義のために(ALL FOR JUSTICE)！　このままでは東京が滅びる。これほど分かりやすい悪が相手なら、私もやりやすい」

俺たちの前に出たアンジェリカが、黒い冷気を放つガイデロニケに盾を向け、シャンッ——と美しい音を立ててロングソードを抜き払う。

その姿はまさに、竜に立ち向かう女勇者——

「破局攻撃には拍動がある。リービアーザンの決死の攻撃により、侵入路は示された！　アリア、キンジ、ガイデロニケへ走れ！　私に続き、私を踏み越えて行け！」

叫んで——ダッッッ——！　と、アンジェリカが破局攻撃圏内へ走る。その踏み込みは7乗『共鏡(リフレクション)』による『四歩必殺(デルタ・モータル)』——！

バシッッ！　と駆けたアンジェリカの2歩目の位置を見て、気付かされたが——さっき多量の海水を落とされた破局攻撃圏内には、それが凍結して積み上がった氷に高低がある。地中で回転する原子運動減衰の効果線は一定のリズムで強まったり弱まったりしており、結果、冷却効果の多寡となって地上に幾何学模様を描いているのだ。

アンジェリカが切り込んだのは、その被害が比較的弱い凹(くぼ)みから。そのアンジェリカを盾にする形でYHSに点火したアリアが続き、さらにその真後ろに秋草(しゅうそう)で俺(おれ)が続く。体感マイナス60度、65度、70度の空間へ……！

――『踏み越えて』という言葉で分かってしまった。アンジェリカが有無を言わさず、俺たちに戸惑う暇を与えず、始めてしまったこの攻撃は……アンジェリカ自身を捨て駒にする作戦……！

バシッ！　黒い氷の上、白煙の渦を巻いて踏まれた四歩必殺(デルタ・モータル)の3歩目が、二酸化炭素の昇華ラインを超えた。そこはマイナス78・5度。しかし、進めた距離は破局圏の半径の半分にも至らない。アンジェリカが4歩でガイデロニケまで到達できない事は明らかだ。それが初めから分かっていたから、アンジェリカは『私を踏み越えて行け』と――

「――うおおおおっ――！」

抗(あらが)うように叫ぶアンジェリカの盾が凍り付き、黒く侵されていく。

――破局攻撃(ウルトラプリニー)の圏内に突入し、俺たち自身を構成している原子が停止するまでの僅かな時間でガイデロニケを倒す。それしか打つ手が無い事は明白だった。破局攻撃は広がれば広がるほど駆け抜けなければならない時間も長くなっていくのだから、一刻も早く攻撃を開始するべきでもあった。

それでも、ああも迷いなく正義に殉ずることができるのか。

できるんだ。アンジェリカ・スターという人間には、それが。アニメやマンガの世界で、その身を犠牲にしてでも無辜の人々を守るヒーローのように。

さすがアリアの戦姉だ。彼女こそが、正義の味方だ。俺たちに今見せているその背が、正義の背だ。アンジェリカ・スター――！

「――アンジェ――！」

彼女の身を案じて叫ぶアリアとその後ろの俺は、アンジェリカの体によって破局攻撃の斥力から守られている。マイナス100度。斥力を一身に受けるアンジェリカが減速し、アリアと俺の方が速くなり――ガチン……ッ！　アンジェリカはガイデロニケまで25ｍを残して、四歩必殺の4歩目を踏み込み……そこで足が地面に黒く凍り付き、盾と剣を突き出した姿のまま停止した。

――ココココゴウッッッッッ！

地中を回る破局の効果線が生じさせるコリオリの力を受け流すように、アンジェリカの右横からアリアがＹＨＳを噴射しながら前進する。ガイデロニケの放つ斥力に押されて、もどかしいほどに僅かずつ。

ドドドドドッ！　2丁のガバメントが猛火を吹き、武偵弾の燃料気化爆弾・炸裂弾が黒く凍てついた地表を舐めるような炎で緋色へ塗り替える。それで一時的に切り開かれた道の上を――アリアがＹＨＳの推力と自分の脚力で踏み越えていく。マイナス120度、

１４０度、１６０度の破局圏内を、一歩ずつ。

「キンジ、あんたはバカでみみっちくてヘンタイだけど——女子を守るって決めた時は、それだけはやりとげる。あたしの時も、白雪の時も、理子の時も、レキの時もそうだった。あんたはちなを守るって言った。だからあたしは、あんたを信じるわ……！」

吐く息を雪片に変えつつ背後の俺に言うアリアも、マイナス１８０度、２００度——の辺りで、スローモーションのように停止し始めた。靡かせていたツインテールの先端も、黒く変色している。そして……ガイデロニケまであと10ｍの距離で……

……がちんっ……と、その小さな足を黒い氷にロックされて止まってしまった。

その脇を——アリアの体によってガイデロニケからの斥力を受けず、加速を保てていた俺が踏み出す。黒い雪が舞う、原子の停止する世界で——手動で撃発した焼夷弾を自分の胸にぶつけるようにして起爆し、炎を纏いながら。

進む。マイナス２１０度。焼夷弾をさらに起爆し、炎を浴びる。

マイナス２２０度。進む。焼夷弾。マイナス２３０度……行けるぞ、ガイデロニケまで、あと５ｍ。秋草の脚力でなら、斥力を受けながらでも到達できる……！

「——不遜な」

肉迫しつつある俺に赤く光る眼を向けた、ガイデロニケは——

——すううぅっ。

あの反燃焼現象・負の炎を口から噴こうと、その小さな胸に息を吸った。

あれを食らえば、俺は全身の原子の運動を止められて粉々に割れる。リービアーザンのように跡形もなく分解されてしまうかもしれない。あと3mまで近づいたこの距離では、火炎放射器のように広がるあの炎を躱す事もできないだろう。

踏み込んだ、マイナス250度の世界で――

――ヒュオオオオオオオオオオッッッッ！！！

ガイデロニケの口から、闇を巻く炎が噴射された。内炎が暗黒で出来た、間近に見ても理解しがたい超常の炎が。

これは、避けられなかった。

……まっすぐ俺に向けて放たれていたのなら、な。

ガイデロニケが炎を当てたのは、遠山家の秘技『景』で見せた俺の残像。負の炎を装填されたと気付いた瞬間、俺はガイデロニケの瞳の焦点距離に入って姿を網膜に結像させ、そこから大脳視覚野の時間分解能を超える速度で出たのだ。ガイデロニケはあくまで目と脳を使って負の炎の照準を付けていたからな。おかげで、景が通じた。

残像のいた方を向いたまま、俺を仕留めたと思っているガイデロニケの――

――ナナメ後ろに、今、俺は立っている。刀を、抜いて。

銀河のように煌めく光影の丁子刃に、黒い雪を映して――

「ガイデロニケ。ちなにママと呼ばれていた君には、分かってもらいたい」

ここは今、マイナス273・15度。絶対零度の世界。

原子さえその息を潜める破局の中央、龍王ガイデロニケの最近傍。

「この世界……ヒトの世界には、どんなに心を氷や闇で閉ざしても、斥けても斥けても、尽きる事なく与えられるものがある。それは——」

人間は常温より約1400度高いロウソクの炎にも、一瞬だけなら触れられる。従って当然、常温より約300度低い絶対零度の世界にも、僅かな時間だけなら居る事ができる。

その僅かな時間が、終わろうとしている。

俺の体の全てが、停止しようとしているのが分かる。

だから、チャンスは今この時だけ——

「——子を想う、親の愛だ——！」

既に鏡拳を発動させていた俺は、全身の筋骨に速度を積み上げさせる8倍桜花で光影を振り下ろす。ガイデロニケの長い尻尾、その付け根めがけて。

ガイデロニケの破局攻撃は、この尻尾を通じて地中に広げられている。だからこいつを切断して本体と切り離せば、破局の効果は終わる——！

鏡拳2倍×8倍桜花の——16倍桜花の斬撃が、沈黙の世界で黒い円錐水蒸気を放ち——

——ガギイイイイイイィッイイインッ！！！！！！——

斬撃の音が、凍てつく浜に、空に、鳴り響いた。終焉の鐘のように。

「……何……だと……!?」

振り返ったガイデロニケが、俺が背後にいた事と、自分が攻撃を受けた事に驚くが——

（……しまっ、たッ……！）

斬れて、いない。刀はガンメタに燦めく龍王の鱗に深々と食い込んだものの、尾を切断するには至らなかったのだ。そして刀身は尾から滑り落ちて外れ、凍てつく地面に虚しく切っ先を落としている。

なんという鉄壁の硬度だ。それがチタンであろうとダイヤモンドであろうと切断できる自信があった、16倍桜花斬だったのに。想定の遥か上の、更に上を行く硬さだった……！

（……ッ……）

破局が、俺を構成する原子の運動を止めていく。

体の表面から芯へと、絶対零度が忍び込んでくる。

俺が、俺の全てが、止まっていく。とっくに両足は地面に凍り付き、もう1歩たりとも歩けない。アンジェリカとアリアが決死の覚悟で作ってくれた道を通って至ったここから、もはや撤退する事もできない。

「……誇るがよい、遠山キンジ。永い歴史の中、龍王にここまでの傷をつけた者はおらぬ。それに、それだけではなく……」

驚いてシッポの傷を見ながら、しかし勝利したがゆえに上から目線で語るガイデロニケ
——その破局攻撃(ウルトラプリニー)は、止まらない。減速する様子さえもない。

俺(おれ)が16倍桜花斬(おうかざん)で斬ったのは、龍王(りゅうおう)の鱗(うろこ)の表面だけ。

その内側の尾の組織には、傷一つつける事ができなかったのだ。

——完敗だ。
・・・ここまではな。
(——万旗(ばんき)——!)

俺は父さんからもらった遠山(とおやま)家の奥義を使用する。万旗は極微細な振動を極短時間内に体内で1万回起こす秘技。本来は衝撃を分散させるための防御技を、今は運動を止めつつある原子たちに活を入れるために使う。

——ジリジリジリジリジリジリッ！　という体内でベルが鳴るような感覚の自励振動が1000回、2000回、3000回、4000回と繰り返される。

原子よ動け、動け、原子よ！　子を守るため、この街の生きとし生けるものを守るため、俺と共に戦え——戦うんだッ！

止まるなら動かせばいいとばかりに万旗でムリヤリ動かした、凍りかけの体で——

ぐんっ、と、俺はヒザを曲げて腰を落とす。尻尾から外れた光影(コウエイ)の柄(つか)を手の中で回し、刃の向きを下から上へ変える。左手は柄を握ったまま、右手は刀の峰に下から外尺沢(そとしゃくたく)——

手首の外側を掛け、刀身はガイデロニケの尾の付け根の下に差し込む。

地面に凍り付けられた俺の足はもう前後左右どこにも踏み出せないが、地に足がついている事だけは確かだ。

接触しているなら、借りられるぞ。地球からとまでは言わないが、東京全土ぐらいから、大地の重さを。さっき自由の女神で、借り方のコツは掴んだところだしな。

お前たちが海王だの龍王だのを名乗るなら、俺は台場の借金王。借りるのは得意なんだ。

借りられるだけ借りてやる。行くぞ。

「——鏡拳——大和ォォォォォォォ————————！！！！！！！」

俺が全身全霊で跳ね上げた、光影に——

——東京もこのまま死の都に変えられてはたまらないと思ったか、快く貸してくれたよ。

その莫大な重さの、一部を——！

——ザシュウウウウウウウウウウウゥゥゥゥゥゥッッッッッッッッ！！！

今度は熱したナイフでバターを斬るように、ガイデロニケの尻尾がキレイに切断された。

どさっ……！　と、尻尾が地面に落ち——

「……っ……！」

尻尾の重さが急に無くなったのでピョンッと背筋を伸ばす事になったガイデロニケが、
今度こそ焦るような顔をした。

俺には負の炎も躱され、尻尾を繋ぎ直してもまた斬られるだけと悟ったのだろう。

もちろん龍王の攻め手は他にもあるのだろうが、ガイデロニケは……

斬り上げた刀を下ろし、残心の姿勢を取る俺を前に――戦う意志を、見せない。

そして尻尾の切断面を一旦凍らせて瞬時に止血してから、パキパキと鱗を堆く生成して

ごく短い尻尾のような出っぱりを再生させる治癒を行った。

破局攻撃は電源を抜かれたように、その効果を消滅させて――

海風が流れ込むこの場の気温が、みるみるうちに常温に戻っていく。

白い息を吐くアンジェリカやアリアの立つ地表から、二酸化炭素が気化する白煙の輪が

シュルシュル狭まってきて――俺とガイデロニケの場所に集まり、消えた。ここの気温が

マイナス78・5度を超えたという事だ。

「……龍王の尾を斬るとは……大した名剣、大した剣技であった。而して、貴殿に問う。

一太刀目――」

と言うガイデロニケは、俺と戦わず、何か話したい事があるようだ。

「……一太刀目？　鱗しか斬れなかった時のことかな」

ちなの体を持つガイデロニケとは俺も戦いたくないので、刀を静かに下げる。

今、気温はマイナス30度を超えた辺りだ。

「鱗のない首か胴を斬っていれば、一太刀目で貴殿の勝ちであった。なぜそうせず、尾を

狙った」

「そんな所を斬るなんて、とんでもない。本音を言えば、尻尾だって斬りたくなかったよ。できる限り、君を傷つけたくなかったからだ。ちなの事も、ガイデロニケの事も。それとさっき、武偵法の非殺義務を遵守するようアンジェリカにしっかり釘を刺されたしね」

語る俺の周囲の気温が0度まで戻り、プラスに転じる中……

ガイデロニケは俺を見つめながら、敗北を認めたように少し赤くなる。

「この龍王――宇宙に発生して以来、他の生命に殺されるやもと思った事は一度たりとも無かった。今のあれが死の恐怖、怖ろしいということなのか……？」

「いい気分じゃなかっただろ？　あぶくのごとく消えては湧く命も、みんなそう思ってる。だからいくら自分の安全のためだろうと、辺り一面を皆殺しにするなんて事はもうやめろ。ちなが無意味にそこらの葉っぱを毟ってても、俺はこうしてお説教するぞ」

足下の凍結が溶け、こっちの様子を窺いつつ近づいてきたアリアとアンジェリカに……

俺が武偵のハンドサインで『戦闘不要』を伝えた時……

――スッ――と、頭の中に何かが突き入れられたような心地がした。對卒――ではない。

何か、俺以外のものが俺の中を探っている感覚だ。そしてそれを行っている主も分かった。

（ガイデロニケ……俺を、調べているのか……？）

赤い眼を光らせるガイデロニケの今の目つきは、ロカや時任母娘が人の思考を読む時と似たものだ。だが感覚的には、思考や記憶を読まれているだけではないような気がする。

自分自身の内奥に潜む感情や、今後考えるであろう事まで推し量られているような——

「……貴殿は……なかなかに面白い事を考える者でもあるな。ルシフェリアやアレハハキ、カーバンクルやリービアーザンが好いたというのも分かる」

パッ、と、俺を読まれる感覚が終わり——

「——貴殿のその愛と力に免じ、この肉体は一旦手放そう。負け惜しみを言うようだが、中身が随分と傷んでいて、永くは保たなさそうだしな」

ガイデロニケが、存在劣化症候群に冒されたちなの体から出ていってくれるような事を言ってきた。

「それなんだが……お前の力でも、治したりはできないのか？　ちなの病気は……」

「憑依した時に、応急自浄はしたが——完全に治す事はできぬ。余は医神ではないからな。しかし風の女神ウェゼルフーならば、あるいは。余がこれ以上キンジ殿と戦ってこの体を傷つける事のないようにしたのは、貴殿がウェゼルフーの名を口走って思い出したからよ
……なあ、リービアーザン殿」

と言うガイデロニケに顔を向けられた、少し離れた歩道で……

雨水マンホールのフタを両手でガコッと持ち上げ、

「——愚かなり龍王！　なぜに妾が教える前に思い出さなんだかっ」

サザエさんのオープニングのタマみたいに、地下からリービアーザンが出てきた。プリプリ怒りながら。

　アリアとアンジェリカは「リービアーザン！」と喜んでいるが、俺はガイデロニケとの戦闘が終わってすぐに気配に気付いていたよ。

　負(ふ)の炎で消されて殺されたかと思ったが、そこはさすがの女神。うちのフロに出現した時にも使った――水から水へ自由に瞬間移動できる術・水テレポートで、地下の雨水道に避難していたらしい。

　マンホールのフタを放り捨てたリービアーザンは、氷が溶けて雨上がりのようになった地面に「よいしょ」と這(は)い出(で)てくると、

「交渉じゃ、ガイデロニケ。下でしばらく考えたんじゃがの、こういう協定案はどうじゃ。1条、その肉体は妾がウェゼルフーに頼んで治療を試みる。2条、肉体が治療できたらばちなとして生きさせる。3条、ちなが天寿を全うする時が来たら肉体をキサマに明け渡す。その際サービスで妾が若返らせてやらぬでもないぞ。4条、キサマは今後どこに出ようと破局攻撃(ウルトラプリニー)をやらないこと。どうじゃ」

　と、指を折り折りガイデロニケに話している。

　言われたガイデロニケは、しばらく黙って考え……

「4条は習性なので約束できないが、努力義務は負おう。而(しこう)して、他は了解だ。どうあれ

余がテラに来る時はこちらに適応した憑代が必要だし、この肉体は健康さえ取り戻せればそれに最適なのだ。容姿も美しいしな。人が天寿を全うするまでなら、長くて１００年であろう。来る三度目の大移動に多少遅刻しようとも、そのぐらい待つ価値はある」

黒髪を揺らして、頷いた。

それから俺の方に赤い眼を向けて、

「余は、自分が殺されうる相手とは――キンジ殿とは、二度と戦いたくない。怖いからだ。それとその脳を見て、キンジ殿が影響を与えた後の世を見てみたくもなった。従って少し時の過ぎゆくのを待つ事にしたぞ」

と、短くなった尾を触りながら言った。

それから、ガンメタの鱗で覆われた平たい胸を張り――

「余にとって１００年は、ひと眠りする時に過ぎない。だがキンジ殿、貴殿は１００年後生きてはいまい。その頃、またテラにお邪魔致そう。アリア殿、アンジェリカ殿も、今が余との今生の別れ。龍王を見た事を誇り、物語にでもするがよい。海王リービアーザン、貴殿とはいずれまた会おうぞ」

一部不穏な予告を含め、そう言い残して……寄り添ったリービアーザンに両腕を伸ばし……小さな体でヨジ上るようにして、抱っこされるポーズになった。

そして、かくん、と、眠りに落ちるように首を垂れる。

死んだようにも見えたので、俺たちは軽く焦ったが……

駆け寄ると、その体はその雰囲気をちなのものに戻して——今は、眠っているようだ。ガイデロニケによる応急自浄とやらで、少しは容態が持ち直したようにも見える。

見る間に——黒く変色していた髪が金髪に戻り、あんなに硬かったウロコも短い尻尾を残して蒸発するように消えていく。龍王ガイデロニケが、肉体から抜け出ていったんだな。

俺は光影（コウエイ）を背中に納刀し、嵐の後のようになっている公園の林で一息つく。

「……これにて一件落着、ってワケにはいかなかったみたいだが、１００年ほどの猶予はもらえたみたいだな。ガイデロニケと交渉ができる立場のリービアーザンがいてくれて、助かったよ」

「色々勝手に決めて済まなんだ。キサマに負けてガイデロニケのテンションが落ちてる内に、こっちに有利な取り決めをしてしまいたかったのでな。４条は飲みきらなかったが、まああの程度はこっちも譲ってやらんと合意できんものじゃからの。そこも許せ。もしも後世でヤツが破局攻撃（ウルトラプリニー）をやらかしたら大変じゃから、キサマらは今のやっつけ方を子孫に伝えておくがよいぞ」

リービアーザンはそう言うけど、『絶対零度のゾーンにジェットストリームアタックで侵入して、ガッツの鏡拳大和（キヨウケンやまと）で尻尾を切れ』なんてムチャ振りのマニュアルを残したら、未来に読んだ子孫もキレるんじゃないかな。

ともあれ——くるくる、ひゅんひゅん——アリアとアンジェリカも、銃や剣をクルクル回してからホルスターや鞘(さや)に収めている。戦闘態勢解除、って事だ。

「アンジェの突入が1秒遅れてたら、最終兵器(キンジ)をガイデロニケに到達させられなかったわ。ありがとう(サンクス)」

「礼はイエス・キリストに言うといい。うまくいくかは半々と思っていたのでね」

久しぶりに戦姉妹(アミカ)同士で一緒に戦えたのが嬉(うれ)しいのか、アリアはアンジェリカを見上げ、アンジェリカはアリアを見下ろし、お互いニコニコしてる。アリアがあんなに懐いてるの、ちょっと妬(や)けるな。

——秋の陽射(ひざ)しの中、黒い雪が融解・昇華して自然に返っていく。

ここからかなり離れた場所で落ち葉の地面がブルブルッと動き、枯葉をかぶって隠れていたテテティ・レテティも現れ……こっちの空気を読んでベビーカーを運んできたので、俺(おれ)たちはそこに載せていた冬服をちなに着させてやった。

「元よりそのつもりではあったが……ガイデロニケにも約束した事じゃし、妾(わらわ)はこれよりちなを連れてノア経由でレクテイアに渡り、森の女神ウェゼルフーを訪ねてみようと思う。というのも——ガイデロニケの応急自浄のおかげで、ちなの肉体はあと1回の渡りになら耐えられそうなまでに持ち直しておるように思えるのでな。行くなら、近日のうちじゃ」

リービアーザンが、腹を決めた顔で俺たち皆を見回し——テテティ・レテティを見て、

「ウェゼルフーは森に住まう風の女神。背中に蝶々の羽の生えた、それはそれは超美人の女神でのう。慈しみの風をそよがす、医療と癒やしの女神でもあるのじゃ。ただ、ヤツは人見知りが激しくて、自身の氏族か、その紹介があった患者でないと診ない。で、じゃ。テテティ・レテティとやら。キサマらを見て思い出したが、ウェゼルフーの傍系氏族にはエルフ族がいた。キサマらテティクーン族は、そのエルフ族と棲息域が近かったはず——誰か、エルフ族に話を付けられそうな知り合いはおらぬか？」

と、思いがけないことを言ってきた。

「それなら——テテティとレテティもレクテイアに戻って、エンディミラ様に話す！」

「テテティとレテティは、エルフ族のエンディミラ様にお仕えしている！」

目をまん丸に見開き、双子がリービアーザンに近寄り……リービアーザンも「マっ⁉　キサマら、森の賢女エンディミラの婢じゃったか。縁は異なものじゃの」と仰天してる。

「それで、ちなの生きる道が開けるのだね。頼まれてくれるか、テテティ、レテティ」

今の2人の一時的な指示者・アンジェリカが言うと——誰かの指示を受けるとスッキリ働けるらしいテテティ・レテティはヘドバンするようにブンブンと首を縦に振る。

この奇縁には俺も驚いたが、

「……大丈夫か？　エンディミラはラスプーチナを憎んでただろ。ウェゼルフーにちなを診せる手伝いをしてくれるかどうか……」

エンディミラがちなをラスプーチナと見做して敵に回らないか——少し心配だ。

しかしテテティ・レテティはケモノ耳ごと首をぶんぶん横に振り、

「テティとレテティから話す。エンディミラ様きっと分かって下さる」

「リービアーザン様からも説得しろ。女神様の仲介があれば強い」

流れで大好きなエンディミラに再会できるチャンスをもらえた事もあり、今やすっかり協力的になって言う。

絶望するしかなかった、ちなの治療への道が——

ガイデロニケの応急自浄、テテティ・レテティのコネ、リービアーザンの協力などで、奇跡的に開けようとしている。

……嬉しい。良かった。良かったな、ちな。

ちなは、生き延びられるかもしれないんだ。少なくともそのチャンスを掴んだ。

行ってこい。医療の女神ウェゼルフーのいる、レクテイアへ。

たとえそれで——二度と俺と会えなくなるのだとしても、俺は——

笑顔で、見送るよ。きっと、笑顔で。

翌日、夜——

俺とメメト、アリアとアンジェリカ、それとちょうど出雲大社から帰ってきた白雪は、ホテル日航(にっこう)に集まった。

ちなはガイデロニケの応急自浄により五感も戻り体調も少し回復し、俺が作れるようになったどーもくんのキャラ弁を食べる事もできた。これならリービアーザンの見立て通り、あと一度ならレクテイアへ渡っても大丈夫そうに思える。

その跳躍を昨日の今日でやるには黄金原潜ノアを経由する必要があるとの事だったが、今ノアは日本近海にいない。なのでまずノアまではリービアーザンによる水テレポートで行く事になった。

リービアーザンは台場(だいば)の公衆電話からノアに諸々(もろもろ)の連絡をし、モリアーティもこの件に関しては敵味方ナシ(ノーサイド)で手出ししない約束をしてくれたとの事だ。俺に刺身にされかけたりちなに手おけで頭をガンガン殴られたりメメトにコタツの電気コードで首を絞められたりしてたからそのイメージが無かったが、実はこのリービアーザンはレクテイアのかなりの有力者だからな。

今回、レクテイアへは——ちな、リービアーザン、テテティ・レテティが行く。

水テレポートは自分だけが跳ぶなら魔曲の詠奏(えいそう)も省略可能で水の状態もほぼ問わないが、4人分もの質量を運ぶとなると魔曲と大きめの静水——波のない水面が必要との事だった。

それで、ホテル日航の屋内プールをアリアがポケットマネーで貸し切りにしてくれたのだ。

ホテル日航の敷地内に入ると、イヤでも目に付くのがチャペルなんだが……ここは去年俺が任務を依頼したら白雪がなぜか「旗日ぃ」などと言いながら立ったまま失神した怖い思い出のあるチャペルだ。

その近くにあるエレベーターに乗る際、制服姿の白雪がウットリ顔でスリ寄ってきて、

「……キンちゃんが私にプロポーズしてくれた、思い出のチャペルだね。ここ」

とか、こっちの記憶に全くない事を囁いてくるんだが。え……うわ、怖……

「……な、何だそれ……？」

白雪にはいつの間にか自分にとって都合のいい記憶を作る習性があるのは知ってたが、これは過去イチの捏造なので俺はドン引き顔になる。そしたら「んんんんん？」って、両眼を皿みたいにして白雪がビックリしてるんだが。何コレ……？

それはそうと、煌々とライトアップされた5階の屋内プールに——俺たちは到着した。

壁は開放感のあるガラス張りで、外には台場の町並みやフジテレビ本社ビルが見える。

プールサイドには、テテティ・レテティに抱っこされたちながいた。3人とも、理子が渡仏直前に用意したスクール水着姿だ。

長径20m・短径10mほどの楕円形のプールでは人魚モードのリービアーザンがスイスイ泳ぎ、もう竪琴で前奏を弾き始めている。スエズでも聴いたこの曲は、瞬間移動の曲——

これが、別れの曲になるんだな。俺たちと、ちなの。

俺たちに気付いたリービアーザンが、曲を弾きながら泳いできて……ホタテ形の水着を

つけた上半身を水上に出し、ギザギザの歯でニカニカ笑いかけてくる。このプールは浅く、水深は1mチョイってとこだ。

「来たかキンジ。キサマとは出会った時も、別れの時も、海辺のホテルじゃの。キヒヒ」

「そういう事になるな。モリアーティに一時休戦を飲ませてくれて、ありがとうな」

「そういえば電話した時に話が出たんじゃが、ノアにはちなと同年代の竜娘も何人かおるそうじゃ。都合の良い時刻に出られるレクテイア側の跳躍先を探すため、ノアにしばらく滞在するかもしれんが——その間も、ちなは淋(さび)しくないじゃろうよ」

「ああ。ちなは保育園で友達との付き合い方を学んだから、そこも心配ないぞ」

俺と話しながらリービアーザンが竪琴を弾き続ける内に、プールの水面下50センチ程の水中が一部、鏡っぽく光り始め……

「……キンジよ。妾(わらわ)は少し反省した。以前の妾は、ヒトは自分の事と金(かね)の事ばかり考える下等な生き物で、さらにその原始の形のヒトオスなんぞゴミカスだと思っておったのよ。でも、子供のために——妾を前にしてもガイデロニケを前にしても頑として退(ひ)かなかったキサマは、カッコ良かったぞ。そう思ったら何だか、感じたことのないフシギな気持ちになってな。ヒトオス、悪うない。このドキドキする感情を、レクテイアの者たちにも感受させてやりたくなったのよ」

「ルシフェリアも最初はそうだったが、レクテイア人は女尊男卑なところがあるからな。

ぜひその辺、ノアでも男女平等を説いておいてくれよ。ただしヒトオスと交流する際には必ず俺以外のヒトオスを狙うよう、釘を刺すのを忘れずにな？」

「——ほう、それは妾を独占したいという意味か？　それは海王に対して不遜じゃの！」

リービアーザンは水からハネ上がって嬉しそうにしてるんだが、えっ、今の俺の発言の何がどうなったらそういう意味になるの？　なぞなぞなの？

「これはお兄さまに頼まれて買っておいた、エンディミラさんへのお土産ですわ」

メメトがプールサイドにしゃがんで、ジップロックに入れた乾麺の蕎麦のパッケージをリービアーザンのシャコ貝ポシェットに入れてやると——

「うむ。ではテテティ・レテティ、ちなは妾が運ぶのでよこせ。キサマたちも妾を追って、水に潜れ。妾が跳躍の光粒で霞を作るから、その中に入るように。それからどんどん下に潜っていく感じで、水中の鏡面を越えたら体の上下を入れ替えるようにせよ。そうすれば後は、ノア艦内のプールに浮く」

　リービアーザンはプールサイドのテテティ・レテティから水着のちなをそっと受け取り、下半身だけを水につけさせるように抱っこする。ちなは泳げないので、リービアーザンが水中に連れていく予定だ。

　水中の鏡みたいな層の向こう側には今、細長い光が薄く見えてる。あれは……蛍光灯だ。このプールの底に照明は無かったので、おそらく行き先——ノア側の天井が上下逆さまに見えているのだと思われる。理由は分からないが、水テレポートでは入口と出口で上下の向きがひっくり返るものなのだろう。

「じゃあお別れだ、キンジ」

「バイバイだ、キンジ」

過去いろいろと触れ合ったり見ちゃったりしたので女の子なことは知っているのだが、テテティ・レテティは性格が男の子っぽいのでこういう時ドライだ。じゃぶ、じゃぶ、と階段からプールに入っていき、リービアーザンが光粒の靄を作るのを待っている。

——キラッ——と、リービアーザンの体を水色の光が周回し、それが2個、4個と増殖し始めたので……

俺はプールサイドに跪き——精いっぱい、笑顔になって、

「ちな、元気でな。向こうでも、ちゃんと寝る前にはトイレに行くんだぞ？」

今は目も見えているらしいちなに、お別れの言葉のつもりでそう語りかけた。すると、

「……ちなはキンチと、あいあたちと、いっしょがいい……おわかれしたくないよ……」

ちなはリービアーザンに抱かれながら、青い円らな目で淋しげに俺を見つめてくる。

俺は首を横に振り——

「お別れじゃないから。ちなはちょっとの間、ウェゼルフーってお医者さんの病院に行くだけさ。すぐ元気になってすぐ帰ってきて、また俺たちと暮らすんだよ。ずっと一緒に。

『ずっと一緒』……って、指切りしただろ？」

ちなを見るのは、これが最後になるのだろう。

ラスプーチナがそうだったように、この世界とレクテイアを行き来した者は多くが長い時間も跳躍していた。

ちなが還ってくる事がもしあっても、ここで会うのは俺たちの次の次の世代という事になるのかもしれない。雪花がそうだったように。

「……やだ……ちなは、キンチといっしょがいい……！　キンチじゃなきゃやだ……！」

ちながこの土壇場で、濃くなってきた光粒の靄から俺の方へ両手をハミ出させてくる。

それどころか、プールから上がってきちゃいそうな動きをするものだから——テテティ・レテティが慌ててちなの動きを押さえる。リービアーザンも竪琴を弾きつつ器用にちなを抱っこし続けているものの、これには困り顔だ。

行ったらもう俺と会えなくなる事を悟っているのか、けっこうマジでちながプールから上がってきちゃいそうだったので——

俺は身を避けて後ろに下がり、できるだけイジワルな顔で見下ろしてやった。

「なーんちゃってな。さっき俺が言ったのは全部嘘さ。俺は嘘つきなんでな。指切りした約束だって平気で破る。前に言っただろ？　俺なんか男の中じゃ一番の外れクジなんだ。そんな俺とずっと一緒にならずに済んで良かったと思えよ。俺の事なんかキレイさっぱり忘れて、新しい世界で新しい友達と楽しく生きろ。あばよ。お前なんか大ッキライさ」

……言いながら、辛くて辛くて、胃に穴が空きそうだ。

でも俺に懐いたままじゃ、ちなはレクテイアに行きづらいだろう。ノアでも今みたいに逃げ出そうとするかもしれない。行ってからホームシックになっても、かわいそうだ。

だから俺は——わざと、辛くあたる。

ちなが向こうに行きやすく、向こうで生きやすくするために。ちなの、ために。

急に口汚くヒドい事を言い出した俺に、皆は言葉を失っていたが——

——意外な事に、ちなだけが驚いていなかった。

そして俺に伸ばした手を、そっと光の中へ引っ込めながら……微笑みを向けてきた。

「キンチは……やさしいんだね。おわかれするの、ちなが悲しくないようにって、わざといじわる言ってくれたんだね……でもちな、キンチがやさしいこと、ずっと知ってたよ。ちなを助けてくれたさいしょの日から、キンチはずっと、やさしかったから……」

……ちな……！

目で『バレた』と言ってしまっている俺に、ちなはクスッと笑う。覚悟を決めたように、リーピアーザンに抱きつき直しながら。

「それに、ちなのことすきな男の子は——ほいくえんでバイバイするとき、そういうこというの。だから、うれしかった。ちなをキンチが、さいごまで、すきでいてくれて……」

リービアーザンの胸に顔を伏せ、潜るために息を止めようとするちなを見た俺は、

「……いやだ……！」

今までの演技を台無しにしてしまい、プールの中へと続く階段からザブザブと水の中へ入ってしまう。居ても立ってもいられなくて、光の靄の中にも入ってしまう。

「……ちな……俺も、もっと一緒にいたかった……！」

そして驚いているリービアーザンやテテティ・レテティの間に割り込み、小さなちなに抱きついてしまう。

ちなも両腕を再び俺に伸ばし、俺の頭に抱きついてきて……

「──だいすきだよ、パパ」

頬に、キスしてきた。

かつてラスプーチナが戦ったエンディミラと同じように、最後の最後に。

ちなは涙を落としながらリービアーザンに改めて抱きつき、息を止め──

もう、俺の方を見ない。泣き顔を俺に見せるまいとしているんだ。

「……ちな……！」

いつしか目映くなり、白く見える光の靄の中で──俺の目からも、涙が溢れる。

「キンジ、もう離れなきゃ危ないわ！　この光の靄の境界線上にいたら、体が引き裂かれちゃう！」

瞬間移動の光の危険性を知るアリアがいつの間にかプールに入ってきていて、バカ力で俺を一気に引き離す。ちなを抱いて潜っていくリービアーザンたちから。

「……イヤだ、ちなは俺の子みたいな、いや、俺の子なんだ……離れたくない……！」

アリアに引っぱられて、光の靄から出された俺は──その時──

水中の鏡の向こうの世界から、こっちを覗いている者たちを見た。

ノアの乗員たちだ。上下は逆さまになっているが、そこには赤い髪や黒い髪、銀髪に、ちなと同じ金髪など──ツノの形も多様な、いろんな種族の幼い竜娘たちがワクワク顔でちなの浮上を待っている。そこに、今はもう上下を逆さまにしたちなとリービアーザンとテテティ・レテティたちが出ていく。

向こうの水面から顔を出したちなは、目元をゴシゴシと小さな手の甲で拭ってから……歓声で自分を迎える自分の血族──ドラゴン娘たちを、驚いて見回している。

（ちな……！）

俺は──

呼ぶ声を、堪えた。歯を食いしばって、堪えた。

もう、呼んじゃいけない。

子はいつか、親から旅立たないといけない。だから親も、手を離さなきゃいけないんだ。

キャラ弁を作ってあげた時と同じで、親は子供の立場に立って子供の事を考えなければならない。

子供には子供の人生があり、その人生で出会う友達や仲間がいる。その人々の場所へ、旅立たせてあげなきゃいけない。親がいつまでも我が子を手元に置いていたいというのは、子供の成長を妨げる事に他ならない。

だから、『ずっといっしょ』と約束をした手を。

離すんだ。子供のために。

どの親と子も、その約束を破るんだ。

一つだけ必ず破られる、親子の約束──

その向こうで、子供は皆、自分の人生を歩み始める。本当の自分の人生を。

そして親は皆、その痛みを乗り越えて次の世代を見送ってきた。だから俺も──

（……行ってこい、ちな……）

光の靄が消え、鏡面のようになっていたプールの中が元に戻るのを、ただ見つめ続ける。

ちな、リービアーザン、テテティ・レテティが消えて……

今はただ、プールの底に何の変哲もない青いタイルが見えているだけだ。

言葉もなく、俺がプールから出ると……

白雪(しらゆき)とメメトはもらい泣きしていたが、人を励ます時に叩(たた)く癖のあるアリアは「本当に危なかったのよ!?」とゲンコツを落としてきた。

さらに励まし方が戦姉妹（アミカ）で同じらしいアンジェリカもパーン！　と背中を叩（たた）いてきて、

「——さあ、顔を上げたまえ男の子！　これにてイッケンラクチャク、だ！」

「……よく知ってるな。どこで誰に聞いたんだ、そのセリフ。はあぁ……もう俺（おれ）には何もしてやれないけど、心配でたまらないよ。ちなの治療、うまくいくかな……？」

女子たちの前で泣き顔のままなのはカッコ悪いので、顔を手で擦（こす）りながら言うと……

「今回の現場には縁起物がいるから大丈夫。ちなは絶対に生き延びる。心配いらないわ」

と、アリアがアンジェリカを横目で見ながら答えてくる。

そういえば、最初アリアはアンジェリカの事を『縁起物みたいな人』と紹介したが——改めてアンジェリカを見ても、どこも縁起物っぽくはないぞ？

と、俺が頭上にハテナマークを浮かべていると……

「今までアンジェが駆けつけた事故・事件は、どんな絶望的な現場でも死者が出てないの。だからイギリスの武偵（ぶてい）業界では危険だったけど誰も死ななかった現場を『アンジェリカが通った』って言うほど、アンジェを幸運のシンボル扱いしてるのよ。アンジェが彫られたお守りのメダルも売られてるぐらいなんだから」

アリアが戦姉（アミカ）を自慢するように、ウインクしながら教えてくれる。

なるほどね。そりゃ縁起物として祀（まつ）られちゃうのも納得だ。俺と互角以上に闘（や）り合えるRランク武偵のアンジェリカなら、係（かか）わった全ての現場で犯人・被害者・関与した武偵の全てが恒久的に死者ゼロという不可能も可能にできるのかもしれない。

「それは偶然の産物なのだよ。私の力は小さいもので、周りの人々の力こそがその幸運を呼び込んでいるんだ。今回の事件だって、とても私だけでは解決できなかった。アリア、キンジ、君たちのおかげだよ。次はリービアーザンやテティ・レティ、エンディミラ、ウェゼルフーたちが、ちなに幸運を授けてくれるだろう」

テレテレと早口で語るアンジェリカは、少し顔を赤くして踵を返してる。褒められると逃げちゃうタイプなんだな。よし、次現れたら褒めちぎって追い払おう。ヒスフリー感があるとはいえ、美人は遠ざけておくに越した事はないし。

「アンジェって普段けっこうキビシイのに、こういうムードになると照れ屋さんなのよね。ツンデレって言うんだっけ、ああいう人のこと」

え、ええ……!?

アリアさん、アリアさん、今の発言。人をコソコソとツンデレ呼ばわりするって事は、もしかしてご自分ではご自分をツンデレだと思っていらっしゃらない……？　ツンデレの定義として辞書に載ってそうなあなたが……？

「ではジュスト0号──キンジ。ガイデロニケから東京も守れたし、私はベレッタ長官に今回の事を報告するためローマに戻るよ。それにしても……フフッ」

アンジェリカはストレートの後ろ髪を揺らして、何やら懐かしそうに半分振り返り──

「ちなを守って戦う君の目は、ダブリンで私の父と共に戦ったコンザ・トオヤマ氏の目にソックリだったよ。それを再び見られただけでも、日本に来た甲斐があった」

「……？　父さんが旧東ドイツのスパイから幼い少女を救ったのは、新聞で読んだ話じゃなかったのか？」

という俺の問いには答えず、アンジェリカは——白いブーツを鳴らし、プールサイドを去っていった。「成田まで送ってくるわ」と俺に言い残して走っていったアリアと一緒に。

もう1つのクチナシのニオイを、微かに残して。

Go For The NEXT!!! 最近どうよ兄貴（ワッツ・アップ・ブロ）

一晩明けて、メメトが学校に行ってしまうと……

独りぼっちになった俺は、すっかり自分の生活がちな中心になっていたのを痛感する。

ちなのためにお弁当を作ったり、保育園への送り迎えをしたり、ゴハンを食べさせたり、フロに入れたり寝かしつけたり——それらのタスクが全て、急に消えてしまったからだ。

受験勉強に逃避してみたりもするんだが、ちなの残していった品々を見ると……泣けて泣けて、しょうがない。

お誕生日に俺があげたクレヨンでちなが描いた、俺たちと、ママことガイデロニケの絵。

子供が子供でいる、人生のほんの一時（ひととき）でしか描く事のできない——未熟で、それがゆえに愛さずにはいられない絵。

ちなが『わたしのかぞく』として作ってくれた、俺がちなを肩車している紙粘土細工。

カメラ（チェキ）はリービアーザンが借りパクしていってしまったが、それと同じ体勢で撮った俺とちなの写真。あの保育園の送り迎えも、今となっては二度と戻らない貴重な時間だった。

ちなが理子（りこ）とおままごとをしていた、おみせやさんごっこセット。プラスチックのパン、野菜、牛乳パック、レジスターやカートのミニチュアたち。短い間ではあったが、務めを果たしたな、お前たちも。俺にも幼い頃、お前たちみたいなオモチャがあったような気がするよ。でも人はいつまでも幼稚園児向けのオモチャと一緒にいられるわけじゃないんだ。いつまでも親と一緒にいられないのと同じで――

（はあ……）

俺の口からは、溜息ばかりが出る。

ここはまるで、ひな鳥が飛び立っていってしまった後のカラの巣だ。

夕方まで勉強してから、ちなの分を買う必要のない買い物に行く。早々と1人でフロに入り、ちなの分を作らなくていい夕食を作って1人で食べ、メメトの分にラップをかけてテーブルに残し、ハミガキしに洗面所へ……行ったら、あれ？　フロ場の電気がついてる。さっき出た時に消したと思ったが、消し忘れたかな。もっぺん消しておこう。

で、それからパジャマに着替え、まだ夜も浅いのに寝てしまう。もう老後みたいな生活だな、これ。

12時間以上寝てしまってから起きたら、もうメメトは学校に行った後。先日ちなの分も計算して多めに買ってあった食パンが余り気味だったので、一気に食べてしまおうと思いテーブルについて取り出したら……

「……？　うおうっ!?」

何だこりゃ！　食パンと食パンの間に鰹の酒盗がバターみたいに塗ったくってあって、

アジの干物がハムみたいに挟んであるぞ!?

　まさかこんなとこに入ってると思ってなかったアジと目が合っちゃって腰が抜けた俺は、ごてんっ！　イスごとひっくり返り、足でテーブルをひっくり返してしまった。ああもう、部屋の中が大混乱だ……！

　そしたら、

「──愚かなり人間！　それは妾(わらわ)がオヤツに食べようと思って作ったサンドイッチじゃ、勝手に食うでない！」

　ガラッ！　と、クローゼットを中からド派手な尾ビレで開けてきたのは──

「──リ、リ、リービアーザン!?

　リービアーザンだ。どういうワケか水色とピンクのツートンカラーの髪が2日前よりも伸びてて、ツインテールにまとめているが。

「……お、お前、レクテイアに行ったんじゃ……!?」

　目を白黒させる俺が、プルプル震える指をさしながら立ち上がると……

「行って、エルフのエンディミラに会って、ウェゼルフーに話をつけて、ちなを預けて、またノア経由で昨晩そこのフロに帰ってきたのじゃ。メメトに話したじゃろがい。ああ、ウェゼルフーはあと半年……じゃからつまり合計1年ぐらいで、ちなの存在劣化症候群(そんざいれっかしょうこうぐん)を治せるとの事じゃったぞ」

「……お前がホテル日航のプールからノアに行って、まだ2日なんだが……」

「じゃーかーらー、行って半年ぐらい経っとるんじゃ。妾にとっては。で、あれから時が1日しか経ってない出口を運良く見つけて出てこられたから、キサマにとっては少ししか時間が経ってないように観測されとるのじゃ。そのぐらい理解せい愚か者！」

シャクトリ虫みたいな下半身の動きでキッチンに来たリービアーザンは、「マー！」と俺から酒盗と干物を挟んだ食パンをひったくり——ムシャムシャ食べてる。

愚かなる人間の俺には、すぐには理解が追いつかなかったものの……

今回のこっちの世界とレクテイアとの往還では、リービアーザンの半年がこっちの2日という現象が起きたらしい。これは雪花の1年がこっちの70年ほどだったのの逆の現象に思える。

つまり、レクテイアとこっちの世界の行き来には——見かけ上、こっちで過大な時間が流れる場合もあれば、レクテイアで過大な時間が流れる場合もあるという事だ。

どっちの時間がどれだけ飛ぶのかは、跳躍する際に都合のいい出口の時刻が見つかるかどうかに懸かっているのだろう。そしてそれは以前リービアーザンが言っていたように、魔法円の製円師や術士の技術とセンスおよび運の善し悪しによる。って、事か。

「——エンディミラとテテティ・レテティは、レクテイアに残ったのか」

「エンディミラとテテティ・レテティが復讐したかったラスプーチナは、もうおらなんだ。

じゃから、危険を冒してこっちとあっちを行ったり来たりする必要もない。キサマからのお土産のソバのニオイをテティクーン族に嗅がせて、森を探し回らせて、ソバに似たタデみたいな植物の実を探し当てとったぞ。エンディミラはそれの栽培に躍起になっとった」

日本の蕎麦が、エルフ族の食文化に影響を与えそうな事はさておき――

「で、お前は何で戻ってきたんだよ」

俺はアジの干物をギザ歯でバリバリ咀嚼してるリービアーザンをジト目で見る。

二度と会えないかと思ってたのにすぐ再会できたのは嬉しくなくもないが、またこれがこの狭い我が家に居座るんじゃないかと思うと気が重くなってきたぞ。下半身が魚なんでヒス的には比較的安全な部類に入るとはいえ、上半身は愛嬌あってカワイイし。第1態もあるし。

「チャイルドナーサリーのバイトのシフトが入っておるからよ！　偉大なる海王たるもの、無断欠勤をするワケにはいかぬ。クリスマス会の音楽担当にも抜擢されたし、ひよこ組の副担任も任されて、時給も50円アップする約束になっとるんじゃ。晩酌もワンカップ大関からワンカップ大関ジャンボにランクアップできようぞ。キヒヒッ」

「バイトのために世界を渡ってきたのか……ほんと律儀な性格してるよな、お前……」

「それに、テラには婿を取りにきたという目的もある。妾ら海王族も同族とばかり交配し、血が濃くなりすぎておるからの。強いキサマと子を成したい。ヒトは原初のやり方でしか子供を作れんようじゃから、後で第1態になってやろう。そこからは詳しくは分からんが、まあキサマが頑張れ。そしたら妾も頑張って卵をいっぱい産むから」

このセリフは丸々聞かなかった事にして、俺はリービアーザンの酒盗に汚染されてない食パンを1枚見つけて食べ……

「お前、レクテイアの海から何か持って帰ってこなかったのか？　真珠とか、珊瑚とか。今さら教えても遅いが、ヒトの家には手ブラで来るもんじゃあないぜ？」

と、コイツが肩掛けしていたシャコ貝のポーチをくぱぁと指で広げたところ……

「そんなものよりもっといい土産があるぞ。ほれ、これじゃ」

水かきのある手でリービアーザンが出してくれたのは――

チェキの、写真だ。

「フィルムが1枚残っておったでの」

そこは蝶が舞い緑の葉っぱが茂る森で、懐かしいエンディミラ、テテティ・レテティ、ウェゼルフーの元で療養しているらしい幼いレクテイア人の少女らが映っている。病院というより自然派の幼稚園みたいなムードのそこには……いろんなツノやシッポのある女児たちと並んで大きなキノコのイスに座り、元気そうに笑い合っている――

――ちなが、映っていた。

ちなの写真を机の前に飾り、やっと安心できた気分で受験勉強に戻る。

ちなだって療養を頑張ってるんだ。俺も頑張らなきゃ。もうすぐセンター試験なんだし。

と、心機一転したつもりでいたら――

――ガチャッ。

インターホンも鳴らさず、ドアを勝手に開ける音がした。

メメトが帰ってくるには早いので、誰だ……？　と思ってそっちを見ると、

「よう兄貴、相変わらず失敗顔してンなぁ」

前に土足で上がった時キツく叱ったので米軍のコンバットブーツはドカドカと脱いだが、全身ラメ入りの迷彩服で遠慮なくノシノシと上がってきた――ジーサードだ。その迷彩は目立ちたくないのか目立ちたいのかどっちなのか。

「勉強に集中するために、誰か家事とかやってくれる便利キャラが来てくれないかなとは思ってたんだがな。失敗人間のお前じゃ、料理も掃除も失敗するに決まってるよな。まあせっかく久しぶりだから、失敗茶でも飲むのに失敗していけよ」

と、こんなのでも来客は来客なので、しょうがなく急須で出涸(でが)らしを淹(い)れてやる俺だ。

「最近どうよ兄貴(ワッツ・アップ・ブロ)？　どうせ失敗すること以外何でも失敗してんだろ？」

ドーンとコタツの天板に座り、当たらずとも遠からずな事を言うジーサードを……

「マ？　なんじゃコイツは。キンジに顔が似とるの」

クローゼット上段で俺の蔵書・かりあげクンを読みつつイワシ煎餅をバリボリ食べてたリービアーザンが、ギザ歯の口をへの字にして尾ビレで指してる。

「これは悲しいことに俺の弟だ」

「ハッ、今度は人魚か。まーた女を変えやがって。絶対いつか誰かに刺されてヤベェ事になるぜ？」

「リアル人魚を見て『今度は人魚か』で済ますお前も自分がヤベェ事に気付いてほしいぞ、兄ちゃんは。あと俺は長年の武偵活動で黒ひげ危機一発のタルぐらい刺されたから、もう体に刺す部分が残ってないさ。ここはワトソンに毒針で刺された痕、ここは伊藤可鵡韋に俺のナイフで刺された痕だろ、ここは——って、なんで俺は自分で自分のトラウマを一つ一つ数えてんだよっ、うっ頭が……お前のせいだぞクソッ。ていうか茶飲んだらすぐ帰れ。お前がいるとつい喋っちまって勉強にならん。俺はこう見えても受験生なんだ」

「ハハハハ、相変わらずバカでオモシレーな兄貴は。いや、俺が来たのはそのためさ」

「？」

「ツクモが風魔陽菜から聞いた話の又聞きだがよ。兄貴は東京に女が多すぎて受験勉強に集中できねぇからって、山ごもりまでしてたんだろ？」

「まあその話には一部誤解があるが、そうだ」

「俺は沖縄の仕事が一応終わったんで、休暇も兼ねてこれから海外でな。新興のNGOに御招待を受けたんで、コネクションを作りに行くってわけよ。プライベート・ジェットで行くから、兄貴も相乗りして国外逃亡すりゃいい」

……海外か。

そうだな。ここをしばらく離れるのは、いいかもしれないな。

この家にいてまたバスカービル女子のどれかの何かに巻き込まれてもイヤだし、ちなの事をまた思い出して鬱になっても良くないし。

「じゃあ、そうする。ああ、どこの国かは行くまで言わなくていい。この部屋には白雪(しらゆき)がまた盗聴器を仕掛けてるだろうし。俺が知っちゃったらつい誰かに喋っちゃって、それが理子(りこ)の耳にでも入ったら世界中が知ることになるし」

とはいえ、アリア曰(いわ)く俺は『危機マグネット人間』だ。ジーサードが親切心から誘ってくれたのは分かるんだが、どこかは分からんその行き先で危険と事件を引き寄せる予感が確信レベルでするぞ。

でもそれは東京にいても同じだからな。マグネットの磁力の強弱は、置く場所によって変わるものではないのである。

俺はクローゼットの下段からスーツケースを引っ張り出し、荷物を詰め始める。シャツ、パンツ、常備薬、きっと要るだろうから銃弾……

「チームの事も疑うとは、用心深(ぶけ)ぇな兄貴は」

俺をしばらく独占できると思ってか、お兄ちゃんっ子のジーサードは嬉しそうにしてる。

「お前のジーサード・リーグとは造りが違うんでな、うちのチーム・バスカービルは」

だが対照的に、俺のテンションは上がりきらない。それがなぜなのかは、

「兄貴の顔が暗ぇのは元々だが、なんで一層暗い顔してンだよ。もっと喜べよ。女たちに
バレねえように出れば、行った先で静かにお勉強ができるんだぜ。安心しろよ。旅路にも
行った先にも、ウザ絡みしてくるヤツはいねえよ」

せっかくジーサードがフリのセリフを言ってくれたんだし、オチになるセリフで答えて
やるとするか。

俺はパスポートをパンッとスーツケースに叩き入れ、わざとらしく深ぁーい溜息をつく。

で、ヤレヤレの手つきをしてこう言ってやるのだった。アメリカ映画っぽく。

「――でもお前はいるんだろ?」

Go For The NEXT!!!!!!

緋弾のアリア

あとがき

L（50）からX（10）を引いてI（1）を足すから、XLI（41）巻！　赤松です。


さて、本日は赤松の奇跡の復活劇についてお伝えいたします。

前巻のあとがきにて、「2段階認証の2段階目が通れなくなり、X（旧ツイッター）のアカウントにログインできなくなってしまいました」と書きましたが……

その後、ログインできました！　復！　活！　なのです！

Xのヘルプセンターにメッセージを送り、手紙を送り、自動返信メール以外何の反応ももらえず、アメリカのX本社にもFAXや手紙を送り、助けを求め続けること半年間。

――ある日突然、ログインできるようにしてもらえました！　よかった！

というわけで、改めて私のネット上での居場所を整理してご紹介しておきますね。

【X①】　https://x.com/akamatsuc
こちらがメインアカウントになります。作品の最新情報はもちろん、赤松の近況報告、キャラクター・設定・ストーリーの豆知識、140文字のSSなどなどを日々つぶやいておりますよ。アリア読者の皆さんはフォロー必須のアカウントですよー！

【X②】　https://x.com/chugakua

このアカウントは、サブとして今後も残します。メインの不具合時にはこちらで情報をお伝えします。裏アカウント的な使い方もしていて、メインではつぶやけないあんな事やこんな事を、比較的フォロワーさんの少ないこっちでつぶやいているかも……？

他のXっぽいサービスにもアカウントを作りました。Xそのものが不具合に陥った時は、こちらも覗(のぞ)いてみて下さいね。

【マストドン】　https://mstdn.jp/@akamatsuc

【ブルースカイ】　https://bsky.app/profile/chugakua.bsky.social

しかし、ＳＮＳは生物(なまもの)のようなもの。これだけ予防線を張っていても、何らかの理由で更新ができなくなってしまうかもしれません。そんな時は、前回もＵＲＬを書きましたがブログ（http://akamatsuc.seesaa.net/）をご確認下さいね。

それすらもダウンしている時は、最後の手段。ここ、すなわち私が刊行させていただく著作のあとがきをご覧下さい。私は生きてる限り、書き続けますので。

２０２４年６月吉日　赤松中学(ちゅうがく)

アリア
41巻
■アリアも41巻です！
今回はメメト表紙です
あまり馴染みのない
ハルパーという武器
ですが皆様はご存知
でしたでしょうか？
私は知らなかったので
ショテルとの違いを
調べたりしました…。
それではまた次巻で
お会いいたしましょう

緋弾のアリアXLI
原罪の龍王（ウルトラプリニー）

2024年 6月25日　初版発行

著者　赤松中学

発行者　山下直久

発行　株式会社 KADOKAWA
〒102-8177 東京都千代田区富士見2-13-3
0570-002-301（ナビダイヤル）

印刷　株式会社広済堂ネクスト

製本　株式会社広済堂ネクスト

Printed in Japan　ISBN 978-4-04-683701-1 C0193

◇◇◇

この小説はフィクションであり、実在の人物・団体・地名等とは一切関係ありません

【 ファンレター、作品のご感想をお待ちしています 】
〒102-0071 東京都千代田区富士見2-13-12
株式会社KADOKAWA　MF文庫J編集部気付「赤松中学先生」係「こぶいち先生」係

〈第21回〉MF文庫Jライトノベル新人賞

MF文庫Jライトノベル新人賞は、10代の読者が心から楽しめる、オリジナリティ溢れるフレッシュなエンターテインメント作品を募集しています！ ファンタジー、SF、ミステリー、恋愛、歴史、ホラーほかジャンルを問いません。
年に4回締切があるから、時期を気にせず投稿できて、すぐに結果がわかる！ しかもWebからお手軽に投稿できて、さらには全員に評価シートもお送りしています！

イラスト：アルセチカ

通期

大賞
【正賞の楯と副賞 300万円】
最優秀賞
【正賞の楯と副賞 100万円】
優秀賞【正賞の楯と副賞 50万円】
佳作【正賞の楯と副賞 10万円】

各期ごと

チャレンジ賞
【活動支援費として合計6万円】

※チャレンジ賞は、投稿者支援の賞です

選考スケジュール

■第一期予備審査
【締切】2024年 6月30日
【発表】2024年10月25日ごろ

■第二期予備審査
【締切】2024年 9月30日
【発表】2025年 1月25日ごろ

■第三期予備審査
【締切】2024年12月31日
【発表】2025年 4月25日ごろ

■第四期予備審査
【締切】2025年 3月31日
【発表】2025年 7月25日ごろ

■最終審査結果
【発表】2025年 8月25日ごろ

MF文庫J ライトノベル新人賞の ココがすごい!

年4回の締切!
だからいつでも送れて、
すぐに結果がわかる!

応募者全員に
評価シート送付!
執筆に活かせる!

投稿がカンタンな
Web応募にて
受付!

チャレンジ賞の
認定者は、
担当編集がついて
直接指導!
希望者は編集部へ
ご招待!

新人賞投稿者を
応援する
『チャレンジ賞』
がある!

詳しくは、
MF文庫Jライトノベル新人賞
公式ページをご覧ください!
https://mfbunkoj.jp/rookie/award/